Die Wörtersammler

Christine Scherer ist in Namibia aufgewachsen. Ihr Vater leistete als Musiker Pionierarbeit für das noch gänzlich unerschlossene Kulturleben von Windhoek. Geprägt durch das kreative, multikulturelle Umfeld ihrer Kindheit, beschloss sie, nach ihrer Rückkehr nach Europa Schauspielerin zu werden. Zwei Jahrzehnte lang war sie in den unterschiedlichsten kleinen und großen Rollen am Düsseldorfer Schauspielhaus und am Residenztheater München tätig. Christine Scherer lebt in Gräfelfing bei München.

CHRISTINE SCHERER

Die Wörtersammler

Bibliografische Information der Deutschen Nationalbibliothek.
Die Deutsche Nationalbibliothek verzeichnet diese Publikation in der
Deutschen Nationalbibliografie; detaillierte bibliografische Daten sind
im Internet über http://dnb.dnb.de abrufbar.

Umschlaggestaltung und Illustration: Elisabeth Gerberding

Satz, Herstellung und Verlag: BoD – Books on Demand, Norderstedt

ISBN 978-3-7578-7575-6

1

Jakob hatte es sich zur Gewohnheit gemacht, jeden Morgen für eine kleine Weile auf dem Kopf zu stehen. Es tat gut, die Dinge immer wieder mal aus einer anderen Perspektive zu betrachten, um alles Gefühlte, Erlebte, Gesehene und Durchdachte kräftig durch zu schütteln.

Die Tür zu seiner kleinen Dachterrasse stand weit offen und die klare und kühle Herbstluft fegte seinen Kopf frei. Noch hatte er sich nicht dazu aufraffen können, die großen Töpfe des Hibiskus und Oleanders in den Keller zu schaffen und die Polster seiner in die Jahre gekommenen Sitzbank winterfest zu verstauen. Der Abschied vom Sommer fiel ihm schwer und er lebte in der kindlichen Hoffnung, dass der Winter nicht kommen konnte, solange dies nicht erledigt war.

Der Kessel auf der Herdplatte pfiff ausdauernd, um ihn daran zu erinnern, dass er seinen Tee aufgießen sollte. Ganz bewusst hatte er sich gegen einen Kocher entschieden. Für ihn steckte in jedem einzelnen Gegenstand seiner kleinen Wohnung ein ganz eigenes Leben. Und so beruhigte er den aufgebracht pfeifenden dampfenden Mitbewohner mit sanften Worten:

»Ist ja gut. Ich bin ja schon da.«

Es war keine leichte Sache, sich allmorgendlich für eine bestimmte Tasse zu entscheiden. Bunt und erwartungsvoll schaute eine jede ihn vom Küchenschrank aus an. Die dickbäuchige war gestern in den Genuss gekommen, die Auserwählte zu sein, doch da waren noch die kleine sonnengelbe, die ihm immer so jung vorkam, die schlanke eher ernsthafte braune und die mit der Aufschrift: »Heute muss ich erst mal gar nichts müssen.« Nach kurzem Zögern entschied er sich für die glatte glänzend rote und konnte nicht anders, als kurz mit den Fingerspitzen über die Zurückgewiesenen zu streichen, die ihm enttäuscht entgegen zu blicken schienen, als er den Küchenschrank schloss.

Er wusste, dass es heute zwar kühl, aber hell und sonnig werden würde und nahm sich vor, sich unbedingt noch um seine Sammlung zu kümmern, bevor er zur Arbeit aufbrach. Prachtvoll aufgereiht lagen sie auf dem Mauervorsprung, seine Steine, die er bei stundenlangen Spaziergängen am Flussufer aufgelesen hatte. Es gab Tage, an denen nur ein einziger Stein den Weg in seinen Rucksack fand, weil genau dieser eine ihn anders als die anderen angeschaut hatte. Manchmal nahm er gleich mehrere nah beieinanderliegende mit, weil er spürte, dass sie zusammen gehörten und nicht getrennt werden wollten. Seine Sammlung wurde regelmäßig ausgetauscht, denn keiner der Steine hatte ein lebenslanges Bleiberecht. Diejenigen, die ihm zu verstehen gaben, dass sie nun ausreichend lange bei ihm gewohnt hatten, wurden alle ans Flussufer zurück getragen.

Behutsam drehte Jakob jeden einzelnen um. Ihm war es wichtig, dass nicht immer nur ihr Rücken die Sonne genießen durfte, sondern ab und zu auch ihr Bauch. Zufrieden blickte er auf seine Schützlinge und sagte: »Schönen Tag.«

Bis zu seinem Arbeitsplatz war es eine gute halbe Stunde, die er immer zu Fuß zurück legte. Seine Schritte waren groß und ausladend, sein Oberkörper dabei leicht vornübergebeugt, die Hände tief in den Manteltaschen vergraben. Jakob glich einem Windhund. Seine lange und schmale Silhouette schien aus einem Scherenschnitt gefallen zu sein, das kantige Gesicht mit der spitzen Nase wie aus Holz geschnitzt und so einzig, als hätte sich der liebe Gott beim Erschaffen dieser Züge besonders viel Zeit genommen. Seine Augen waren zwei kreisrunde hellblaue Seen von unendlicher Tiefe.

Der Friedhof, bei dem er schon seit mehreren Jahren als Gärtner angestellt war, lag direkt am Fluss, umgeben von Kastanienbäumen, die bereits angefangen hatten, ihre gekräuselten Herbstblätter abzuwerfen. Jakob versäumte es nie, die glänzenden Kastanien vom Boden aufzuheben und liebevoll über ihre glatte Oberfläche zu streichen. Er stopfte sich die Taschen voll und genoss das leichte Klacken bei jedem Schritt.

Gemeinsam mit seinem Großvater hatte er als Kind ganze Körbe voll nach Hause geschleppt und konnte stundenlang am Küchentisch sitzen, um die glänzenden Früchte nach Größe und Beschaffenheit zu sortieren und mit ihnen auf der blassgelb geblümten Wachstuchtischdecke die verschiedensten Formatio-

nen zu legen. Er gab ihnen die seltsamsten Namen – Schrumpel-
eumel, Glanzgetänze, Rundomat – die er in seligem Singsang
vor sich hin brabbelte und deren Wohlklang er rhythmisch bis
zu einem begeisterten Staccato veränderte: Schrumpumpel-
pumpel-pumpel-eumel, Glanzgetänze-mänze-stänze, Rundo-
mat-mat-mat. Wenn Schlafenszeit war, durfte er sich immer
drei ganz besondere Kugeln aussuchen, die er dann mit ins Bett
nahm und in den Händen klackend hin und her schob, bis der
Schlaf ihn übermannte.

Jakob liebte seine Arbeit. Die Stille war sein Freund und sein
Arbeitsplatz ein stiller Ort. Seine Mutter war gestorben, als Jakob vier Jahre alt war, und seitdem hatte es ihn immer wieder zu
diesen geordneten Reihen unterschiedlichster Grabsteine hingezogen, die von gelebtem Leben Zeugnis ablegten. Hier konnte
er seiner Mutter nahe sein. Bei jedem Spaziergang hatte er sein
Omili gedrängt, mit ihm durch das große schmiedeeiserne Tor
hindurch zu gehen und ehrfürchtig die einzelnen Gänge abzu-
schreiten. An vielen Gräbern hatte er inne gehalten und voller
Staunen an großen marmornen Engeln empor geschaut, an
verwitterten Lichtgestalten, die die segnenden Hände über die
Verstorbenen ausbreiteten. Auch seine Mutter wurde von einem
wunderschönen Engel behütet, der sanft auf sie hinunterblickte
und sie in den ewigen Schlaf zu wiegen schien.

Jakobs erste Lesebemühungen hatten auf dem Friedhof statt-
gefunden und Omili hatte von Grab zu Grab mit großer Geduld
gewartet, bis er die oft schon fast verblassten Inschriften mühsam entziffert hatte. Ein wohliger Gruselschauer hatte ihn ergriffen, wenn er erkannte, dass hier ein Kind zur ewigen Ruhe
gebettet worden war. Allmählich hatte er, noch ohne dies benennen zu können, begonnen, den ewigen und unabänderlichen
Kreislauf vom Geborenwerden und Sterben zu begreifen.

Jakob hatte seinen Vater nie kennen gelernt, doch an seine
Mutter hatte er einige wenige warme aber auch verstörende
Erinnerungen, obwohl sie so früh aus seinem Leben gerissen
worden war. Sie schien einen unerschöpflichen Vorrat an Geschichten in sich getragen zu haben, die sie ihm eindringlich
und mit leuchtenden Augen erzählt hatte. Meist handelten sie

von fahrenden Völkern, von bunten Schlangenmenschen, wundersamen Akrobaten und Jongleuren mit flammenden Bällen. Manchmal jedoch war sie tagelang in ihrem Zimmer abgetaucht und Jakob wurde mit den harschen Worten: »Heute nicht. Mama hat wieder ein trauriges Herz«, davon abgehalten, hinein zu gehen.

An guten Tagen spielten sie das Wörterspiel. Gemeinsam suchten sie nach Worten, die viele Silben hatten, und im Laufe der Zeit war er durchaus in der Lage gewesen, mitzuhalten: Schaufelbagger, Weihnachtsgebäck, Schokoladeneis. Er liebte es, wenn seine Mutter lachen musste, weil ihm ein besonders langes Wort geglückt war: Tomatensalatschüssel.

Heute Abend würde er noch auf ein Stündchen bei Fabian vorbeischauen. Es war immer schön, in dessen geräumigem Schreinerschuppen zu hocken, den Geruch von Sägespänen und gekräuselten Holzspiralen einzuatmen und bei einer heißen Tasse Tee ohne viele Worte dem Freund bei der Arbeit zuzuschauen. Fabian war von Kindesbeinen an aus seinem Leben nicht wegzudenken und mit niemandem konnte er so köstlich intensiv schweigen.

Sie hatten sich, kaum eingeschult, noch nicht wirklich wahrgenommen, bis zu jenem denkwürdigen Tag, als Jakob am Morgen darauf bestand, seine »Geige« mit in die Schule zu nehmen. Omili und Opapa versuchten alles, ihn davon abzubringen, wohl wissend, dass er akut Gefahr lief, von den anderen Kindern ausgelacht zu werden, aber Jakob war durch nichts von seinem Vorhaben abzubringen. Aus unerfindlichen Gründen hatte er die alte schwarze Luftpumpe seines Großvaters für sich zur Geige erklärt, hatte sie bereits seit Wochen mehrmals täglich an seinen Hals gelegt und schien ihr mit seinem imaginären Bogen die wundersamsten Töne zu entlocken. Sein Gesicht war dabei wie entrückt und er schien tatsächlich ganz herrliche Melodien zu hören.

Als er beim Stuhlkreis darum bat, ein Stück auf seiner Geige vorspielen zu dürfen, war Frau Lehnert alarmiert, aber bevor sie Jakob davon abhalten konnte, hatte er die Luftpumpe bereits angelegt und angefangen zu spielen. Zuerst waren die Kinder sprachlos, doch schon bald ging Jakobs inniges Spiel in tosendem Johlen unter. Nur Fabian saß da wie verzaubert. Als Jakob mit vor Scham flammend gerötetem Kopf seine Geige sinken ließ und aus dem Raum stürzte, lief Fabian ihm nach, zupfte ihn scheu am Ärmel und fragte hoffnungsvoll: »Darf ich auch mal?«

Seit diesem Tag waren sie unzertrennlich. Auf dem Pausenhof verkrochen sie sich tief ins Gebüsch, um, wie sie der besorgten Lehrerin erklärten, »große Sprünge zu üben«. Nach der Schule wurde das Wohnzimmer der Großeltern zum Schauplatz großer Taten. Tagelang musste Omili, wenn sie die Gläser aus dem Schrank holen wollte, über quer durch das Zimmer gespannte Seile steigen, weil Jakob und Fabian die Gleise einer Achterbahn markiert hatten. Stundenlang saßen sie hintereinander auf zusammengestellten Stühlen, legten sich gemeinsam schwungvoll in die Kurven, hoben die Arme hoch in die Luft und schrien gellend, weil der Nervenkitzel der rasanten Fahrt kaum auszuhalten war.

Jakob erlaubte sich, noch für eine Weile am Flussufer stehen zu bleiben. So früh am Morgen gehörte die Welt fast nur ihm allein und er sog die frische Luft tief und genussvoll ein. Jetzt konnte sein Arbeitstag beginnen und er freute sich auf den Duft von nassem Laub und frischer Erde.

**

Schon beim Aufwachen wusste sie, dass heute wieder ein Tag war, an dem sie alles richtig machen würde. Heute würde sie, zwei Stufen auf einmal, jede Treppe im Laufschritt erklimmen, heute würde sie keine einzige Straße bei Rot überqueren und an keinem Bettler achtlos vorübergehen. Dieser Tag fühlte sich einfach perfekt an, schon bevor er richtig begonnen hatte, und so sollte es auch bleiben.

Neben sich, warm zusammengerollt, spürte sie Kater Alfons, der sofort knatternd zu schnurren begann, als sie ihn hinter den Ohren kraulte.

Mia streckte sich wohlig im Bett aus, wackelte mit den Zehen, bis sie knackten, und verharrte in diesem Gefühl der absoluten Vollkommenheit dieses einen einzelnen Augenblicks. Mit einem tiefen Brummen rollte Alfons sich auf den Rücken, die Pfoten tiefenentspannt von sich gestreckt, um auch ausführlich am Bauch gekrault zu werden.

Den Moment, an dem sie morgens ihr Wohnzimmer betrat, liebte sie besonders. Der bunte Raum wurde allmorgendlich von Sonne überflutet, und es war immer wieder köstlich, die Terrassentür zu öffnen und die frische und klare Luft herein zu lassen. Ihr erster Gang führte zu den zahllosen Töpfen und Kästen, in denen sich eine wahre Blumenpracht entfaltet hatte. Sie kannte alle beim Namen und begrüßte sie liebevoll, wie eine Kindergärtnerin, die jedes einzelne Kind ihrer Gruppe in die Arme schließt.

Kater Alfons war mit begeistert wackelnden Schnurrhaaren dabei, sein bereitgestelltes Frühstück restlos zu verputzen. Seinen Schwanz hatte er vollständig um den Körper gelegt, was immer bedeutete, dass es ihm besonders gut schmeckte.

Mias Finger umschlossen die warme überdimensional große Teetasse und sie ließ ihren Blick über das Zimmer gleiten, das gemütliche korallenrote Sofa, den kleinen bunt überladenen Schreibtisch, die Essecke mit den knalligen Kissen auf den warmen Holzstühlen. Und wieder war da dieses Bewusstsein, dass jetzt und hier ein Augenblick vollkommener Schönheit stattfand.

Ihr himmelblaues Fahrrad hatte schon auf sie gewartet. Sie musste lächeln bei der Vorstellung, es würde vor Freude mit dem Schwanz wedeln. Den Weg zur Straßenbahn legte sie immer mit dem Fahrrad zurück, bei Wind und Wetter, und sie begrüßte im Stillen jedes ihr im Laufe der Monate lieb gewordene Detail – den efeuumwundenen Baum, die seltsam schlanke Tanne, die das Fehlen ausufernder Zweige mit ihrer stattlichen fast schwindelerregenden Höhe wett zu machen schien, den mit einer bizarr bunten Zeichnung verzierten Stromkasten, den sie »Der Seltsame« getauft hatte.

Die Straßenbahn war, wie immer um diese Uhrzeit, überfüllt. Ein Konglomerat verschiedenster Gerüche empfing sie, eine wattige Glocke, durch die sie sich mit angehaltenem Atem hindurch schneiden musste. Die Wärme, im krassen Gegensatz zu der schneidend kalten Luft, die beim Fahrradfahren ihre Haare zerzaust hatte, fühlte sich stickig an. Eine Welle der Solidarität erfasste sie bei dem Gedanken, dass jeder Fahrgast dieselben Empfindungen hatte. Sie ließ ihren Blick über die Gesichter der Umstehenden gleiten und dachte sich Geschichten zu ihnen aus. Von der Straßenbahnhaltestelle aus hatte sie es nicht mehr weit bis zu ihrem Arbeitsplatz.

Die Tische vor der Eisdiele »Gelateria Italia« waren noch nass vom frühmorgendlichen Tau und vereinzelte Herbstblätter hatten sich in den verschnörkelten Verzierungen der Metallstühle verfangen. Marcello, der kleine schmächtige Kellner mit Knopfaugen, die an ein samtweiches Stofftier erinnerten, war dabei, den Außenbereich für seine Gäste her zu richten und begrüßte sie erfreut:

»Bella Signorina!«

»Marcello, wie geht es dir?« rief sie zurück.

Nach wenigen Metern hatte sie ihr Ziel erreicht. »Der Laden« war ein großer fast quadratischer Raum, der durch zwei hohe Fenster von Sonne durchflutet wurde. Über den Regalen, die neben den Fenstern und an einer weiteren Wand entlangführten, waren Deckenschienen angebracht, an denen Leitern nach rechts und links gerollt werden konnten, um auch Waren an höher gelegenen Stellen problemlos entnehmen zu können. Auf einer Seite waren schmale Balken eingezogen worden, an denen zauberhafte Mobiles und Marionetten aller Art befestigt waren, die für interessierte Kunden mit einer langen Stange herunter gehoben werden konnten. Jedes Regalbrett war bis auf den letzten Zentimeter mit atemberaubend bunten und vielfältigen Waren gefüllt. Kästen und Schachteln, Flaschen und Dosen, schillernde Glasbehälter mit geheimnisvollem Inhalt, schienen wie aus der Zeit gefallen. Um den »Laden« zu betreten, musste der Besucher eine schwere Drehtür in Gang setzen, die ihn, falls er den Ausstieg nicht verpasste und nicht eine weitere Runde drehen musste, in einer anderen Welt wieder ausspuckte. Hier wurde ein jeder wieder zum Kind. Keiner konnte dem Drang widerstehen, die zahllosen metallenen Spieluhren, die auf geschwungenen Beistelltischchen standen, anzukurbeln und verzückt längst vergessenen Klängen zu lauschen. Windräder wurden in Gang gesetzt, mit knatternden bunten Bändern versehen, die durch den Luftzug wie tanzende Feen ihre Leiber schwangen. Niemand ließ sich entgehen, mit beiden Händen genussvoll und großzügig in die bereitgestellten Körbe mit schillernden, klackenden Murmeln zu greifen, um einen tiefen Schluck Kindheit zu schöpfen. Dicke Alben lagen bereit, mit glänzenden Bildern, wie jeder sie von früher noch aus seinem meist unvollendeten Poesiealbum kannte, mit der unvermeidlichen Ermahnung »Liebe Leute groß und klein, haltet mir mein Album rein« auf der ersten Seite. »Rosen, Tulpen, Nelken, alle Blumen welken, Marmor, Stein und Eisen bricht, aber unsre Freundschaft nicht.« »Tue das Gute und wirf es ins Meer, sieht es der Fisch nicht, so sieht es der Herr.« »Wenn dich die bösen Buben locken, so bleib daheim und stopfe Socken.« Keiner, der die schillernden Bildchen durchblätterte, konnte sich deren Bann entziehen: rosige Englein mit kullernden Bäuchen, mit Silberstaub überzogene Hänschen Kleins, Scherenschnitte von Gänselieseln mit wehenden Zöpfen, Pferde, Blumenvasen und immer wieder rote Rosen. Unweigerlich schlich sich beim Anblick dieser Glanzbilder der fast vergessene Geschmack von Brause auf die Zunge, dieses unvergleichliche Ziehen und Zischen, das bei manchen Geschmacksrichtungen fast einer Mutprobe gleich kam und einen schon vor dem Probieren das Gesicht verziehen ließ. Plötzlich war sie wieder da, die Erinnerung an die Glocke des Eismannes, der mit seinem dreirädrigen Fahrrad sein Kommen ankündigte. Die Kleinsten mussten auf das dicke Vorderrad klettern, um in den am Lenker befestigten Kasten hineinschauen zu können. Unvergessen die vielversprechenden eisigen Schwaden, die einem entgegenschlugen, wenn der Eismann die runde Deckelkuppel geöffnet hatte, um den Blick frei zu geben auf das Paradies. Unvergessen die Qual der Wahl, die entsetzliche Möglichkeit, falsch zu entscheiden.

Kerstin war im kleinen Hinterstübchen, das direkt an den großen Raum anschloss, damit beschäftigt, glänzende Christbaumkugeln aus ihrer schützenden Schale zu befreien.

»Mia. Gut.« Dies war weniger eine Begrüßung als eine zufriedene Feststellung und Kerstin sah auch nicht auf. Mias Anwesenheit war einfach eine unumstößliche Tatsache, die jeden Morgen aufs Neue mit diesen zwei Worten besiegelt wurde.

Mia konnte sich noch genau an den Tag erinnern, an dem sie sich, ohne es geplant zu haben, vor dem »Laden« wiederfand. Sie hatte schon seit Stunden eine plötzliche starke Unruhe in sich gespürt gehabt, ohne festmachen zu können, woran dies lag. Ziellos war sie durch die Straßen gezogen, hatte mit leerem Blick die Auslagen in den diversen Geschäften zur Kenntnis genommen und sich gefühlt, als wäre sie auf der Suche nach etwas Wichtigem, ohne zu wissen, was dieses Etwas sein könnte.

Erst vor knapp einem Jahr war sie nach Münchsberg gezogen, mit dem Vorsatz, sich für eine Weile erst einmal treiben zu lassen, ohne konkretes Ziel. Ihre vertrauensvolle Gewissheit, dass sie vom Leben zu gegebener Zeit an den für sie richtigen Platz gespült werden würde, war grenzenlos. Nach dem Tod ihres Vaters, der ihr ein kleines Vermögen hinterlassen hatte, hatte sie sich außerstande gefühlt, weiterhin im Zuhause ihrer behüteten Kindheit zu bleiben. Dass er einfach aufgehört hatte, zu sein, von heute auf morgen aus ihrem Leben verschwunden war, saß wie ein Stein in ihrer Brust. Sie wusste, dass sie erst wieder befreit würde atmen können, wenn sie nicht Tag für Tag in ihrem von nun an verwaisten Kindheitshaus das Fehlen seines für sie da Seins am ganzen Leib würde spüren müssen.

So war es für sie ein zwar mutiger, aber auch lebensnotwendiger Schritt gewesen, alles Frühere komplett hinter sich zu lassen und sich mit ganzer Kraft in einen neuen Lebensabschnitt zu stürzen. Ihre bunte Wohnung verstärkte in ihr das klare Gefühl, auf dem für sie richtigen Weg zu sein, und die ersten Wochen war sie von Kopf bis Fuß damit beschäftigt gewesen, diese schönen Räume mit ihrem innersten Kern zu füllen. Am Liebsten hätte sie sich ein Schild umgehängt mit der Aufschrift: »Bitte nicht stören – ich wohne!«

Nach und nach hatte sie begonnen, sich ihre neue Stadt im wahrsten Sinne des Wortes einzuverleiben, und nahm die Stadtviertel, die neuen Gerüche, die diversen Geschäfte und unterschiedlichsten Menschen mit allen Sinnen in sich auf. Stundenlang konnte sie am Fluß entlang schlendern, auf vom Wetter gegerbten Bänken sitzen, Steinchen ins Wasser werfen und den endlosen Wellenkreiseln nachsinnieren. Manchmal ließ sie sich einfach vom Strom der Menschen vorwärts treiben, genoss die Gesprächsfetzen um sich herum und die Rastlosigkeit, mit der die meisten ihrem Ziel entgegen eilten. Hier fing es an, das Spiel, sich zu den einzelnen Gesichtern Geschichten auszudenken.

An jenem Tag, als diese plötzliche Unruhe sie erfasste, mit einem unerklärlichen Drängen von tief innen heraus, fühlte sie die diffuse Erwartung, dass sich heute etwas für ihr Leben Entscheidendes ereignen würde. Und dann stand sie vor ihm, dem »Laden«, und war wie elektrisiert. Wie von unsichtbaren Fäden gezogen setzte sie die Drehtür in Gang und betrat staunend die andere Welt. Geblendet blieb sie mitten im Raum stehen, schaute fassungslos auf die zahllosen Spiegel- und Glasscherben, die an langen Schnüren wie überdimensionale Mobiles an einem Deckenbalken befestigt waren. Durch die Sonnenstrahlen, die durch die großen Fenster fielen, wurde ein atemberaubendes Lichtspiel entfacht, das sich in den sich drehenden Scherben tausendfach über den gesamten Raum ausbreitete.

Sie hielt den Atem an, um der Größe dieses Augenblicks Raum zu geben. Erst jetzt bemerkte sie die kleine, fast feenhafte Frau mit ihrem langen Zopf, durch den sich schon die ersten Silberfäden sponnen, und die ganz offensichtlich gespürt hatte, dass sich hier etwas Bedeutendes vollzog. Die beiden Frauen gingen aufeinander zu und gaben sich die Hand.

»Mia.«

»Kerstin.«

Ihre Augen trafen sich, ein Moment voller Klarheit und Wissen.

2

Möchtest du heute Abend zu uns zum Essen kommen?« fragte Kerstin. »Gunnar wird kochen.« Sie waren damit beschäftigt, eine neue Lieferung kleiner Schneeglaskugeln aus ihrer Verpackung zu schälen.

»Au ja,« rief Mia erfreut. »So gerne.«

Sie liebte es, den Abend bei Gunnar und Kerstin zu verbringen. Gunnar war ein Bär von einem Mann, und wenn er von hinten die Arme um seine winzige Frau legte, hatte man den Eindruck, sie würde gänzlich von ihm verschluckt. Gunnar war laut und energiegeladen, eine wahre Naturgewalt. Sein Humor war erfrischend und klug und er konnte seine begeisterten Zuhörer stundenlang mit seinen lebendigen Erzählungen fesseln.

Gunnars Großvater war über viele Jahre Dorfbürgermeister gewesen und um ihn rankten sich die abenteuerlichsten Geschichten. In seiner Mittagspause, so hieß es, soll er immer auf die Linde auf dem Rathausplatz geklettert sein, um ungestört Trompete zu üben.

Auch über einen weiteren angeblichen Vorfall tuschelte man bis heute. Er soll seine Frau, von der man munkelte, sie hätte Haare auf den Zähnen gehabt, an den Füßen gepackt und vom Dachfenster aus in die Tiefe baumeln lassen, um seinen Willen durch zu setzen.

»Sagst du jetzt Ja?« hätte er gebrüllt und man hätte ihr wackeres »Nein« bis zum Ende der Straße gehört.

»Die neuen Krippenfiguren von Fabian stellen wir am Besten erst kurz vor Advent auf, denke ich.«

Kerstins Sohn Fabian bereicherte den »Laden« seiner Mutter schon seit einiger Zeit in unregelmäßigen Abständen mit kunstvoll angefertigten Holzschnitzereien. Seine Marionetten waren von irritierender Schönheit, manche mit märchenhaft entrückten Gesichtern, andere wiederum mit charaktervoll markanten Zügen. Am meisten liebte Mia den »Bruder Jakob«, einen langen und schlaksigen Lausbub mit spitzer Nase, eine freche Mütze auf dem ungezähmten Haar. Sein Mund hatte etwas Verschmitztes, was in einem seltsamen Widerspruch zu der Melancholie in seinen Augen stand.

Fabians Holztiere waren wundervoll altmodisch, wie einem Kinderbuch aus dem letzten Jahrhundert entsprungen, und seine Krippenfiguren sprengten jede Erwartung. Um ein rundbäuchiges, wohlgenährtes und buddha-ähnliches Jesuskind waren nicht nur Ochs und Esel versammelt, sondern auch Einhörner, Seepferdchen, Faultiere und Schildkröten. Es schien, als huldige jedes einzelne Geschöpf dieser Erde dem neugeborenen Kind.

Mia betrachtete versonnen die kleine Ansammlung von Schneekugeln in den verschiedensten Größen, die sie vor sich aufgestellt hatte, um sie blank zu polieren, bevor sie ihren Platz auf einem der verschnörkelten Beistelltischchen finden durften. Schon als Kind hatten diese wundersamen Kapseln sie fasziniert, aber auch geängstigt. Die Vorstellung, für immer in diesem engen Glasbehälter eingesperrt zu sein, war bedrückend. Ganz oft musste sie die Kugeln schütteln, weil die sanfte Kaskade leiser Schneeflocken etwas Tröstliches über diesen Gedanken legte.

Als Kerstin den »Laden« schloss, blieb Mia nicht viel Zeit. So eilte sie heim, um Kater Alfons, der ihr maunzend entgegen sprang, wenigstens noch ein köstliches Näpfchen bereit zu stellen, bevor sie erneut ihr Himmelblaues sattelte, um zur Straßenbahn zu gelangen.

Langsam war es schon dämmrig geworden und Mia wartete auf den Moment, in dem ganz unerwartet die Straßenbeleuchtung eingeschaltet wurde. Bis heute hatte sie den kindlichen Gedanken, dass es ihr Glück brachte, wenn sie diesen Augenblick bewusst erlebte.

Mit der Straßenbahn durch die beleuchtete Stadt zu zuckeln, hatte immer etwas festlich Gemütliches und sie freute sich an den hell erleuchteten Auslagen der diversen Geschäfte. Wenn es ihr gelang, in den Wohngebieten einen Blick in die eine oder andere Stube zu werfen, in der Menschen unter dem Schein einer Lampe gemeinsam um den Tisch saßen, fielen ihr wieder ganz viele Geschichten dazu ein. Was wurde hier wohl besprochen?

In welcher Beziehung standen die um den Tisch Versammelten zueinander? Waren sie glücklich?

Kerstin und Gunnar lebten am Stadtrand direkt am Wald in einem sonnengelb gestrichenen Häuschen, das sie in jahrelanger Arbeit liebevoll in ein kleines Juwel verwandelt hatten. Hier verschmolzen Gunnars handwerkliches Geschick und Kerstins ästhetisches Gespür für Schönheit zu einem perfekten Ganzen. Alt und neu waren auf geschmackvolle Weise zusammen gefügt worden und die einzelnen Räume so spärlich möbliert, dass jedes Detail im Zentrum zu stehen schien, um in seiner Schönheit gewürdigt zu werden.

Als Mia das Haus betrat, roch es verführerisch nach knusprigen Gänsekeulen. Erst jetzt merkte sie, wie hungrig sie war. Kerstin hatte den Tisch in der ihr ganz eigenen Weise dezent herbstlich geschmückt.

»Mia. Wie schön,« sagte sie nur.

Aus der Küche dröhnte Gunnar theatralisch: »Meine Damen. Es ist angerichtet.«

Bei Kerstin und Gunnar zu speisen, war ein Fest für die Sinne. Die Augen erfreuten sich an der geschmackvoll aufeinander abgestimmten unaufdringlichen Tischdekoration, dem feinen Porzellan und den geschliffenen Gläsern. Der Gaumen wurde durch köstliche Gerichte verwöhnt und die Ohren lauschten entzückt den kurzweiligen und oft sehr witzigen Geschichten, die Gunnar zum Besten gab.

Beim Abschied sagte Kerstin: »Wir wollen in ein paar Wochen unsere Silberne Hochzeit feiern und würden uns freuen, wenn du kommst.« Sie half Mia in den Mantel. »Fabian bringt seinen Freund Jakob mit und selbst Rike hat versprochen zu kommen.«

Friederike, die Tochter von Kerstin und Gunnar, studierte Geige am Konservatorium, 600 km entfernt von ihrem Elternhaus. Mia war ihr bis jetzt erst einmal begegnet und hatte sie als eine lebhafte Gesprächspartnerin in Erinnerung behalten.

»Natürlich werde ich dabei sein,« sagte sie strahlend. »Ich fühle mich geehrt.«

»Dann steht einem wundervollen Abend ja nichts mehr im

Wege.« Gunnar umarmte sie. »Schließlich müssen wir ja gebührend feiern, dass Kerstin es schon so lange mit mir ausgehalten
hat.«

***

Die Geschichte, wie Gunnar und Kerstin zueinander gefunden
hatten, wurde von Gunnar gerne und genüsslich erzählt.

In seinen Sturm- und Drangzeiten, als der noch sehr junge
Gunnar, gerade frisch der Schule entsprungen, noch nicht wirklich wusste, wohin er auf dieser Welt gehörte, teilte er eines Tages
seiner erstaunten Familie mit, dass er nach Afrika auswandern
wolle. Seine Mutter brach sofort in Tränen aus. Ihren Jungen, der
doch fast noch ein Kind war, so früh schon hergeben zu müssen
und auch gleich noch so weit weg von elterlicher Fürsorge und
Einflussnahme, ängstigte sie über die Maßen. Gunnar, schon
damals ein begnadeter Erzähler, konnte sie jedoch mit anschau-
lichen Schilderungen von gigantischen Sonnenaufgängen, un-
berührter Natur, endlosen Weiten und sanften schwarzäugigen
Kindern mit seiner Begeisterung so beeindrucken, dass sie es
letztendlich nicht übers Herz brachte, ihrem Jungen mit ihrer
mütterlichen Sorge im Wege zu stehen.

Schon bald begannen unter Mitwirkung der gesamten Familie
fieberhafte Vorbereitungen für ein Unterfangen, das eigentlich
die Vorstellungskraft aller sprengte.

Gunnar war stolzer Besitzer eines Mopeds und war fest entschlossen, seine große Reise auf diesem Gefährt zu beginnen,
denn ihm schwebte vor, in Italien auf einem Schiff anzuheuern,
das ihn bis nach Afrika bringen würde.

Ausgestattet mit einer reichhaltigen Brotzeit, mit Wasserflasche, Tropenhelm und Überlebensrucksack, stand er am Tag
seiner Abreise neben seinem Moped und genoss die Aufmerksamkeit aller Umstehenden. Das halbe Dorf war gekommen, um
seinen heldenhaften jungen Bürger ausgiebig zu verabschieden.
Tränen flossen und Nachbarn und Familienmitglieder lagen sich
in den Armen im Angesicht dieses denkwürdigen Ereignisses.
Ein Bürger ihres Dorfes würde in Afrika zu Ruhm und Ehren
gelangen. Dies musste den Weg in die Geschichtsbücher finden.

Endlich stieg Gunnar auf, und begleitet vom begeisterten Johlen der Menge, knatterte er seinem hehren Ziel entgegen.

Ein Gefühl grenzenloser Freiheit hatte ihn ergriffen. Die Sonne stand hoch am Himmel, er war jung, er war stark. Ihm gehörte die ganze Welt.

Sein Weg führte ihn immer am Flusslauf entlang. Die Wiesen am Ufer standen in sattem Grün, gesprenkelt von dottergelbem Löwenzahn und umsäumt von einer langen Allee schattenspendender Bäume. Gunnar war überwältigt von seinem eigenen Wagemut, von dem Bewusstsein, ganz und gar verwegen zu handeln.

Sein Heimatdorf hatte er schnell hinter sich gelassen. Auf einer Anhöhe blieb er stehen, um seinem schon etwas entkräfteten Moped, das tapfer knatternd bereits etliche Steigungen bewältigt hatte, eine kurze Verschnaufpause zu gönnen. Mittlerweile brannte die Sonne gnadenlos auf sein ungeschütztes Haupt. Gunnar blinzelte ins Tal hinab und warf einen letzten nun doch etwas wehmütigen Blick auf sein Dorf, das ihm liebenswert und etwas verhuscht ganz hinten am Horizont zuzuwinken schien.

Als ihn plötzlich ein wahrer Heißhunger überfiel, dachte er sich »Warum nicht?«, setzte sich ins Gras und vertilgte genüsslich zwei dick mit Wurst und Käse belegte Brote, die seine Mutter liebevoll noch mit kleinen Gurkenscheibchen garniert hatte. Tief im Rucksack verstaut fand er sogar eine kalte Flasche Bier, die er, erhitzt wie er war, dankbar fast in einem Zug seine ausgedörrte Kehle hinunterrinnen ließ. Eine zufriedene Müdigkeit machte sich in ihm breit und, kaum dass er sich ins Gras niedergelegt hatte, den Kopf an seinen Rucksack gelehnt, schlief er ein.

Er musste lange geschlafen haben, denn als er aufwachte, hatte sich der zuvor wolkenlos azurblaue Himmel in ein gefährlich anmutendes grau wirbelndes Schauspiel verwandelt. Mit steifen Gliedern packte er eilig seine Sachen zusammen.

Und dann sah er sie.

Kerstin, ratlos über ihr Fahrrad gebeugt, dessen Vorderrad ganz offensichtlich einen Platten hatte, kam ihm vor wie ein Wesen von einem anderen Stern. Mit ihrem hüftlangen hellen Haar und den großen tiefblauen Augen konnte man glauben, sie sei ein kindlicher Engel, der von einer Wolke gefallen war, direkt hinein ins feindliche Leben. Ihre Glieder waren filigran und feenhaft zart und ihr Blick so verzweifelt, dass Gunnar sofort wusste, dass er ihr Retter sein würde. Es fielen bereits die ersten schweren Regentropfen, als er sie ohne große Worte hochhob, diesen kleinen Schluck Mensch, sie vor sich auf sein Moped setzte und den Heimweg antrat.

So kam es, dass Gunnars Afrikareise endete, noch bevor sie überhaupt richtig begonnen hatte. Schon nach kurzer Zeit war klar, dass Gunnar die Liebe seines Lebens gefunden hatte.

***

Jakob kam erst spät nach Hause, weil sein Besuch bei Fabian doch viel länger als geplant gedauert hatte. Der Freund war völlig vertieft gewesen in die Anfertigung zweier Handpuppen, mit denen er bei der Feier zur Silbernen Hochzeit seiner Eltern ein kleines Puppenspiel zum Besten geben wollte.

Unwillkürlich waren sie ins Plaudern geraten und hatten sich schließlich mit Ideen zur Gestaltung dieses Abends schier überboten. Jakob fühlte sich der Familie von Fabian eng verbunden und so war es für ihn vollkommen klar, dass auch er zum Gelingen des Abends etwas beitragen wollte.

»Darf ich?« fragte er seinen mattgelben Nachdenksessel, der ihm schon seit vielen Jahren immer wieder zur Verfügung stand, wenn er den Dingen auf den Grund gehen musste. Hier konnte er seine Konzentration bündeln, das abgewetzte ehemals goldgelbe samtige Kissen im Rücken und den vom Grübeln schweren Kopf an die Ohrenbacken gelehnt.

»Fünfundzwanzig Jahre Seite an Seite,« murmelte er. »Wie fühlt sich das an?«

Sofort dachte er an seine Großeltern, die Tag für Tag Schulter an Schulter gemeinsam ihr Leben verbrachten. Für Jakob war es undenkbar, sich die Beiden getrennt voneinander vorzustellen, und er hatte sich auch nie Gedanken darüber gemacht, dass es für sie ein Davor gegeben haben musste. Vor seinem inneren Auge waren sie schon immer Omili und Opapa gewesen und selbst als Kinder schon Hand in Hand und bis in Ewigkeit vereint.

Er hatte nie wirklich heraus finden können, was seine Mutter und seinen unbekannten Vater verbunden hatte. Seine Großeltern standen für sämtliche Fragen, die Jakob umtrieben, grenzenlos zur Verfügung. Sobald er jedoch versuchte, das eine oder andere Detail zu dieser offenbar unglückseligen Beziehung in Erfahrung zu bringen, prallte er gegen eine Wand des Schweigens.

»Er hat deiner Mutter das Herz gebrochen.«

Mit diesen wenigen Worten wurde ihm unmissverständlich klar gemacht, dass es dazu nichts weiter zu sagen gab.

So blieb ihm nichts anderes übrig, als sich aus dem, was unachtsam doch das eine oder andere mal im Nebensatz in den Raum gestellt wurde, eine vage Vorstellung dieser Liaison zusammen zu klauben.

Für ihn kristallisierte sich heraus, dass sein Vater wohl ein hochtalentierter Künstler auf der Durchreise gewesen sein musste, der deutschen Sprache zwar nicht mächtig, aber um so geschickter, seinen biegsamen Körper sprechen zu lassen. Der Sommer, in dem Jakob durch diese Liebe geformt wurde, wird für seine Mutter ganz sicher voller romantischer Heimlichkeit, Zauber und Illusion gewesen sein – und der glücklichste ihres viel zu kurzen Lebens.

Im Laufe der Jahre hatte Jakob sich, auch genährt durch die märchenhaften Erzählungen seiner Mutter, seinen Vater zu einem für ihn greifbaren Bild zusammen gebaut. Für ihn wurde er zu einem weißgeschminkten Harlekin mit einem breit lächelnden Mund und tieftraurigen Augen. Für ihn stand er kopfüber und schwang dabei zahllose Ringe um seine Fußknöchel, immer in Bewegung und katzenhaft auf dem Sprung oder jonglierte mit unzähligen schillernden Bällen, auf dem Kopf eine silberfarbene Vase mit blutroten Rosen.

Es war spät geworden. Jakob erhob sich aus seinem Nachdenksessel, verneigte sich vor ihm und sagte: »Danke.«

GUNNAR

Gunnar lag wach. Wieder einmal hatte er sich mit Kerstin gestritten. Nun lag er allein in ihrem großen Bett, weil sie es nach einer heftigen Auseinandersetzung nicht ertragen konnte, an seiner Seite zu schlafen. Sie hatte sich stumm aber entschieden ihr Bettzeug geschnappt und war in Friederikes Zimmer ausgewichen. Gunnar fror und er hatte Angst. Er wusste, dass es Tage dauern konnte, bis Beide sich, erschöpft von der quälenden Schieflage, einander wieder annäherten.

In solchen Zeiten wünschte er sich heftig, dass ihm diese Frau, mit der er schon eine gefühlte Ewigkeit zusammen war und die ihm alles bedeutete, gleichgültig wäre. Er verfluchte die Verunsicherung, die ihre klugen und kritischen Anmerkungen immer wieder in ihm auslöste und er sehnte sich danach, sie verachten zu können, weil sie als Einzige ihm nicht zu Füßen lag.

Gunnar war es gewöhnt, dass er die interessierten Blicke aller auf sich zog. Wenn er einen Raum betrat, war dies immer ein Auftritt, denn er wusste sich mit charismatischer Präsenz sofort zielsicher in Szene zu setzen. Die Aufmerksamkeit der Umstehenden war Nahrung für ihn und wenn es ihm an Zuschauern mangelte, fiel er unmerklich in sich zusammen.

Damals, als der blutjunge verwegene Gunnar seinen wundersamen Engel vor dem Gewitter gerettet hatte, hatte seine Kerstin ihn mit ihren großen kindlichen Augen angesehen, als sei er ein unverwundbarer Held aus einer griechischen Sage, der seine Angebetete unter Einsatz seines Lebens vor dem Verderben bewahrt. Gunnar musste sich eingestehen, dass er dieses Muster gerne für den Rest ihres gemeinsamen Lebens beibehalten hätte.

Sein Beschützerinstinkt für dieses zarte und zierliche Mädchen war anfänglich in vollem Umfang zum Tragen gekommen. Gunnar hatte Kerstin wie ein Zerberus behütet und niemand durfte es wagen, sich ihr zu nähern. Er hatte kein Auge für andere Frauen, die ihn, den kräftigen und sprühenden jungen Mann, anhimmelten.

Als sich jedoch sein verliebtes Kind mehr und mehr zu einer

selbstbewussten jungen Frau entwickelte, wurde Gunnar von einer tiefgreifenden Unsicherheit erfasst. Ihre Fernbeziehung stellte ihn ohnedies auf eine harte Probe, seit er für sein Lehramtsstudium weggezogen war. Dass er Kerstin dadurch nur noch wenige Male im Monat sehen konnte, zerrte an seinen Nerven, doch es gelang ihm bei jedem ihrer Treffen, sie mit seinen theatralisch romantischen Ideen weiterhin an sich zu binden.

Als Kerstin beschloss, weitab von zu Hause Fotografie zu studieren, konnten sie sich noch seltener sehen und Gunnar registrierte mit verbissener Verzweiflung, dass diese Tatsache ihr nicht besonders zusetzte. Er war gepeinigt von Ängsten, sie könne einen anderen Mann kennen und lieben lernen.

In dieser Zeit ließ er sich des öfteren auf andere Frauen ein, eine kindische Trotzreaktion, die er am nächsten Morgen jedes Mal bereute. Gunnar war getrieben von dem inneren Wunsch, seinem unabhängigen und eigenständigen Mädchen nicht mehr so rettungslos ausgeliefert zu sein und wollte sich beweisen, dass er Kerstin gar nicht so sehr brauchte. Doch so gut es ihm auch tat, zwischenzeitlich von anderen Frauen begehrt zu werden, die ihm jeden Wunsch von den Lippen ablasen und ihn in seiner Männlichkeit bestätigten, zog es ihn dennoch weiterhin zu seiner störrischen kleinen Geliebten, die so viel Macht auf ihn ausübte, dass es ihn schwindelte.

Jahrelang warb er um sie mit allen ihm zur Verfügung stehenden Mitteln und sie ließ sich immer wieder auf ihn ein. Sie konnten nicht voneinander lassen.

Als er in Münchsberg am Gymnasium seine feste Stelle als Lehrer antrat, war er vollkommen überrascht, dass Kerstin bereit war, ihm dorthin zu folgen. Das erste Jahr in ihrer gemeinsamen Wohnung gehörte zum schönsten seines Lebens. Sein verunsichertes Herz kam ein wenig zur Ruhe und vorsichtig wagte er zu hoffen, dass sie von nun an für immer zusammen bleiben konnten. Dennoch gelang es ihm auch in dieser Zeit nicht, sich ihrer vollends sicher zu sein.

Erst ein Jahr später willigte Kerstin ein, ihn zu heiraten. Sie war schwanger. Gunnar war im Taumel. Jetzt gehörte sie endgültig ihm und er war bereit, alles zu geben. Gunnar sah sich in der Rolle des Häuptlings, der seinen geliebten Clan mit Haut und

Haaren zu verteidigen gewillt war. Diese unglaubliche kleine Frau, deren Bauch zu einer monströsen Kugel heran wuchs, bis Gunnar meinte, sie sei mehr breit als hoch, ließ seinen verloren geglaubten Beschützerinstinkt wieder zur Hochform auflaufen.

Doch Kerstin war nicht bedürftig und wurde von einem stillen kraftvollen Leuchten durch diese Zeit hindurch getragen. Wieder ahnte Gunnar, dass sie ihn nicht wirklich brauchte.

Als sie im Laufe ihrer Schwangerschaft immer stärker in eine tiefe innere Zwiesprache mit dem Kind in ihrem Leib abtauchte, musste er erneut verstärkt darum werben, von ihr wahrgenommen zu werden. Je stiller Kerstin ihren Blick nach innen richtete, desto lauter wurde Gunnar.

Als Fabian geboren wurde, entwickelte ihr Zusammenleben sich nicht von Zweisamkeit zu Dreisamkeit, wie Gunnar es sich erhofft hatte, sondern zu zweisam plus eins. Auf der einen Seite stand Kerstin mit ihrem Sohn, und auf der anderen Seite Gunnar, der sich im Angesicht dieser innigen Mutter-Sohn-Liebe wie ein Zaungast vorkam. Er war entsetzt, als er feststellen musste, dass er seinem eigenen Kind gegenüber bittere Eifersucht verspürte. Ihm war, als hätte Fabian ihm die Frau weggenommen.

Mit aller Kraft stürzte Gunnar sich in seinen Beruf. Hier bekam er die Bestätigung, die er so dringend brauchte. Innerhalb weniger Jahre wurde er zum Vertrauenslehrer gewählt und die von ihm ins Leben gerufene Theatergruppe feierte mit ihren ungewöhnlichen Aufführungen große Erfolge.

Bei jeder Premiere saß Kerstin in der ersten Reihe. Wenn Gunnar beim Applaus, umringt von seinen begeisterten Schülern, in der Mitte stand, um als Regisseur vom Publikum gefeiert zu werden, suchte sein Blick als Erstes seine Frau. Wenn sie lächelnd die Augen schloss und mit dem Kopf nickte, wusste er, dass es ihr gefallen hatte, und erst dann konnte er sich entspannen und sich von der wohltuenden Woge der Anerkennung hinweg tragen lassen.

Vier Jahre nach Fabians Geburt wurde Friederike geboren. Von Anfang an war diesmal alles anders. Gunnar war wie vernarrt in seine kleine lebhafte Tochter, und aus dem schmerzlichen Zwei plus Eins wurde ein Zwei und Zwei. Das Familienleben pendelte sich ein und alle Beteiligten fanden allmählich den ihnen zugefallenen Platz. Es waren gute Jahre und Gunnars Verlustängste beruhigten sich.

Dennoch gelang es ihm nie, in Erfahrung zu bringen, was Kerstin in ihrem innersten Wesenskern beschäftigte. Ihm war, als gäbe es in ihr einen Bereich, zu dem ihm der Zutritt verwehrt blieb, etwas, das allein ihr gehörte und so kostbar und zerbrechlich war, dass sie es seinem heftigen Wesen nicht aussetzen wollte, um es nicht zu beschädigen.

Wenn es ihm gelang, dies zu akzeptieren, ging es ihm besser. Es war wie eine geheime Formel: Je mehr er um die Anerkennung seiner Frau buhlte, desto mehr zog sie sich vor ihm zurück. Sobald er es jedoch schaffte, sich nicht von ihrer Wertschätzung abhängig zu machen, kam sie auf ihn zu und gab ihm warm und überwältigend zu verstehen, dass sie ihn liebte. So fand er sich damit ab, immer nur das zu bekommen, was sie gerade zu geben bereit war und davon zu zehren in mageren Zeiten.

Der Schlaf wollte nicht kommen. Gunnar hatte es noch nie gut aushalten können, nachts ohne Kerstin an seiner Seite zu sein. Ihre Anwesenheit strahlte eine solche Kraft auf ihn aus, dass er sich an ihrer Stärke immer wieder aufladen konnte. Ohne sie lief sein hochtouriger Seelenakku leer.

Gunnar war gänzlich entfallen, um was es in ihrem Streit gegangen war. Das passierte ihnen öfters, dass ein Wort das andere gab, als würden Tasten gedrückt, die einen verstörenden Dammbruch zur Folge hatten. So schaukelten sich ihre Auseinandersetzungen hoch und sie verstrickten sich hoffnungslos in nicht enden wollende immer wiederkehrende Muster. Ganz offensichtlich musste sich das, was sich zwischen ihnen aufgestaut hatte, all das Ungesagte und still Erduldete, von Zeit zu Zeit mittels kränkender Worte entladen.

Nur selten war es Gunnar gelungen, Kerstin am Ende dieser Wortgefechte einfach in den Arm zu nehmen, um ihr mit dieser Geste ein erschöpftes Friedensangebot zu machen. Meistens hatte sie sich gegen jede Berührung entschieden gewehrt, als würden seine Hände auf ihrer Haut die verbalen Verletzungen noch vertiefen. Fast immer blieb er allein im Bett zurück und sah sich seinen Verlustängsten schutzlos ausgeliefert.

Nach solchen Nächten begegneten sie sich am nächsten Morgen mit einer seltsamen Scheu, als wären das nicht sie Beide gewesen, die dieses nervenaufreibende Gefühlsbad miteinander erlebt hatten. Dann rettete Gunnar sich in eine lärmende Morgenfröhlichkeit und Kerstin setzte ihr nach innen gekehrtes Gesicht auf. Gunnars Abschiedskuss war scheu und hoffnungsvoll, doch er wurde von ihr nicht erwidert.

3

Schon von Weitem sah Mia, dass das Haus von Kerstin und Gunnar festlich erleuchtet war, als freute es sich zusammen mit seinen Bewohnern, dieses besondere und schöne Fest feiern zu dürfen. Der Weg vom Tor zur Eingangstür war mit zahllosen Lämpchen bestückt worden, die wie unzählige Glühwürmchen frei schwebend in der Luft zu tanzen schienen. Als Mia das Haus betrat, schlug ihr eine angenehm gemütliche Wärme entgegen und das geschäftige Klappern, das aus dem Wohnzimmer und der Küche drang, zeugte von letzten Vorbereitungen, die getroffen wurden, um diesen Abend gelingen zu lassen.

Gunnar war gerade dabei, den köstlich duftenden Braten zu übergießen. Er war bester Laune und begrüßte Mia mit einem breiten und glücklichen Grinsen. Dies alles war ganz nach seinem Geschmack und er war in Hochform.

»Kerstin ist dabei, den Tisch aufzudecken und wird sich freuen, dich zu sehen. Sie ist etwas nervös,« sagte er lachend.

Der große Esstisch hatte sich in eine festliche Tafel verwandelt und Kerzen von unterschiedlichster Farbe und Größe tauchten das Wohnzimmer in ein märchenhaftes Licht. In ihrem seidig glänzenden und enganliegenden, königsblauen Kleid sah Kerstin aus wie eine zarte Fee, mit vor Aufregung geröteten Wangen.

»Mia. Gut.«

»Ist Friederike schon da?«

»Sie ist gestern Abend angekommen. Fabian und Jakob sind schon seit einer ganzen Weile zusammen mit ihr abgetaucht. Offenbar gibt es recht viel zu tuscheln und zu besprechen.« Kerstins Augen leuchteten wie die eines Kindes kurz vor der weihnachtlichen Bescherung.

Mia war sehr gespannt darauf, Friederike wiederzusehen. Sie hatte sie seit ihrer ersten und einzigen Begegnung noch lebhaft in Erinnerung. Rike hatte zwar die zarte Statur ihrer Mutter, war aber bei Weitem nicht so zurückhaltend und nach innen gekehrt wie Kerstin. Ihre sprudelnde Lebensfreude wirkte ansteckend, und wenn Gunnar und Rike zu erzählen begannen, schien es, als seien sie ein eingespieltes Team. Ihr Witz und ihr Charme waren durch nichts zu überbieten.

Fabian dagegen strahlte mit seinen breiten Schultern und dem breiten Kreuz eine große Ruhe aus. Er war ein intensiver Zuhörer und betrachtete die Menschen, denen er begegnete, mit so klarem Blick, als würden seine Augen in deren Innerstes vorstoßen.

Gunnar rief aus der Küche: »Es wird Zeit, alle zusammen zu trommeln. Es kann gespeist werden.«

Mia begab sich in den ersten Stock und klopfte an das Zimmer, aus dem zarte Geigentöne zu hören waren. »Das Essen ist fertig. Könnt ihr kommen?«

»Komm ruhig rein, Mia. Wir sind soweit.«

Freudig trat sie ein.

Seine Augen trafen sie bis ins Innerste ihrer Seele. Sein Schauen kroch ihr unter die Haut und sein kreisrunder hellblauer Blick zog sie in die Tiefe.

Mia hielt den Atem an.

Jakob stand wie vom Blitz getroffen da, als wäre er von jetzt auf gleich mitten in der Bewegung eingefroren.

Fabian und Rike hatten unerklärlicherweise nichts mitbekommen von der Magie dieses winzigen Augenblicks, der für Mia und Jakob zu einer Ewigkeit geworden war. Die Erde hatte einen Wimpernschlag lang aufgehört, sich zu drehen, und nur zwei Menschen auf dieser Welt hatten es wahrgenommen. Als Rike wie selbstverständlich, angeregt plaudernd, ihre Geige in den Kasten legte und sie liebevoll mit dem weichen bernsteinfarbenen Tuch bedeckte, löste Mia sich aus ihrer Erstarrung, streckte die Hand aus und sagte:

»Du musst Jakob sein. Ich bin Mia.«

»Mia und Jakob,« sagte er leise.

Das Festmahl erlebte sie wie durch einen Schleier. Sie war links von Jakob platziert worden und spürte seine Anwesenheit wie Flammen auf ihrer Haut, auch wenn sie es kaum wagte, ihn anzusehen. Sie sprachen kein einziges Mal miteinander, doch ihr Schweigen war voller Worte.

Gunnar und Rike überboten sich wieder gegenseitig mit den

anregendsten Geschichten. Sie hatten einen unerschöpflichen
Vorrat an Anekdoten aus ihrem Studenten- und Berufsleben
zum Besten zu geben. Rike hatte einen Kommilitonen, der die
erlesensten Schüttelreime aus dem Stegreif zu dichten in der
Lage war. Bei jedem Konzert durfte man gespannt sein, welchen
Zweizeiler er zum großen Vergnügen der jungen Musiker heute
abliefern würde, am Liebsten kurz bevor der erste Ton erklingen
sollte:

»Wir sitzen hier auf weißen Stühlen, in denen unsre Steiße
wühlen.«

Und als die jungen Studenten mit ihrem Orchester den Pianis-
ten Erwin Picht begleiten sollten:

»Was mich nicht packt, ist der Picht nackt.«

Die ersten Takte waren leicht derangiert gewesen, weil sich alle
vor Lachen schütteln mussten.

Die kleine Kerze vor ihnen war allmählich herunter gebrannt
und Jakob hatte angefangen, genüsslich das nur langsam erkal-
tende Wachs zu kleinen Kügelchen zu formen, die er um seinen
Teller herum reihte. Schließlich öffnete er vorsichtig Mias Hand,
mit gesenktem Kopf und ohne sie anzusehen, und legte ein noch
weiches wächsernes Herz mitten hinein.

Nachdem die Tafel aufgehoben worden war, verschwanden Rike,
Fabian und Jakob nach oben, um sich für ihren Auftritt bereit zu
machen. Mia half Kerstin und Gunnar, im Wohnzimmer Platz
zu schaffen für diverse Darbietungen, die offenbar in den letzten
Wochen abgesprochen und geübt worden waren. Immer wieder
tastete sie besorgt nach ihrem kleinen wächsernen Geschenk,
das sie hastig und überwältigt in die Brusttasche ihrer sonnengelben Seidenbluse gesteckt hatte.

Die Vorstellung konnte beginnen. Fabian hielt sich noch im Hintergrund, eine Kiste mit offenbar kostbarem Inhalt hinter dem
Rücken versteckt.

Und dann kam Jakob. Er hatte sich in einen weißgeschminkten Harlekin verwandelt, mit Augen von so großer Tiefe, als
hätten sie schon manches Schmerzliche gesehen. Mit seinem

ausdrucksstarken langen und schmalen Körper spielte er die Geschichte, wie Kerstin und Gunnar zusammen gefunden hatten, mit tiefer Konzentration und großem Ernst nach. Rike stand auf der Seite und begleitete sein stummes Spiel mit den süßesten Geigentönen. Die gebannten Zuschauer erkannten Gunnars Rastlosigkeit, die schließlich zu dem Entschluss geführt hatte, nach Afrika auszuwandern, sie sahen den Schmerz in den Augen seiner ängstlichen Mutter, sie erlebten hautnah die geschäftigen Vorbereitungen für die große Reise und das Aufgebot der entzückten Bürger. Jakob deutete die Fahrt in die Freiheit mit dem knatternden Moped hingebungsvoll an und Rike steigerte ihr Spiel zu einer Kaskade wilder und lebenshungriger Töne, sodass die Zuschauer fast das Gefühl hatten, der Fahrtwind würde ihnen um die Ohren sausen. Der erholsame Schlaf des sorglosen jungen Mannes nach der sättigenden Brotzeit wurde von der Geige mit friedvollen und dunklen Tönen begleitet, während Jakob mit selig geschlossenen Augen auf dem Wohnzimmerboden lag, den imaginären Rucksack im Rücken. Um so heftiger waren schließlich das erschrockene Aufspringen und der besorgte Blick zum dräuenden Himmel. Als Jakob seine Kerstin entdeckte, war sein weißgeschminktes Gesicht von einem tiefen Leuchten erfüllt und Rikes Geigentöne so süß und sehnsuchtsvoll, dass die Zuschauer kaum zu atmen wagten.

Kerstin hatte Tränen in den Augen und selbst Gunnar fehlten ausnahmsweise die Worte.

Mit einer eleganten Verbeugung verabschiedete der Harlekin sich von seinen entzückten Zuschauern und entschwand nach oben, um sich wieder in Jakob zu verwandeln.

Mia war wie paralysiert. Ihr gesamtes Inneres war in Aufruhr und sie war fest davon überzeugt, dass man ihr rasend klopfendes Herz bis in den hintersten Winkel des festlich beleuchteten Wohnzimmers hören musste. Ihre Fingerspitzen kribbelten und ihre Beine waren taub. Wie durch einen wattigen Schleier verfolgte sie fast ferngesteuert die amüsante Darbietung von Fabian.

Seine frisch geschnitzten Handpuppen waren eine liebevoll überspitzte Karikatur von Kerstin und Gunnar, dem so ungleichen Paar. Zum großen Vergnügen der Zuschauer schilderte Fabian eine banale eheliche Auseinandersetzung, bei der es um nicht viel mehr als ein einziges falsches Wort zur falschen Zeit und in falschem Kontext ging, eine Situation, die sich in dieser Form des öfteren bei ihnen zu Hause abgespielt hatte. In seiner Rechten erweckte er seinen Vater zum Leben, einen lauten und hochexplosiven Poltergeist, der sich äußerst impulsiv zu Wort meldete und das Recht für sich beanspruchte. In der Linken schwebte die kleine Kerstin, eine zarte, fast durchscheinende Elfe, die mit ihrer klugen Schönheit den lärmenden Gegenpol zärtlich zu besänftigen wusste und den lautstarken Zwist geschickt in friedfertige Bahnen lenkte.

Inzwischen hatte Jakob fast lautlos wieder das Zimmer betreten und ließ sich ohne Zögern direkt neben Mia auf dem Boden nieder. So saßen sie einträchtig beieinander, im Schneidersitz auf weichen Kissen. Ihre Knie berührten sich, als sei es das Selbstverständlichste von der Welt und schon immer so gewesen.

Es wurde Zeit, zu gehen. Jakob war wie ein Schatten und wich Mia nicht von der Seite. Den Weg zur Straßenbahn legten sie gemeinsam zurück, in schweigendem Einverständnis und erfüllt von einer tiefen Zufriedenheit, weil die Dinge so waren und nicht anders. Als die Bahn einfuhr, legte Jakob ohne Worte, als hätte er alle Zeit der Welt, beide Hände um Mias Gesicht und schaute, wie nur Jakob schauen konnte. In seinen Augen sah sie tiefes Erstaunen über das, was er sah. Dann drehte er sich um und ging seiner Wege, raschen Schrittes, nachdenklich vornübergebeugt und die Hände tief in den Manteltaschen vergraben.

4

Von nun an war nichts mehr, wie es zuvor gewesen war. Mias Welt stand kopf und ihr innerer Aufruhr hatte sie in eine Unruhe versetzt, die jeden Versuch, eine sinnvolle Tätigkeit zu beginnen, im Keim erstickte. Den halben Sonntag verbrachte sie auf dem korallenroten Sofa, Kater Alfons auf dem Schoß, unfähig, einen klaren Gedanken zu fassen. Immer wieder nahm sie behutsam das wächserne Herz in die Hand und betrachtete es versonnen. Ihr Gesicht brannte bei der Erinnerung an Jakobs sanfte Hände.

Plötzlich erfasste sie eine tiefe Sehnsucht nach ihrem Vater, der ihr immer ein guter Zuhörer gewesen war. Eine Welle der Verzweiflung rollte über sie hinweg, als ihr bewusst wurde, dass sie ihm diesen außergewöhnlichen jungen Mann niemals würde vorstellen können.

»Papa, das ist er,« hätte sie gesagt und er hätte nach nur einem Blick in Jakobs Augen seine Tochter bis ins Tiefste verstanden. Amma hätte Jakob ohne zu zögern an ihren breiten Busen gedrückt, hätte den Kaffeetisch gedeckt und zufrieden den Dingen ihren Lauf gelassen.

Mias Mutter war wenige Tage nach Mias Geburt völlig unerwartet an einer Lungenembolie gestorben, doch Gott sei Dank war da Amma, die Anna Fischer mit dem großen Herzen, die dem verwaisten Kind mit Haut und Haaren die Mutter ersetzte.

Als hätten sich tausend Schleusen geöffnet, konnte Mia endlich weinen, so herzzerreißend, so allumfassend, dass ihr Klagen ihren gesamten Körper erfasste. Sie krümmte sich auf dem Sofa zusammen und unfassliche Töne kamen aus ihr heraus. Der Schmerz packte sie, schüttelte sie durch und überrollte sie wie eine sturmgepeitschte Welle.

Als ihr Weinen allmählich abebbte, tat es trotzdem gut, wie ein kleines Kind, das sich die Knie aufgeschlagen hatte und tröstend von der Mutter im Arm gewiegt wurde, einfach für eine Weile noch klagend vor sich hin zu brummen, hier und da noch einmal geschüttelt von tiefen zittrigen Atemstößen.

Als wirklich kein einziges Weinen mehr in ihr drin war, fühlte sie sich leergefegt und hungrig wie ein Bär.

Kater Alfons hatte sich vorsorglich auf seinen Aussichtsplatz am Fenster zurückgezogen, als Mia von ihren Gefühlen überwältigt worden war. Nun wagte er sich wieder aus der Deckung, strich knatterschnurrend um ihre Beine und gab ihr mit leisen gurrenden Lauten zu verstehen, dass er sich über ihr wiedererlangtes Wohlbefinden freute.

Mia füllte sein anklagend leeres Schälchen üppig auf und achtete darauf, ob Alfons seinen Schwanz um den Körper legte. Nun konnte sie sicher sein, dass es ihm ausnehmend gut schmeckte. »Grießbrei,« dachte sie. »Ich brauche jetzt einen Grießbrei.«

Amma konnte den besten Grießbrei der Welt kochen, mit der genau richtigen Konsistenz zwischen flüssig und fest. »Pitschig« musste er sein und das konnte nur sie. Wenn Mia damals abends nach einem ausgiebigen Bad – so lange, bis ihre Hände schrumpelig waren – warm eingemummelt in ihren Bademantel zum Abendessen herunter gekommen war, war sie jedes Mal gespannt gewesen, wie ihr Pitschiger aussah. Je nachdem, wie der Tag verlaufen war, hatte Amma mit Marmelade entweder ein lachendes oder ein weinendes Gesicht auf den Grießbrei getupft, und Mia hatte immer vorsichtig um die marmeladigen Stellen herum gelöffelt, die erst ganz zum Schluss verspeist wurden.

Wenn Amma sie schließlich ins Bett gebracht hatte, wurde gemeinsam gebetet: »Müde bin ich, geh zur Ruh, schließe meine Augen zu.« Ihr Vater stand am Fußende des Bettes und – Mia musste meist schon vorher vor freudiger Erwartung leise kichern – rollte bei der Stelle: »Vater lass die Augen dein, über meinem Bette sein« zuverlässig inbrünstig mit den Augen.

Wenn Mias Vater für einige Tage auf Geschäftsreise war, quartierte Amma sich im Gästezimmer ein und auch Mias Freundin Hanni durfte bei ihnen übernachten. Die langen Spieleabende mit Amma und Hanni waren unvergesslich.

Amma war mit Haut und Haaren dabei, als ginge es um Leib und Leben. Am Schönsten war es beim SchnippSchnapp. Dann saß sie angespannt auf der äußersten Stuhlkante und lauerte wie ein Tier auf dem Sprung auf identische Karten, die sich dann aber doch als verschieden herausstellten, weil ihnen gemeinerweise nur ein winziges Detail zur Unterscheidung fehlte. Das »Schnipp« oder »Schnapp« und – um die Verwirrung noch zu steigern – das perfide »SchnippSchnapp« wurde von Amma gebrüllt, als würde der Sieg ihr aberkannt, wenn sie es mit normaler Lautstärke verkündete.

Wenn Amma die Spielrunden zu oft verlor, erlahmte ihr Interesse und das unvermeidliche: »So, jetzt wird es Zeit, ins Bett zu gehen,« rückte in greifbare Nähe. So ließen Mia und Hanni sie in stillem Einverständnis lieber für einige Male gewinnen, um das drohende Ende des herrlichen Abends so lang wie möglich heraus zu zögern.

Mia rührte versonnen den Grieß in die köchelnde Milch, wohl wissend, dass ihr niemals ein Pitschiger gelingen würde. Dennoch war es eine tröstliche Vorstellung, jetzt einen warmen Brei in sich hinein zu löffeln, das Bild ihres schönen und aufrechten Vaters vor sich aufgestellt. Sie musste lächeln, als sie an den »Mäusepfiff« dachte.

Immer wenn Mia einen Zahn verloren hatte, durfte sie sich ausgiebig und feierlich von ihm verabschieden und ihn dann in einen Schuh legen. Am nächsten Morgen konnte sie sicher sein, dass die Maus ihn geholt und ihr zum Dank dafür eine kleine Süßigkeit in den Schuh gelegt hatte.

Es geschah einmal, dass auch am dritten Morgen der winzige Zahn noch immer im Schuh lag und Mia ihrem Vater untröstlich berichtete, dass die Maus sie vergessen hatte. Nach einem kurzen stummen Blick zu der erschrockenen Amma, die im Eifer der alltäglichen Geschäftigkeiten ganz offensichtlich versäumt hatte, auch diesmal den Zahn verschwinden zu lassen, nahm der Vater Mia zur Seite und wusste wie immer Rat:

»Da hilft nur noch der Mäusepfiff,« meinte er, und führte Mia nach draußen. An jeder Hausecke sammelte er sich und pfiff eine kunstvolle eindringliche kurze Melodie. Dieses ausführlich viermal vollzogene Ritual gab Amma genügend Zeit, fieberhaft nach einer kleinen süßen Gabe zu suchen und den Zahn endlich auszutauschen.

Mia war tief beeindruckt, dass der zauberhafte Pfiff ihres Vaters auf der Stelle erfolgreich war. Allerdings konnte sie sich nicht erklären, warum der Mäusepfiff niemals funktionierte, wenn sie statt eines Zahns einen kleinen weißen Mandarinenkern in den Schuh gelegt hatte, in der Hoffnung, die Maus überlisten zu können.

Der Grießbrei hatte auch unpitschig überraschend gut geschmeckt. Mia streckte sich genüsslich lang aus und fegte mit einem tiefen Atemzug sämtliche Bedrängnisse, Beklommenheiten und Strapazen der vergangenen Stunden fort. Es war erst früher Nachmittag und sie würde sich jetzt auf ihr Himmelblaues schwingen und in den Park fahren. Mia brauchte jetzt Bäume. Und morgen im »Laden« würde sie keine Ruhe geben, bis Kerstin ihr verraten hatte, wo sie Jakob finden konnte.

***

Jakob hatte nur wenig Schlaf gefunden und beschloss daher, noch bevor es hell wurde, den Tag zu beginnen. Es hatte etwas Beruhigendes, seine morgendlichen Rituale zu vollziehen, ungeachtet dessen, was gestern geschehen war. So konnte er sich der Illusion hingeben, dass alle Dinge noch an ihrem Platz waren, obwohl sein Leben aus den Fugen geraten war. Sein Kopf steckte wie in einem Nebel fest und seine wattigen Beine konnten seinen Körper kaum tragen, als hätten die gestrigen Ereignisse sie vollkommen ausgehöhlt.

Nach seiner morgendlichen Tasse Tee beschloss er, nach draußen zu gehen und sich der kalten Herbstluft auszusetzen. Es tat gut, die klammen Fingerspitzen nach einer Weile nicht mehr spüren zu können und den schneidend kalten Atem tief in die schmerzenden Lungen einzuziehen. Vielleicht konnte er auf diese Weise den inneren Aufruhr besänftigen.

Ohne es zu merken, hatte Jakob den Weg zum Friedhof eingeschlagen und so trat er durch das Tor in seine vertraute und geordnete Welt. Eine heftige Sehnsucht nach Seelenfrieden erfasste ihn und für einen kurzen Moment wünschte er sich sein Früher zurück. In diesem Augenblick hätte er alles darum gegeben, das Gestrige ungeschehen zu machen, um still und zufrieden sein Tagewerk verrichten zu können.

Er wusste genau, welche Stelle an der Friedhofsmauer den besten Ausblick auf den Sonnenaufgang bieten würde, der sich bereits durch zarte und noch etwas schüchterne rötlichgoldene Streifen bemerkbar machte. An die Mauer gelehnt, die Mütze tief ins Gesicht gezogen und die klammen Hände in den Taschen vergraben, wartete er auf den Beginn dieses neuen Tages. Für ihn hatte es immer aufs Neue etwas Ergreifendes, diesem majestätischen Schauspiel beiwohnen zu dürfen. Er nahm das Farbenwunder, das diesen Auftritt begleitete, tief in sein Herz auf und erlaubte sich zu dieser frühen Stunde den Gedanken, dass es nur für ihn allein stattfand.

Schon immer hatte Jakob den frühen Morgen geliebt. Solange die übrige Welt noch schlief, konnte er das Wirbeln des Laubs auf dem Weg glasklar vernehmen. Kein störendes Fremdgeräusch überlagerte das silbrige Klirren der Blätter im Wind und das Kruschen eines Eichhörnchens im Gebüsch, das seinen wärmenden Kobel kurzzeitig verlassen hatte, um seine versteckten Zapfen und Nüsse wieder zu finden.

Selbst als Schulkind war Jakob immer schon wach gewesen, bevor Omili kam, um nach ihm zu schauen. Er genoss die vertrauten Geräusche, die aus der Küche kamen und denen er die entsprechenden Handgriffe klar zuordnen konnte. Noch heute hörte sein inneres Ohr das geschäftige Quietschen von Omilis Kreppsohlen auf dem Flur. Wenn sie schließlich in sein Zimmer trat, sang sie jeden Tag aufs Neue mit ihrer glockenhellen Stimme: »Bruder Jakob, Bruder Jakob, schläfst du noch?« Kurz vor der Stelle »Ding dang dong – ding dang dong« warf er kichernd die Bettdecke zurück, streckte ihr ein Bein entgegen und sie schnappte sich seinen großen Zeh und schwenkte seinen Fuß wie einen Glockenschwengel hin und her.

Jakob sog die schneidend kalte Luft tief ein. Auch das Atmen war am frühen Morgen reiner und klarer und auch hier dachte er, dass heute die Luft nur ihm gehörte und noch nicht durch die Atemzüge zahlloser Menschen trübe geworden war.

Er liebte die Stille. Für ihn war sie Nahrung und seine Seele geriet in Bedrängnis, wenn er nicht genug davon bekommen konnte. Stundenlang war er als Kind mit seinem Großvater in wohlklingender Stille durch den Wald gestreift. Das Federn der Mooskissen, das Knacken der Tannenzapfen unter ihren Füßen und das sanfte Plopp, wenn eine Eichel zu Boden fiel, ersetzte jedes Gespräch. Es genügte, dass Opapa stehen blieb und den Finger auf seine Lippen legte. Dann wusste Jakob, dass er die Ohren spitzen sollte und schon hörte er den sanften Ruf eines Kuckucks oder das rhythmische Klopfen des Buntspechts, der mit Hingabe seiner Bestimmung nachging.

»Mia,« dachte er und tastete diese drei Buchstaben sorgfältig ab.

Bis zum gestrigen Tag hatte er sich nie Gedanken darüber gemacht, dass es so, wie es bislang gewesen war, nicht bis ans Ende seiner Tage weiter gehen würde. Das Hier und Jetzt hatte ihm gefallen und sein Leben hatte zu ihm gepasst, als wäre es ihm vom lieben Gott wohlwollend und fürsorglich zugeschnitten, zurechtgeschneidert und dann zugeordnet worden. Wo sollte er nun hin mit dieser Unruhe, mit diesem neuen Wissen, dass er sich nie mehr komplett fühlen würde ohne Mia, die ihm gestern Abend zugefallen war?

»Mia.« Für ihn klang das nach dem Duft von rotgelben Äpfeln, nach Grashalmen im Haar, nach Nebel, der am Morgen noch traumschwer auf den Feldern lag und nach Wassertropfen auf einem sattgrünen Blatt.

Ein Zittern erfasste seinen ganzen Körper. Er musste laufen, ganz viel laufen. So umrundete er den gesamten Friedhof, immer an der Mauer entlang, einmal, zweimal, dreimal.

KERSTIN

Kerstin war soeben erwacht und genoss es, im Bewusstsein, dass Sonntag war, mit geschlossenen Augen noch für ein Weilchen im Bett liegen zu bleiben. Diesen Zustand zwischen Wachen und Schlafen hatte sie schon immer geliebt, noch so ganz nah an der Wahrheit und in Kontakt mit dem, was ihre Seele ihr zu sagen hatte. Auf so manche Frage, mit der sie am Abend schlafen gegangen war, hatte sie in diesem Zustand des Halberwachens eine präzise Antwort gefunden, auf die sie sich immer verlassen konnte.

Kerstin lauschte auf den starken Wind, der um das Haus pfiff und der in ihr immer ein seltsames Unbehagen auslöste. Sie hatte Wind noch nie gemocht. Er ließ Saiten in ihr anklingen, die sie nicht zu fassen kriegte, eine latente Kinderangst und die Sehnsucht, in Sicherheit gebracht zu werden.

Sie betrachtete ihren schlafenden Mann. Im Schlaf waren Gunnars Gesichtszüge weich und fast wie die eines Kindes. Er wirkte ungemein verletzlich, so gänzlich ohne Kontrolle über sich und frei von dem, was er meinte, sein zu müssen. Sein leicht geöffneter Mund hatte alle Anspannung abgelegt, vollkommen an den Schlaf hingegeben. Seine Verwundbarkeit nahm ihr die Luft.

Augenblicklich überrollte sie die Intensität ihrer Gefühle für diesen Mann, mit einer heißen, fast schmerzenden Welle, die in ihrem Bauch begann und ihren gesamten Körper überflutete.

Ihr Fest gestern Abend war schön gewesen. Obwohl sie die stimmige Atmosphäre mit jeder Faser ihres Körpers wahrgenommen hatte, war es dennoch stellenweise für sie vollkommen unwirklich gewesen, dass es hier um sie Beide ging. Kerstin und Gunnar, sie und ihr Mann, feierten ihr Zusammensein, das bereits ein halbes Leben dauerte. Sie konnte es nicht glauben, als gehörte sie nicht dazu.

Bei dem, was Jakob und Fabian dargeboten hatten, hatte sie wieder einmal die Bestätigung bekommen, dass Gunnar und sie schicksalhaft zusammen gehörten, dass sie gut füreinander waren und dass nichts sie trennen konnte. Dennoch hatte sie dies irritierenderweise und zu ihrem großen Bedauern in all den Jahren ihrer Verbindung immer wieder bezweifelt.

Nur phasenweise hatte sie ein Angekommensein spüren dürfen in sich, in seligen Zeiten, die sowohl ihr als auch Gunnar gut getan hatten. Dabei waren ihre Zweifel zur Ruhe gekommen und es war ihr wohltuend gelungen, ganz im Hier und Jetzt zu sein. Dann hatte sie ihn lieben können, ihren heftigen, prächtigen und lebensprallen Mann, hatte ihm zeigen können, wie wichtig er ihr war. Erstaunt hatte sie registriert, wie er sich aufrichtete unter ihrem warmen Blick, er, dem es im Leben da draußen doch bei Weitem nicht an Anerkennung mangelte.

Warum hatte es nie so bleiben können? Warum fühlte es sich plötzlich immer wieder falsch an für sie? Warum hatte sie immer aufs Neue den schmerzlichen Verdacht, dass ihrer Seele etwas Entscheidendes fehlte? In solchen Zeiten zog sie sich zurück, unfähig, sich Gunnars grenzenloser Zuneigung weiterhin ungeschützt aus zu setzen. Je mehr er dann verzweifelt darum warb, von ihr wahrgenommen zu werden, desto klarer meinte sie zu spüren, dass da etwas anderes auf sie wartete, noch unentdeckt, doch lebensnotwendig, um sich endlich ganz fühlen zu dürfen.

Vor vielen Jahren, als sie als blutjunges Mädchen weg gezogen war, um Fotografie zu studieren, ließ sie sich von Zeit zu Zeit auf andere Männer ein, in der Hoffnung auf einen Partner, der ihr dieses Gefühl des Ankommens endgültig vermitteln würde. Ihre Verbindungen waren von tiefer Ernsthaftigkeit geprägt gewesen und es war ihr auch immer gelungen, die Männer an sich zu binden. Doch so intensiv diese Begegnungen auch waren und so interessant auch ihre Gespräche über die Kunst, das Leben und das Sein, nie konnte sie das Bild von Gunnar, ihrem wahren Herzensmann, dem verrückten Romantiker und hoffnungslos Verliebten, aus ihrem Innersten heraus fräsen.

Wenn sie sich nach vielen Wochen doch wieder in den Armen lagen, wusste sie mit erstaunlicher Klarheit, dass hier ihr Platz war. Dennoch begab sie sich immer wieder von Neuem auf die Suche, rastlos getrieben von der Illusion der lückenlosen Übereinstimmung.

Als sie sich, für alle überraschend, relativ kurzfristig dazu entschloss, Gunnar, der dies eigentlich nicht zu hoffen gewagt hatte, nach Münchsberg zu folgen und es mit einer gemeinsamen Wohnung zu versuchen, war dies bei ihr der Hoffnung entsprungen, endlich zur Ruhe zu kommen. Zunächst ging der Plan auf. Es machte sie erstaunlich glücklich, gemeinsam mit Gunnar ein Zuhause zu schaffen und einen kontinuierlichen Alltag mit ihm zu erleben. Sie hatten eine gute Zeit. Gunnar war immer für eine Überraschung gut und Kerstin wurde auf Händen getragen. Sie ließ sich fallen in das großartige Gefühl, ihn endlich uneingeschränkt lieben zu können.

Am meisten beeindruckte Gunnar sie, wenn er ganz bei sich selbst war. Dann hatte sein Gesicht eine disziplinierte und konzentrierte Kultiviertheit, die sie liebte. Wenn er nicht auf Wirkung aus war und sein Handeln gänzlich ohne Absicht, hatte er in ihren Augen seine stärksten Momente.

Kerstin saß gerne in seinen Theateraufführungen, deren Qualität sie jedes mal überraschte. Was Gunnar aus seinen jungen Schülern heraus zu holen imstande war, war beachtlich. Er schaffte es, ihnen Theaterliteratur lebendig nahe zu bringen, sie zu verstehen und sie schätzen zu lernen. Für ihn ließen sie sich zu Höchstleistungen motivieren und jeder Einzelne fühlte sich von Gunnar wahrgenommen und wertgeschätzt, auch wenn sein Part noch so klein war. Er vermittelte ihnen die Erfahrung der Teamarbeit und konnte sicher sein, dass jeder alles gab, um seinen Teil zum Gelingen des Ganzen bei zu tragen.

Kerstin konnte es bis heute nicht einordnen, woran es lag, dass Gunnar ein so begnadeter Pädagoge war, ihm jedoch bei seinem eigenen Sohn immer wieder das Feingefühl fehlte. Fabian war von Anfang an ihr Herzenskind gewesen, und Gunnar hatte zu diesem besonderen und komplizierten Kind nie wirklich Zugang gefunden. Es war schmerzlich, dass ihre heftigen ehelichen Auseinandersetzungen sich unentwegt um dieses Thema drehten.

Kerstins Zweifel, die wie eine lauernde, sich nie geschlagen gebende Kraft in ihr versteckt lagen, kehrten immer wieder zurück.

Den Ausgleich zu dieser familiären Schieflage schaffte letztendlich Friederike, die mit ihrem sonnigen Gemüt das Herz ihres Vaters im Sturm eroberte. Durch dieses wieder hergestellte Gleichgewicht konnten ihre Empfindungen füreinander wieder fließen.

Als Gunnar nach vielen Jahren zum Direktor des Gymnasiums aufgestiegen war und Kerstin ihn zum ersten Mal bei der Abiturfeier am Rednerpult stehen sah, war sie von warmem Stolz erfüllt. Seine Worte, die er mit großem Einfühlungsvermögen an die Schüler richtete, waren klug, außergewöhnlich und voller Humor. Die Zuhörer hingen an seinen Lippen und Kerstin spürte sein Charisma, das sich über den gesamten Saal erstreckte.

»*Mein* Mann«, dachte sie und war sich sicher, dass dieses Gefühl ihr bleiben würde, endlich und für immer. Doch sie schaffte es nicht, es fest zu halten.

So erlebten sie gute und schlechte Zeiten, liebten und verwünschten, stritten und versöhnten sich. Ihre Auseinandersetzungen waren heftig und Kerstin war immer wieder fassungslos über die Kraft ihrer Aggressionen, die sich unvermittelt Bahn brachen, wenn ein entscheidendes Stichwort gefallen war. Je defensiver Gunnar reagierte, den ihre Dammbrüche jedesmal überforderten, desto größer wurde ihre aufgestaute Wut. Sie begann zu ahnen, dass sie in der Lage wäre, allein mit Worten zu töten. Ihre Fähigkeit, verbal mit messerscharfer Präzision und stählerner Härte mitten ins Herz zu treffen, verstörte sie. Manchmal musste sie alle ihr zur Verfügung stehenden Kräfte aufbringen, sich daran zu hindern, Gunnars Selbstverständnis mit einem perfekt platzierten Satz ein für alle Mal nieder zu strecken. So raffte sie ihr Bettzeug zusammen und verließ fluchtartig das Schlafzimmer, zitternd vor Entsetzen über sich selbst.

Wenn sie dann auf dem Sofa lag, oder in späteren Jahren auch in Friederikes Zimmer, fand sie keinen Schlaf. Fast schlagartig ebbte die Wucht ihrer Wut ab, sobald sie sich zurück gezogen hatte. Sie wusste, dass Gunnar nun genau so wach lag wie sie, seinen Ängsten, sie würde ihn verachten oder gar verlassen, schutzlos ausgeliefert. Dann wäre sie am Liebsten zu ihm gelaufen, hätte sich in seine Arme geworfen, sich an seinen warmen prallen Bauch geschmiegt und endlos geweint. Doch sie tat es nie.

Am nächsten Morgen fand sie keine Worte. Seine hilflosen Versuche, die Spannung mit banalem Morgengezwitscher aufzulösen, rührten sie, doch noch musste sie sich hinter ihrer Rühr-mich-nicht-an-Fassade in Sicherheit bringen. Wenn er dann gegangen war, ohne dass sie seinen Abschiedskuss erwidert hatte, sah sie seine verlassenen Hausschuhe im Flur stehen. Sie strahlten eine große Einsamkeit aus.

5

Im »Laden« gab es viel zu tun. Gerade in der Vorweihnachtszeit war die »Drehtür in eine andere Welt« unablässig am Schwingen. Inmitten der vom Jingle Bells Gedudel und von verheißungsvollen Werbeansagen überfrachteten Kaufhäuser waren die glitzernde Stille und die schweigende Schönheit der vielen Kinderdinge in Kerstins Paradies offenbar für die entkräfteten Kunden wie eine Oase. Hier konnte man verweilen, für eine Zeit lang die Hektik abstreifen und zur Ruhe kommen.

Mia hätte sich gewünscht, friedlich im Hinterstübchen neu angekommene Ware aus zu wickeln und Kerstin dabei unablässig Fragen zu stellen nach Jakob:

»Wer ist er?« »Wo kommt er her?« »Wo gehört er hin?«

So hatte sie sich ihren Arbeitstag – den ersten danach – vorgestellt. Statt dessen hatte Kerstin sie nur mit dem üblichen »Mia. Gut.« empfangen, dabei allerdings ausnahmsweise aufgeblickt und sie mit ihren klugen Augen länger taxiert. Kerstin hatte gelächelt, als Mia errötete, als wüsste sie alles, was da an Chaos in ihr drin war seit dem Abend, der ihr Leben von nun an in Davor und Danach einteilen würde.

Der Tag verging, ohne dass Kerstin und Mia viele persönliche Worte wechseln konnten. Mia war unablässig dabei, mit Hilfe der Leiter das Gewünschte von hoch oben herunter zu holen, ein Schaukelpferd für Kleinkinder sanft zum Schwingen zu bringen, die eine oder andere Marionette mit einer Stange von ihrem Haken zu heben oder kostbare Dinge behutsam in Seidenpapier einzuschlagen. Mit klopfendem Herzen beobachtete sie bang, ob ein Käufer vielleicht Interesse am frechen Bruder Jakob haben könnte und sagte dann innerlich wie ein Mantra immer wieder die Worte »Nein, nicht ihn,« vor sich hin, um den Kunden mit dieser Beschwörungsformel vom Kauf abzuhalten.

Als sie vorgestern Nacht in der Straßenbahn gesessen war, die Hände von Jakob noch immer wie einen Feuerring auf ihrer Haut, war ihr schlagartig klar geworden, dass diese von ihr so geliebte Marionette die Gesichtszüge von Jakob trug. Der Gedanke, dass er von einem Fremden in einer Pappschachtel nach Hause getragen werden könnte und von nun an nicht mehr Teil ihres »Ladens« sein würde, war ihr plötzlich unerträglich. Sie konnte nicht sicher sein, ob sie sich nicht wie eine wild gewordene Katze auf den zum Kauf entschlossenen Kunden stürzen würde, um ihm diesen kostbaren Schatz wieder zu entreißen.

Entsetzt bemerkte Mia, dass ein großes Weinen in ihr aufstieg und ganz dringend nach draußen wollte. Mit ein paar gemurmelten entschuldigenden Worten ließ sie ihren erstaunten Kunden stehen und rannte die Treppe hinunter, um sich in der Toilette einzuschließen. Es war befreiend, den Tränen nun freien Lauf lassen zu können, warm und gut. Mia fühlte sich, als würde sie die ganze Welt beweinen, jedes frierende Kind, jeden verletzten Vogel und jeden Stein, der nicht an seinem Platz lag.

Ganz matt und wie leergeräumt stieg sie schließlich mit zentnerschweren Beinen wieder die Treppe hinauf.

Als gegen Nachmittag der Käuferstrom allmählich abebbte, nahm Kerstin Mia endlich fest in die Arme, strich ihr sanft über das Haar und sagte leise und beschwörend: »Sei ganz ruhig, mein Mädchen.«

Es war schon dunkel geworden, als Mia den »Laden« verließ, um sich auf den Heimweg zu machen, ohne genau zu wissen, wie sie diesen leeren, sinnfreien Abend überleben sollte. Unschlüssig trat sie auf die Straße und blieb stehen. Ein Blick brannte auf ihrer Haut und sie hob suchend den Kopf. Da stand Jakob, auf der gegenüberliegenden Straßenseite, lässig an die Mauer gelehnt, die den glitzernden Fluss von der Straße trennte. Er schaute sie ernst an, als erlaube dieser erhabene Moment kein Lächeln.

Langsam, und plötzlich ergriffen von einer unendlichen Scheu, überquerte Mia die Straße und blieb vor ihm stehen.

»Ich hab auf dich gewartet,« sagte er.

»Das ist gut.« Mehr brachte Mia nicht heraus.

Sie standen lange nebeneinander, den Blick auf den Fluss gerichtet, in stillem Einverständnis und überwältigt vom Hier und Jetzt. Der Fluss schob sich träge dahin, wenig beeindruckt von der Tatsache, dass hier für zwei Menschen eine neue Zeitrechnung begonnen hatte. Die zahllosen weihnachtlichen Lichter spiegelten sich in seinen Wellen und tanzten wie schaukelnde Lichterboote auf und nieder.

»Lass uns ins Warme gehen. Dir ist kalt.« sagte Jakob schließlich, und ohne ihre Antwort abzuwarten, nahm er Mia bei der Hand und führte sie wie ein kleines Kind wieder über die Straße.

Im Eiscafe Italia herrschte noch reger Betrieb. Es roch verführerisch nach frisch gemahlenem Kaffee und Apfelkuchen und die angenehme Wärme, die ihnen entgegenschlug, half Mia aus ihrer Erstarrung.

»Ciao, Mia.« Marcello kam freudig auf sie zugesegelt und wies ihnen einen Platz an einem winzigen Tisch zu, an dem sie sich kaum gegenüber sitzen konnten, ohne dass ihre Beine sich berührten. Er zündete das kleine Teelicht an, das in einem mit Kaffeebohnen gefüllten Glas eingebettet lag, und schaute mit einem zufriedenen Schmunzeln auf Mias Begleitung.

»Das ist Jakob,« beeilte sich Mia zu erklären und dieser gab dem erstaunten Kellner höflich die Hand, der unter Jakobs intensivem Blick verunsichert die Augen niederschlug.

»Marcello, ich hätte gerne eine heiße Schokolade bitte,« sagte Mia, »wie immer mit einer großen Portion Sahne obendrauf.«

»Die Signorina liebt Sahne.« Diese Worte waren eilfertig an Jakob gerichtet, als wären sie eine wichtige Botschaft, die dieser dringend wissen musste, bevor er sich auf Mia einließ.

Jakob nickte lächelnd, als hätte er Mia diese süße Vorliebe schon auf den ersten Blick an der Nasenspitze abgelesen.

»Für mich bitte einen Tee. Vielen Dank«, sagte er.

Beide hielten sich an ihrer großen warmen Tasse fest, um das Zittern ihrer Hände im Zaum zu halten, und die ersten schweigenden Schlucke, in unablässigem Blickkontakt mit dem anderen, ließen die Luft um sie herum vibrieren. Mia spürte Jakobs Beine warm ganz nah an ihrer Haut, obwohl sie sich nicht berührten und dem auch achtsam und konzentriert aus dem Weg gingen. Mias Gesicht glühte unter Jakobs Blick und sie sah eine Anspannung in seinen Zügen, die der ganzen aufwühlenden Situation fast etwas Feierliches gab.

»Wer bist du?«

Mia konnte diesen Satz nicht länger zurückhalten. Er stürzte aus ihr heraus und klang so dringlich und existentiell, als wäre sie mit Haut und Haaren darauf angewiesen, endlich eine klärende Antwort auf diese lebenswichtige Frage zu erhalten.

Und Jakob erzählte. Für Mia fühlte es sich an, als würde er ihr diesen ernsten und tiefen Einblick in sein Leben wie ein kostbares Geschenk überreichen, als wäre sie als Einzige auserwählt, erfahren zu dürfen, wer er, Jakob, ist.

Er sprach von Omili und Opapa, von seiner so früh verstorbenen Mutter, von seinen Grabsteinen und seiner stillen Arbeit, dem unbekannten Vater und seiner tiefen Freundschaft zu Fabian, dem Gleichgesinnten.

Mia nahm sein Leben mit allen Sinnen in sich auf. Sie hörte Omilis glockenhelle Stimme, roch die feuchte Erde in Jakobs Händen und sah die schweigenden Zusammenkünfte in Fabians Schreinerschuppen vor ihrem inneren Auge. Und obwohl Jakob mit seinem Dasein vollkommen im Einklang zu sein schien, spürte sie dennoch eine tiefe Melancholie, die sein intensives Erleben begleitete.

Beklommen senkte sie den Blick und atmete tief durch, um die Schwere, die sie plötzlich erfasst hatte, abzuwerfen.

Jakob schwieg, und sein Schauen, das alles zu wissen schien, kroch ihr unter die Haut.

»Du bist dran,« sagte er, als sei dies ein Spiel, bei dem die Würfel in der Runde weiter gegeben wurden.

Mia streckte sich und fühlte nun wieder festen Boden unter den Füßen.

»Marcello, könntest du mir bitte ein riesiges mit Käse überbackenes Toastbrot bringen? Ich sterbe vor Hunger.« rief sie. »Und Jakob auch,« fügte sie hinzu und sah ihn lachend an. Jakob nickte.

Mia war kaum zu bremsen. Begeistert holperte sie durch ihr bewegtes junges Leben und wusste gar nicht, was sie zuerst berichten sollte. Es war nicht einfach, sich aus dem unchronologischen Durcheinander, das sie lebhaft und freudig vor Jakob ausschüttete, ein großes Ganzes zusammen zu bauen. Immer wieder geriet sie in Seitenpfade, die ihr zum Vorangegangenen plötzlich eingefallen waren. Ihre Erzählfreude war grenzenlos.

Selbst als sie vom plötzlichen Tod ihres geliebten Vaters berichtete, der zuerst einmal eine pechschwarze Schneise des Entsetzens durch ihr bis dahin beschauliches Leben gezogen hatte, blitzte ihr unerschütterlicher Optimismus durch, dass auch dieses Furchtbare zu etwas Gutem geführt hatte.

Jakob genoss jeden einzelnen Augenblick, in dem Mia, mit vollen Backen kauend, ihr Erleben vor ihm ausbreitete. Er war ein intensiver Zuhörer und konnte sich von dem, was er hörte, sah und spürte, in den meisten Fällen recht schnell ein klares Bild machen. So war Mia, und er hatte es gewusst, vom ersten Augenblick an.

Plötzlich, mitten im Satz, sprang Mia auf und rief erschrocken: »Alfons! Ich hab meinen Alfons völlig vergessen.«

Fast wie in Panik griff sie nach ihrem Mantel und erklärte dem völlig überrumpelten Jakob, dass sie auf der Stelle und sofort nach Hause musste, weil ihr armer Kater, der ärmste allerärmste, seit Stunden auf sein Abendessen wartete. Jakob erhob sich und schlüpfte in seine Jacke. Marcello kam herbei geeilt und Mia legte ihm großzügig einen Geldschein auf den Tisch. Mit einem hektischen »Stimmt so,« stürzte sie zum Ausgang, den noch ganz verdutzten Jakob als ihr Kielwasser hinter sich.

Erst an der Straßenbahnhaltestelle kam sie wieder etwas zur Ruhe. Bevor die nächste Bahn einfuhr, blieben ihnen noch einige Minuten, und plötzlich warf Mia sich, noch ganz außer Atem, heftig an Jakobs Brust und schlang beide Arme um ihn.

»Es tut mir so leid,« sagte sie lachend. »Dabei war es so schön mit dir.«

»Mit uns,« sagte Jakob und wagte es, ganz vorsichtig ihr Haar zu streicheln.

»Wirst du morgen wieder auf mich warten?« fragte sie.

»Ja.« Seine Stimme war nur noch ein Krächzen, ganz rau vom vielen Fühlen.

»Das ist gut.«

Mia stieg ein und ließ ihn stehen, eine lange, schlaksige, plötzlich unendlich verlassene Gestalt.

6

Von nun an konnte Mia sicher sein, dass Abend für Abend, wenn sie den »Laden« verließ, Jakob, ans Mäuerchen gelehnt, auf sie wartete. Und Abend für Abend vollzogen sie dasselbe Ritual: Zuerst einmal standen sie für eine Weile Schulter an Schulter schweigend nebeneinander und blickten zufrieden aufs Wasser, weil sich dies alles so richtig anfühlte. Dann nahm Jakob Mia bei der Hand und führte sie ins Warme zu Marcello und ihrem winzigen Tisch, der von nun an ganz unabgesprochen frei gehalten wurde.

Mia hatte ihre alte Nachbarin darum gebeten, vorübergehend dem verwaisten Alfons abends das Schälchen auf zu füllen und ihm eine gebührende Portion Ohrenkrauleinheiten zukommen zu lassen. Sie hatte mit einem Leuchten in den Augen angedeutet, dass es sich hier um einen zutiefst romantischen und unaufschiebbaren Notfall handelte. So konnte Frau Schoedder gar nicht widerstehen, als Mitwisserin und »Lenkerin der Geschicke« in diese aufregende Geschichte mit eingebunden zu werden.

Inzwischen hatten sie es gewagt, sich einander zu nähern. Entweder umschlossen Jakobs Beine beschützend die Beine von Mia, oder aber Jakob stellte sanft seine Füße auf ihre, als wolle er sie wärmen. Manchmal berührten sich ihre Fingerspitzen und Mia hätte es nicht gewundert, wenn sich bei dieser fast unmerklichen hauchzarten Annäherung blaue Funken knisternd entladen hätten.

Sie überboten sich gegenseitig beim Erzählen aus Kindertagen und kamen manchmal aus dem Lachen nicht heraus. Mia liebte es, wenn Jakobs Augen dabei funkelten, wenn er verschmitzt und verwegen schaute, übermütig wie ein junger Hund.

»Meine Großmutter saß jeden Abend an meinem Bett und hat ein Schlaflied für mich gesungen«, erzählte er. »Sie hatte ein unerschöpfliches Repertoire und ich kannte alle Lieder in- und auswendig. *Welches Lied soll ich heute für dich singen?*« Jakob hatte nun seine Omilistimme. »*Gestern wolltest du La le lu hören.*«

Jetzt war er wieder Jakob: »Und dann hatte ich die Qual der

Wahl. Einmal aber hab ich mir *das mit den Matrosen* gewünscht. Omili war ratlos, aber ich hab darauf bestanden, dass sie dieses Lied schon ganz oft für mich gesungen hat. Wir holten dann meinen Großvater und er kam Gott sei Dank nach längerem Nachdenken dahinter, was ich gemeint hatte: *Guten Abend, gut Nacht, mit Rosen bedacht.* Das waren meine Mat-rosen.«

Mia kicherte begeistert und Jakob fuhr fort:

»Als meine Großmutter mal wieder für zwei Tage mit dem großen Kopfweh in ihrem abgedunkelten Schlafzimmer lag«, fuhr er fort, »hat sich mein Großvater alle Mühe gegeben, für sie einzuspringen. Und so hat er auch beim Zubettbringen tapfer gefragt:

Und? Soll ich was für dich singen? Offenbar hab ich panisch gesagt:

Opapa, bitte nicht!«

Jakob lachte hell auf und seine Augen wurden vor Vergnügen ganz schmal.

Auch Mia war in Hochform:

»Mein Vater und ich haben es geliebt, den Menschen in unserem Umfeld heimlich ganz eigene Namen zu geben, von denen wir fanden, dass sie zu ihnen passen. Der knurrige Buchhändler in der Altstadt war für uns immer nur der *Kneo* und einmal hab ich zu ihm aus Versehen *Guten Morgen Herr Kneo* gesagt und es gar nicht gemerkt. Erst als mein Vater mich grinsend in die Seite gestubst hat, ist es mir aufgefallen, und ich bin an meinem unterdrückten Lachen fast erstickt. Der Kneo muss gedacht haben, dass ich schwerst in der Pubertät bin.«

Mia gluckste vor Vergnügen.

»Und die Inhaber der Chemischen Reinigung,« fuhr sie fort, »die sich immer irgendetwas vorzuwerfen hatten und ständig sauer aufeinander waren, haben wir *Die Glühenden* getauft. Und so wurde der Berg, der von der Reinigung runter ins Zentrum führte, dann natürlich auch zum *Glühendenberg*.«

Mia wippte aufgekratzt auf ihrem Stuhl auf und ab und biss herzhaft in ihr dickes Toastbrot.

Jakob nahm sich gar nicht die Zeit, seinen großen Bissen hinunterzuspülen und hatte mit vollen Backen schon wieder die nächste Geschichte auf Lager:

»Mein Großvater hat Fabian und mir, als wir an einem Nachmittag zusammen in der Eisdiele saßen, mal die Geschichte der Litfaßsäulen erzählt.«

Sein Gesicht leuchtete bei der Erinnerung daran und immer wieder musste er leise lachen, als er die Märchenstimme seines Opapas nachzuahmen versuchte:

»Ich verrate euch jetzt ein Geheimnis, das ihr immer und ewig für euch behalten müsst: Niemand außer mir weiß nämlich, dass alle Litfaßsäulen leidenschaftlich gern gähnen. Ihr müsst euch vorstellen, dass sie den lieben langen Tag herum stehen und bunte Plakate mit sich schleppen müssen. Das macht schrecklich müde. Weil aber niemand merken darf, dass Litfaßsäulen leben, haben sie es sich zur Gewohnheit gemacht, nur dann herzhaft zu gähnen, wenn keine Menschenseele zuschaut. Beim Gähnen öffnen sie ihre runde Dachkuppel sperrangelweit, um so viel Gähnen wie nur irgend möglich heraus zu lassen aus ihren dicken runden Körpern. Sie können ja nie wissen, wann sie das nächste Mal die Gelegenheit dazu haben. Dann schließen sie ihren großen schweren Klappenmund wieder fest zu, als wäre nichts gewesen.«

Jakob rührte versonnen in seiner Teetasse und schaute Mia plötzlich mit großem Ernst an:

»Fabian und ich haben uns an den Tagen danach auf die Lauer gelegt und stundenlang darauf gewartet, dieses gigantische Schauspiel endlich einmal zu sehen. Wir hatten die Hoffnung, dass die Litfaßsäule nicht gemerkt hat, dass wir sie beobachten. Bis heute kann ich einfach nicht anders, als sie kurz zu berühren, wenn ich an einer vorbei komme. Irgendwie sind wir miteinander verbunden, seit ich das mit dem Gähnen weiß.«

Ihre Abende fanden meist erst ein Ende, wenn Marcello geräuschvoll angefangen hatte, die Stühle auf die Tische zu stellen und das Licht herunter zu dimmen.

***

Die Woche war wie in einem Rausch vorüber geflogen und für Beide war es fast befremdlich, als sie sich schließlich am Samstag zum ersten Mal am hellen Mittag trafen. Sie fühlten sich plötzlich zurückgeworfen in anfängliche Scheu, gänzlich ungeschützt ohne die glitzernde Weihnachtsbeleuchtung und das huschende Spiel von Licht und Schatten auf ihren Gesichtern, das den Zauber ihrer Begegnung vervielfältigt hatte. So hatte sie erst einmal ein befangenes Schweigen ergriffen und eine Ratlosigkeit, wie sie diesen glasklaren strahlend sonnigen Tag miteinander gestalten sollten.

»Komm mit. Ich muss dir was zeigen«, sagte Jakob endlich und Mia war erleichtert, dass er die Initiative ergriff und sie damit aus ihrer Befangenheit heraus holte.

Er führte sie schweigend den Fluss entlang bis zu einer Stelle, an der neben einer mächtigen Trauerweide eine verwitterte Bank stand. Sie tasteten sich den vom feuchten Gras rutschigen kleinen Abhang hinunter, bis sie die rissige und fast schon morsche Bank erreicht hatten, auf der sie sich vorsichtig niederließen.

»Darf ich vorstellen? *Das Bänkchen an sich*«, erklärte Jakob feierlich und deutete eine kleine Verbeugung an. Und Mia verstand. Diesem wunderbaren Platz war einfach nichts hinzuzufügen.

Jetzt fühlte sich ihr Schweigen wieder richtig an und die Welt war wieder im Lot. Mia stellte sich vor, dass dieser Ort allein für sie Beide bereit gestellt worden war und darauf gewartet hatte, von ihnen in Besitz genommen zu werden. Ein Mia-Jakob-Platz, gänzlich abgeschieden von der übrigen Welt und voller Zauber und tönender Stille.

So saßen sie eine gefühlte Ewigkeit einträchtig beieinander, sahen dem Lauf der trägen Wellen zu, auf denen die Sonnenstrahlen tanzten, und schauten blinzelnd zum tiefblauen Himmel hinauf.

»Verhohnepiepeln,« murmelte Jakob plötzlich wie aus dem Nichts.

Mia schaute erstaunt auf: »Was sagst du?«

Jakob wurde plötzlich ganz scheu. »Ich hab *verhohnepiepeln* gesagt.«

Bei ihm hörte sich dieser Ausdruck so an, als ließe er sich jeden einzelnen Buchstaben auf der Zunge zergehen, wie Zuckerwatte ganz vorne auf der Zungenspitze.

»Ich sammle Wörter. Ich möchte sie vor dem Aussterben bewahren.«

Noch nie hatte er dies auch nur irgendeinem Menschen erzählt. Seine Begeisterung für seltsame, selten gewordene und vom Vergessen bedrohte Wörter hatte er immer für sich behalten und gehütet wie einen kostbaren Schatz.

Mia schaute ihn verstohlen von der Seite an. Seine Wangen hatten sich leicht gerötet und ihr war bewusst, dass er ihr mit diesem Geständnis ein großes Geschenk gemacht hatte.

»Blümerant,« sagte sie schließlich leise, und nach einem erstaunten Innehalten hielt er dagegen:

»Radebrechen.«

»Kauderwelsch.« »Wundersam.«

Ihre Hände umschlossen sich, und es war alles gesagt. Der erste Kuss, scheu, tastend und innig, war überwältigend und wie ein Nachhause-Kommen.

***

In Jakobs Hemd, das ihr viel zu groß war und fast bis unter die Kniekehlen reichte, die Ärmel mehrfach umgeschlagen, sah Mia aus wie ein verkleidetes Kind. Sie stand an den zwei Herdplatten von Jakobs winziger Küchenzeile und buk Pfannkuchen mit kleinen Apfelstückchen. Jakob sah vom Bett aus zu, die Arme behaglich unter dem Kopf verschränkt, die Augen blank vor Liebe.

»Amma hat immer Ffffannekuchen gesagt«, lachte Mia. Ihre Wangen waren gerötet und ihre Stimme klang satt und weich. »Und Schlachsahne«, fügte sie hinzu. »Und die hamm wohl n Vogel, wenn sie empört war.« Sie kicherte glücklich vor sich hin, in dem Bewusstsein, dass Jakob sie ansah und das, was er sah, für gut befand.

»Wir essen im Bett.« Mia balancierte den hohen Turm köstlicher Küchlein, zwei Teller unter den Arm geklemmt, zur kleinen Schlafkoje. Im Gehen streifte sie, jeweils auf einem Bein hüpfend, die viel zu großen Wollsocken ab, und schlüpfte mit einem behaglichen Seufzer zu Jakob unter die Decke.

»Meine Füße sind schweinekalt.«

Jakob stopfte fürsorglich die Decke um sie herum fest, nicht ohne einen bangen Blick auf die schwankenden Pfannkuchen am Fußende zu werfen.

Es war überaus köstlich, die goldgelben Teilchen, in denen zart in Butter getränkte Apfelschnitze eingebettet lagen, mit alles umfassendem Heißhunger zu vertilgen. Zwischendurch mussten sie immer wieder innehalten, um sich zu vergewissern, dass der andere auch wirklich da war, dass alles auch tatsächlich der Wirklichkeit entsprach und nicht von einem Augenblick zum anderen zu einem seligen aber trügerischen Traum zerrann. Dann küssten sie sich erstaunt, erleichtert und fassungslos. All dies geschah tatsächlich, hier und jetzt, mit ihnen beiden. Ihre Küsse schmeckten nach Zimt und Zucker.

»Kladderadatsch.« Jakob sammelte wieder.
»Beweihräuchern.« Mia gab den Ball zurück.
»Tattergreis.« »Fulminant.«

Sie stellten die leer geputzten Teller auf den Boden und umschlangen sich so nah und unentwirrbar, als seien sie ein einziger Körper.

HANNI

Hanni war ein prächtiges Rubensweib, mit dem Gesicht eines Engels. Ihre Oberarme waren die eines Ringers, ihre festen Schenkel rieben bei jedem Schritt mit leichtem Stoffknistern aneinander und ihr ausladendes Hinterteil schwang in der hautengen Jeans ausgesprochen selbstbewusst hin und her. Hannis Dekolleté war atemberaubend und sie wusste es zielsicher einzusetzen. Sie war eine begnadete Bauchtänzerin und hatte bei ihren Auftritten für Firmen oder Junggesellenabschiede schon manch einem Mann den Kopf verdreht.

Mia und Hanni kannten sich seit der gemeinsamen Grundschulzeit und hatten ihre Durch-Dick-und-Dünn-Freundschaft auch über die Jahre hinübergerettet, in denen sich schulisch ihre Wege trennten, weil Mia auf das Gymnasium ging und Hanni auf die Realschule. Ihre Familienvoraussetzungen hätten unterschiedlicher nicht sein können, doch das tat ihrem innigen Verstehen keinen Abbruch.

Mia kam aus einem betuchten und äußerst behüteten Elternhaus. Dass sie ohne Mutter aufwachsen musste, war für sie dank Ammas lückenloser Zuwendung nicht wirklich spürbar.

Hanni hingegen war das erste von vier Geschwistern einer Familie, die es von Anfang an nicht leicht gehabt hatte. Hannis Vater war wegen seines kaputten Rückens vor etlichen Jahren in Frührente geschickt worden und saß seitdem den ganzen Tag missgelaunt und antriebslos vor dem Fernseher oder der Playstation, während die Mutter sich abrackerte, die Familie einigermaßen über die Runden zu bringen. Die Geschwister waren mehr oder weniger sich selbst überlassen und Hanni als Älteste hatte früh die Verantwortung für ihre drei Brüder übernehmen müssen.

Hannis Brüder beteten ihre große Schwester an. Sie hatte sie mit resoluter Strenge auch durch die schwierigen Jahre geführt und dafür gesorgt, dass jeder seinen Anteil an den zu erledigenden Hausarbeiten übernahm. Abends kam die Mutter grau vor Erschöpfung und, wie Hanni immer sagte, leer wie ein Pappkarton, nach Hause. Hanni war es wichtig, dass dann die Wäsche in Ordnung war, die Wohnung sauber und der Abendbrottisch gedeckt. So konnte ihre Mutter wenigstens für ein paar Stunden die schmerzenden Beine hochlegen, bis sich am nächsten Morgen das Hamsterrad ihrer anstrengenden Tätigkeit als Büglerin in einer Chemischen Reinigung unerbittlich wieder in Bewegung setzte.

Mittlerweile wohnte nur noch der jüngste der drei Brüder zu Hause. Streng aber liebevoll gelang es Hanni, den Fünfzehnjährigen auch weiterhin in die häuslichen Pflichten mit einzubinden, doch der Löwenanteil des zu Erledigenden blieb an ihr hängen. Es war absehbar, dass auch der jüngste Bruder bald das Haus verlassen würde, um einen Beruf zu erlernen. Dann musste sie, zusätzlich zu ihrer Tätigkeit als Fachverkäuferin in der Stadtbäckerei, ganz ohne brüderliche Unterstützung zu Hause die Stellung halten. Was sollte werden, wenn auch sie es wagen würde, endlich die familiären Verpflichtungen hinter sich zu lassen und ein eigenständiges Leben zu beginnen? Bis jetzt hatte sie diesen verlockenden Gedanken immer wieder auf die Seite gelegt, weil die Sorge um ihre erschöpfte Mutter ihn einfach nicht zuließ.

Es hatte auch bessere Zeiten gegeben, als Hannis Vater noch berufstätig war und die Mutter nur halbtags arbeiten musste. Damals waren die Eltern sogar manchmal abends zum Tanzen weggegangen. Nachts, wenn sie zurückkamen, hatte Hanni ihre Mutter ausgelassen kichern hören, und die eindeutigen Geräusche, die bald darauf aus dem elterlichen Schlafzimmer bis zu ihr ins Kinderzimmer vordrangen, hatten sie sowohl beschämt als auch beglückt.

Mittlerweile war die Mutter auf das harte Sofa im Wohnzimmer ausgewichen.

«Vati schnarcht und ich brauche meinen Schlaf», war die knappe Erklärung für die prüfenden Fragen der heranwachsenden Tochter gewesen. Doch Hanni war nicht entgangen, dass ihre Mutter nur mehr Geringschätzung für ihren Mann übrig hatte. Im Grunde tat ihr Vater ihr Leid, denn im Prinzip war ihm alle Würde genommen worden, als er seiner Arbeit als Maurer nicht mehr nachgehen konnte und unbrauchbar und unnütz auf dem Weg liegengeblieben war wie ein alter Autoreifen. Dennoch konnte sie nicht verstehen, dass er sich so gehen ließ und nicht einmal den leisesten Versuch unternahm, sich familiär in irgendeiner Weise einzubringen.

Seit er zum leidenschaftlichen Zocker an seiner Playstation geworden war, war ihm jede Störung zuwider, und nicht selten schrie er unkontrolliert herum, wenn jemand es wagte, ihn doch um etwas zu bitten. Die Söhne hatten es längst aufgegeben, mit ihrem Vater zu kommunizieren und allein Hanni schaffte es hin und wieder, ihn aus seiner selbstgewählten Isolation heraus zu holen und ihn kurzzeitig ins familiäre Geschehen mit einzubinden. Das hielt er jedoch nie lange aus und zog sich, fade Ausflüchte murmelnd, wieder ins Schlafzimmer zurück, um weiter zu spielen. Letztendlich war die Familie jedes Mal befreit, wenn er wieder gegangen war, denn der Umgang mit ihm war äußerst angespannt und fühlte sich an wie ein Tanz auf rohen Eiern – ein falsches Wort und er konnte explodieren.

Seine Schuldgefühle waren im Laufe der Zeit übermächtig geworden, doch er blieb damit im reinen Selbstmitleid stecken, ohne zu reflektieren, welchen Anteil auch er an diesem Teufelskreis hatte. Für ihn war es leichter, die Schuld an seiner Misere auf seine Arbeitsunfähigkeit, auf seine lieblose Frau und seine undankbaren Söhne zu schieben. So bekam die Familie volle Breitseite seine Verachtung, die er eigentlich sich selbst gegenüber empfand, zu spüren.

Hanni hatte schon in jungen Jahren gelernt, nach allen Seiten ausgleichend zu wirken, um die Familie wenigstens im Ansatz zusammen zu halten. Ihre eigenen Bedürfnisse stellte sie dabei vollkommen zurück, bis ihr gar nicht mehr bewusst war, dass sie überhaupt welche hatte.

Die Tage, die Hanni in Mias Zuhause verbringen durfte, waren für sie immer wie ein tiefer Schluck unbeschwerter Geborgenheit gewesen, und manchmal stellte sie sich einfach vor, sie wäre Mias Schwester und dürfte für immer in dieser Familie bleiben.

Als Mias Vater so unerwartet starb und die Freundin, ihre lustige, pfiffige und immer witzige Mia plötzlich in einen Abgrund stürzte, fühlte sich dies auch für Hanni so an, als wäre etwas überaus Kostbares und Einzigartiges unwiederbringlich verloren gegangen. Hanni gelang es nicht, die Freundin mit ihren Versuchen, ihr aus dem schwarzen Loch heraus zu helfen, zu erreichen. Mia verweigerte jedes Gespräch und jeden Kontakt und tauchte in ihrer Trauer vollkommen ab.

In dieser Zeit fühlte Hanni sich wie ein Roboter, der einfach nur noch funktionierte. Dass die Freundin ihr abhanden gekommen war, ging ihr existentiell nahe. Bis dahin war Mia wie selbstverständlich immer da gewesen in ihrem Leben und ihr war gar nicht bewusst gewesen, wie sehr sie das unbeschwerte Zusammensein mit ihr als Ausgleich für ihre nicht einfache Familiensituation gebraucht hatte.

Als Mia endlich wieder ins Leben zurück fand und scheu und reumütig den Kontakt zu Hanni suchte, war diese überglücklich. Die wenigen Monate, die ihnen blieben, bis Mia beschloss, weg zu ziehen, um alles Schwere endgültig hinter sich zu lassen, waren unglaublich intensiv. Wie gerne wäre Hanni der Freundin nach Münchsberg gefolgt, doch die Verantwortung für ihre problematische Familie hielt sie zurück.

Hanni hatte sich viel zu früh auf Männer eingelassen, sich aber recht bald schon eingestehen müssen, dass sie dabei kein gutes Händchen hatte. Da sie ausgesprochen kreatürlich wirkte und mit ihren üppigen Reizen auch geschickt umzugehen wusste, galt die Zuwendung, die ihr entgegengebracht wurde, ausschließlich ihrem drallen Körper. Dass Hanni sich eigentlich nach einem Gegenüber sehnte, das ihren standhaften Charakter und ihr einfühlsames Herz zu würdigen wusste, blieb unentdeckt. Den Männern, auf die sie sich einließ, spielte sie geschickt das unersättliche und hemmungslose Weib vor, das das, was sie ihm boten, mit nicht endenwollendem Appetit genoss. Mit diesem Bild, das sie auf den ersten Blick vermittelte, kannte sie sich aus und wähnte sich auf der sicheren Seite. In Wahrheit aber war es noch keinem gelungen, ihr wirkliches Vergnügen zu bereiten.

Danach fühlte Hanni sich jedes Mal vollkommen leer. Dennoch wagte sie es nicht, sich von dieser Rolle, in die sie immer wieder bereitwillig schlüpfte, zu verabschieden. Sie war der Meinung, dass sie nichts Besseres zu bieten hatte. Wer sollte sie lieben, die wahre Hanni, die empfindsame, fürsorgliche, die hinter der üppig verlockenden Fassade eingesperrt war?

Seit Mia nach Münchsberg gezogen war, verging kaum ein Tag, an dem die Freundinnen sich nicht austauschten. Wenn Hannis Mutter sich auf dem Sofa schlafen gelegt hatte, telefonierte Hanni manchmal stundenlang noch mit Mia. Ihr konnte sie alles sagen, was sie beschäftigte und Mia hörte geduldig zu. Nur Mia wusste, dass Hanni sich nach einem verständnisvollen und ernsthaften Partner sehnte, der sie liebte und mit dem sie eines Tages eine Familie gründen würde. Bis ins Detail schilderte Hanni der Freundin, wie sie sich diesen Partner vorstellte, und immer schwang darin der Wunsch mit, endlich in Erfahrung zu bringen, was es mit der Liebe auf sich hatte. Bis heute war es ihr unbegreiflich geblieben, warum alle Welt sich so danach verzehrte. Das, was sie bis jetzt diesbezüglich kennen gelernt hatte, war es nicht wert gewesen, in zahllosen Liedern besungen zu werden und tausende von Buchseiten zu füllen.

Seit einigen Wochen war Mia allerdings äußerst schwer zu erreichen und Hanni musste sich wohl oder übel mit kurzen aber überaus glücklichen kleinen Nachrichten zufrieden geben. Mia war verliebt und völlig hingerissen von einem Jakob, der sie offenbar gänzlich vereinnahmt hatte. Hanni brannte darauf, Näheres zu erfahren. Laut Mia hatte er die unaussprechlichsten Augen der Welt.

7

Es verging kaum ein Tag, an dem Mia und Jakob nicht zusammen waren und sie ließen sich neugierig und unbekümmert auf das Abenteuer ein, sich gegenseitig ausführlich kennen zu lernen.

Es war interessant für sie zu beobachten, wie anders die Abende abliefen, je nachdem in welchem Zuhause sie stattfanden. Bei Jakob lebten sie hautnah auf engstem Raum, wie zwei Liebende auf einer winzigen Insel, wohingegen sie sich bei Mia in den ersten Wochen immer mit einer langen Umarmung »verabschiedeten«, wenn einer von ihnen den Raum verließ, um kurz ins angrenzende Zimmer zu gehen.

Mia hatte Jakob schon bald gestanden, dass sie eine liebgewordene Angewohnheit aus ihrer Kindheit niemals abgelegt hatte. In ihrem Bett war eine Fransendecke mit eingeschlagen, weil Mia gerne zum Einschlafen genüsslich mit den Füßen an den wolligen Zotteln gnibbelte. Die uralte Decke hatte schon bessere Tage gesehen und war durch Mias höchst aktive Fußarbeit bereits reichlich ramponiert. So lagen fast jeden Morgen kleine abgerissene Fransenteile herum, die Jakob heimlich fleißig einsammelte. Bald hatte er eine ausreichende Menge davon beisammen.

Als Mia wieder einmal bei ihm übernachtete, überreichte er ihr kurz vor dem Einschlafen mit einem vorfreudigen Kindergesicht eine kleine Schachtel. Mia war fassungslos, als sie sie öffnete und ihre geliebten Fransen darin aufgereiht liegen sah. Ganz feierlich schob sie eine nach der anderen zwischen ihre Zehen und jeden Morgen sammelte Jakob sie zuverlässig wieder ein, um sie im kleinen Kästchen für das nächste Mal sicher zu verwahren.

Mia war froh, dass auch Jakob so gerne las wie sie. Im Grunde wäre es ihr auf Dauer unmöglich gewesen, mit einem Partner zu leben, der keine Bücher liebte.

Ihr Vater hatte sie schon früh ans Lesen herangeführt, nicht ohne ihr die Ermahnung mit auf den Weg zu geben, dass es eine moralische Verpflichtung war, sich den Namen des Autors gut einzuprägen. Bereits mit zehn Jahren konnte sie eine stattliche Kinderbuchbibliothek in ihrem Regal vorweisen und schon sehr früh mit untrüglichem Gespür die Spreu vom Weizen trennen, da ihr Vater streng darauf achtete, ihr nur hochwertigen Lesestoff zur Verfügung zu stellen.

Es kam vor, dass Mia während der Schulferien bis zu drei ganze Bücher am Tag verschlang, und sie konnte sicher sein, dass ihr Vater unermüdlich für Nachschub sorgte. Sie hatte noch klar in Erinnerung, dass sie, nach ihrer Mandeloperation gerade aus der Narkose erwacht, als erstes einen hohen Stapel neuer Bücher auf ihrem Krankenhausnachtkästchen erblickt hatte.

Lesen war für Mia wie ein Festmahl, und wenn sie voller Vorfreude ein neues Buch zur Hand nahm, kam ihr jedes mal genüsslich das Wort »Schmatz« in den Sinn, als würde ihr das Wasser im Mund zusammen laufen. Sie liebte dieses tastende Vorgehen, sich dem neuen Buch zu nähern, das erste noch etwas sperrige Aufklappen, den Geruch von frisch bedrucktem Papier, den noch jungfräulichen Glanz des Einbandes und die ersten Schritte beim Lesen des Klappentextes, um eine erste vage Vorstellung davon zu bekommen, was sie in den nächsten Stunden und Tagen erwartete.

Mia konnte tief abtauchen in ihre Geschichten und sich nahtlos in das Fühlen und Handeln der Protagonisten einfühlen. Wenn sie ein Buch zu Ende gelesen hatte, blieb sie meist noch eine Weile in ihrem Lesesessel sitzen und spürte der Leere nach, die sie plötzlich ergriffen hatte. Die Figuren der Geschichte hatten sie eine Strecke Wegs begleitet und nun musste sie ohne sie sein. Ein besonders lieb gewonnenes Buch wurde dann von ihr zum Abschied nochmal mit den Handflächen gestreichelt oder sogar zart und kurz geküsst, wie ein Danke sagen zu einem guten Freund. Meist durfte es noch für ein Weilchen auf ihrem kleinen Schreibtisch liegen bleiben – ein Loslassen auf Raten – bevor es seinen Platz im Regal fand.

Mia und Jakob liebten es, Rücken an Rücken warm eingemummelt im Bett zu liegen und in ihre Bücher abzutauchen. Dieses vertraute Ritual hatte auch schon seinen Namen gefunden.

»Po an Po?«, fragte Mia nur kurz und knapp und Jakob nickte.

So lagen sie, zwar einander abgewandt, aber in komplettem Spüren der Anwesenheit des anderen, Po an Po beieinander, die Fußsohlen aneinander gelegt und ab und zu mit dem Rücken wibbelnd, um mitzuteilen: »Schön, dass du da bist.«

Es konnten Stunden vergehen, bis endlich einer von Beiden mit einem zufriedenen Seufzer sein Buch aus der Hand legte und der andere es ihm gleich tat. Dann drehten sie sich zueinander um und nahmen sich in die Arme.

Schon bald stellte sich heraus, dass sowohl Mia als auch Jakob leidenschaftlich gerne Spiele spielten.

Eines Tages brachte Jakob ein Holzbrett mit, das er bei Fabian in Auftrag gegeben hatte und das haargenau in den Badewannenrand in Mias Zuhause eingesetzt werden konnte. Sogleich wurde die Wanne randvoll gefüllt, eine Kanne mit heißem Tee bereitgestellt, Mias wunderschöner sechsarmiger Leuchter herbei geholt und das Brett eingesetzt. Mia saß natürlich auf der »guten« Seite, von duftendem Schaum umhüllt, und Jakob hatte galant seinen Platz auf der »Stöpselseite« eingenommen, mit der wichtigen Aufgabe, ab und zu den Stöpsel zu ziehen, um ständig für neues heißes Wasser sorgen zu können.

Sie spielten Canasta und Rummikub, bis ihre Finger und Zehen vollends schrumplig geworden waren.

Mit Jakob Scrabble zu spielen, war kein leichtes Unterfangen. Seine Wortungetüme, meist seiner überbordenden Phantasie entsprungen, brachten unweigerlich den Spielfluss ins Stocken, weil beide so ins Lachen kamen, dass sie sich schließlich, um Luft ringend, in den Armen lagen und unverzüglich das »Lotterbett« – so wurde Jakobs kleine Schlafkoje von ihnen genannt – aufsuchen mussten.

Mia lernte Jakobs besondere Beziehung zu den Dingen, die ihn umgaben, kennen. Keine Dose, keine Müslischachtel oder Nudelverpackung durfte verkehrt herum in den Küchenschrank verräumt werden.

»Dann läuft ihnen ja das Blut in den Kopf«, rief Jakob besorgt und drehte alles wieder richtig rum.

Die Lebensmittel mussten immer in gebührendem Abstand voneinander stehen, »damit sie schnaufen können«, und wenn er abends seine Hose über den Stuhl legte, strich er sie sorgsam glatt, »damit ihr nicht die Beine einschlafen.«

Beide liebten es, spontan Gereimtes im Wechsel zu singen. Beim Kartoffelschälen stimmte dann Jakob mit vollmundiger Opernstimme an:
»Mir wackelt der Bauch.«
Und Mia antwortete singend: »Mir meiner auch.«
»Mir wackelt er immer.«
»S'wird jeden Tag schlimmer.«

Wenn sie sich ausnahmsweise mal für ein oder zwei Tage nicht gesehen hatten, war ihr Wiedersehen ein Fest. Dann zelebrierten sie das Ritual, dem sie den Namen »U-Boot« gegeben hatten: Mia saß im Sessel, Jakob schob sich einen Stuhl davor und legte die Beine hoch, um sie herum, und sie wiederum ihre auf seine. So saßen sie geborgen, wie in einer Kapsel eingeschlossen, ganz nah beieinander.

»Also«, hieß es. »Du bist vorgestern Morgen aus dem Haus gegangen. Was war dann?«

Und schon musste ausführlich erzählt werden, jedes Detail und jedes gelebte Gefühl.

Jakob berichtete von den Gesprächen, die er mit trauernden Angehörigen geführt hatte, die sich zwecks der Grabgestaltung Informationen von ihm wünschten. Er erzählte, was er alles aus ihrer Wortwahl und ihrem Verhalten herausgelesen hatte und was er dadurch über ihre Beziehung zu dem Verstorbenen erfuhr.

Mia schilderte ihre Erlebnisse mit den unterschiedlichsten Kunden und wen sie wann und wo getroffen hatte.

Mit kindlichem Vergnügen hinterließen Mia und Jakob sich kleine Liebesbotschaften an allen möglichen und unmöglichen Orten. Ihr Einfallsreichtum war grenzenlos.

Jakob hatte in seinem Bad eine wohl in Vergessenheit geratene runde alte Seife im Regal herumliegen, die auf einer Seite schon ganz aufgesprungen war. In einem unbemerkten Moment steckte Mia ihr links und rechts zwei Stecknadeln auf, sodass die Seife aussah, als hätte sie Fühler. In das aufgerissene Maul schob sie ihre kleine Botschaft und konnte es kaum erwarten, dass Jakob das Seifenviech mit den Liebesworten endlich entdeckte. Als nach vielen Tagen schließlich ein begeistertes »Was ist *das* denn!« von ihm aus dem Bad kam, konnte Mia sich vor Lachen kaum halten.

Manches Mal fand Jakob ein formvollendetes kleines Gedicht an seinem Frühstücksteller, das Mia beim Teekochen aus dem Ärmel geschüttelt hatte. Und für Jakob war Mia »Der Stern in meiner Nudelsuppe« oder »Glutöfelchen«, weil ihre Haut so heiß war, dass er manches Mal ein Stückchen von ihr abrücken oder wenigstens einen Fuß aus dem Bett strecken musste, um nicht zu verbrennen.

Ihr zweisames Leben fühlte sich gut an und das war ihnen bewusst. Mitten im Tagewerk, sei es beim gemeinsamen Kochen, beim Geschirr Abtrocknen oder auch beim gemütlichen Beisammensein auf dem korallenroten Sofa mit Kater Alfons in ihrer Mitte, konnte es ihnen passieren, dass sie plötzlich innehielten, wie vom Blitz getroffen, und sich fassungslos ansahen, synchron, wie eingefroren in einem winzigen Moment des Erkennens.

Manchmal, wenn Mia in Jakobs Armen lag und spürte, dass er in den Schlaf hinüberglitt, fühlte sie plötzlich eine kurze Panik in sich aufsteigen, als würde er sie nun verlassen. »Bleib bei mir«, dachte sie dann und lauschte bang auf seine tiefen Atemzüge, die ihn immer weiter wegführten von ihr. »Er spürt mich nicht mehr,« dachte sie und ersehnte ihr eigenes Einschlafen mit jeder Faser ihres Körpers, als würden sie sich dann wieder begegnen und das Band erneut knüpfen können.

8

Sie sah ihren Vater fallen, viele hundert Meter in die Tiefe, und konnte nichts dagegen tun.

Mit einem lauten Schrei setzte Mia sich im Bett auf. Sie bekam keine Luft mehr, ihre Kehle war vor Entsetzen wie zugeschnürt und raue und klagende Töne pressten sich aus ihr heraus. Mia keuchte wie ein gehetztes Tier und versuchte, sich zu orientieren. Wo war Jakob? Der Platz neben ihr war leer.

Panik stieg in ihr auf. Sie war allein, allein mit dem Grauen, das sie gepackt hatte, allein mit dem Unabänderlichen, dem Tod ihres Vaters.

Eine neue Welle von Angst und Schrecken erfasste sie. Das Bild der tiefen Schlucht, die ihren schweigenden Vater verschluckte, wollte sie nicht loslassen, und auch die warmen Tränen, die ihr nun über die Wangen liefen, konnten ihren Schmerz nicht lindern. Sie krümmte sich laut schluchzend im Bett zusammen, mit bebenden Schultern das verlassene Kissen von Jakob ans Gesicht gepresst.

***

Er hatte lautlos seine Wohnung betreten, um Mia nicht zu wecken. Jakob wollte sie mit einem neuen Sammelwort begrüßen und schlich auf Zehenspitzen zum Bett. Eine Woge tiefer Zärtlichkeit strömte in ihn hinein, als er sie sah, zusammengerollt wie ein Kätzchen. Nur ihr zerzauster Schopf schaute zwischen den Kissen hervor und Jakob beugte sich ganz nah zu ihr herunter und sagte genüsslich:»Schwadronieren«.

Bestürzt sah er Mias vom Weinen verquollenes Gesicht, das sich schwerfällig aus den Decken herausschälte und ihn vorwurfsvoll anblickte.

»Du hast mich allein gelassen.«

Jakob schaute sie perplex an und ihm fehlten erst einmal die Worte.

Mias Augen waren schwarz und leer geweint. »Wo warst du denn? Warum warst du weg?«

»Was ist denn passiert?« fragte Jakob. »Ich war doch nur draußen. Ich wollte laufen. Und ich hab mich auf den Sonnenaufgang gefreut.«

»Warum hast du nichts gesagt? Ich wäre mitgekommen,« fauchte sie.

»Es war doch viel zu früh.« Jakob schüttelte ärgerlich den Kopf. »Du hast tief und fest geschlafen.«

Sie setzte sich abrupt auf und verschränkte die Arme vor der Brust. »Du wolltest ohne mich sein.«

Jakob schaute sie nachdenklich an. Nach einer Weile sagte er leise: »Ja, vielleicht. Das ist manchmal so. Ich hatte Heimweh. Heimweh nach mir.«

Mia ließ sich wieder ins Bett zurück gleiten und vergrub ihr Gesicht in den Kissen. Sie schluchzte haltlos. »Ich will nicht, dass das so ist. Das macht mir Angst.«

Jakob versuchte, ihr beruhigend den Rücken zu streicheln, doch Mia versteifte sich und schüttelte seine Hand ab. Ratlos stand er auf, um einen Tee aufzusetzen.

Mia hielt im Weinen inne und lauschte auf seine Schritte. Sie kannte jeden Handgriff, das Befüllen des Wasserkessels, das Knarzen des Küchenschranks, das Öffnen der Teedose, Jakobs Zögern bei der Wahl der geeigneten Tassen. Dies alles war so vertraut, ein Für-Immer-Und-Ewig, doch heute war kein guter Tag und alles hing schief. Ihr Zweisamsein, Mias felsenfester Glaube an ein unverwundbares Wir, hatte einen Riss bekommen. Sie fühlte sich roh und gefährdet.

Der inständige Wunsch, das soeben Erlebte ungeschehen zu machen, und die Sehnsucht, es möge wieder gut sein zwischen ihnen, überwältigte sie.

»Jakob!« rief sie, so dringlich, dass er mit drei großen Schritten bei ihr war.

***

Gefrühstückt wurde bei Mia. Kater Alfons, der hocherfreut maunzend herbeigeeilt kam, als sie die Wohnungstür öffneten, war noch etwas struppig von seinem ausführlichen Ausflug durch die umliegenden Gärten. Nachdem er sich über sein üppig gefülltes Schälchen hergemacht hatte, ließ er sich zufrieden auf der Fensterbank nieder, um sich ausgiebig zu putzen, bis sein pechschwarzes Fell wieder seidenweich glänzte.

Mia und Jakob sprachen nicht viel. Wie immer übernahm Jakob die Aufgabe, das Brot von Mia liebevoll zu bestreichen, mit wenig Butter und einem Hauch von Aprikosenmarmelade, genau so wie sie es mochte. Er ließ es auf ihren Teller gleiten und warf dabei einen verstohlenen Blick auf Mias verschlossenes Gesicht.

Ihr heftiges Beisammensein vorhin im geliebten »Lotterbett« hatte den ersten kleinen Sprung, der sich in ihrer Zweisamkeit auftat, nicht wirklich kitten können. Die Besorgnis über Mias unverhältnismäßige Reaktion auf seinen alleinigen Abstecher zu sich selbst lastete auf Jakob und Mia fühlte sich trotz seiner bedingungslosen Zärtlichkeiten weiterhin ungeschützt. Irgendwie hatte das Wir seine Unschuld verloren und sie war auf der Hut. Heute hatte ihr sonst so selbstverständliches Beisammensein etwas Gezwungenes und die wenigen Worte, die sie aneinander richteten, wirkten befremdlicherweise höflich und wohlerzogen. Selbst als Jakob plötzlich aufsprang, sich aus der Vase auf dem Regal eine der Rosen zwischen die Füße klemmte, sich zum Handstand aufschwang und schwankend auf den Händen auf Mia zulief, um ihr die Blume feierlich in den Schoß fallen zu lassen, konnte er ihrem fast spitzen Gesicht nur ein schwaches Lächeln entlocken.

Nach dem Frühstück saßen sie eher ratlos auf dem korallenroten Sofa nebeneinander und es war gut, dass Alfons da war, der ihre ungeteilte Aufmerksamkeit schnurrend in vollen Zügen genoss.

»Lass uns rausgehen«, schlug Jakob schließlich vor und Mia war erleichtert.

Der Winter neigte sich spürbar seinem Ende zu und in der Luft lag bereits eine erste Ahnung von Frühling. In den umliegenden Gärten, rund um den Fluss und entlang der Bäume, die die Straßen säumten, hatte sich das triste Graubraun zu einem noch fast unmerklichen Hauch von zartem Hellgrün verändert. Der Himmel schien höher zu hängen und die Wolken waren nicht mehr so schwer. Der sonnige Tag war voller Licht und Leichtigkeit.

Es war klar, dass es sie beide zum »Bänkchen an sich« zog, diesem friedvollen Ort voller Stille und Eintracht. Hier würden sie sich wiederfinden und ihr Zweisamsein aus seiner Schieflage befreien. Sie saßen eng beieinander, hielten sich bei den Händen und schauten in das rasch dahin fließende Wasser.

»Unser erster Streit«, stellte Mia schließlich fest und Jakob sah sie nachdenklich an. Sein Blick war ernst, aber voller Wärme.

»Was ist denn passiert, Mia? Was hat dich so aus der Fassung gebracht?«

Und Mia erzählte ihm von ihrem Traum. Sofort stellten sich die feinen Härchen auf ihren Unterarmen wieder auf, als sie das Bild, wie ihr Vater in den Tod gestürzt war – ohne einen Laut, ohne einen Schrei – wieder aus sich hervorholte.

»Ich konnte nichts dagegen tun, ich war wie festgewachsen am Boden und vor Entsetzen vollkommen gelähmt.«

Jakob legte den Arm um sie und zog sie noch näher zu sich heran.

»Mein Vater hat mich einfach allein gelassen. Er hat sich nicht von mir verabschiedet. Er ist einfach gegangen.« Mia atmete zittrig tief ein und aus.

Jakob blickte sie liebevoll aber eindringlich an. Dann sagte er sehr ruhig, dezidiert und fast streng:

»Dein Vater hatte einen Herzstillstand, Mia. Das konnte niemand voraussehen. Er hatte gar keine Chance, Abschied zu nehmen. Du musst das akzeptieren.« Irgendwie hatten diese Worte in ihrer Klarheit eine beruhigende Wirkung. Jakob spürte, wie Mias Anspannung nachließ.

»Hast du Angst vor dem Tod?« fragte sie. Jakob dachte lange nach.

»Ich hab fürchterliche Angst davor, noch mehr Menschen, die ich liebe, zu verlieren. Vielleicht ist das Zurückbleiben müssen viel schlimmer als das Sterben?« Jakob durchlief ein Zittern. »Insofern kann ich dich gut verstehen. Aber wir haben keine Wahl. Es passiert und wir müssen es aushalten.« Er schaute zu den vereinzelten zerzausten Wolken auf, als könne er dort oben eine Antwort auf diese Fragen finden.

Nach langem schwerem Schweigen fragte Mia: »Und wenn *ich* sterbe, würdest du das auch aushalten?« Sie hielt seinem entsetzten Blick mit unbewegter Miene stand.

Jakob schloss erschöpft die Augen und antwortete leise: »Das wäre das Schlimmste, was mir passieren könnte.«

»Und trotzdem willst du manchmal ohne mich sein?« Mia war unerbittlich. Doch Jakob blieb sich treu.

»Ja, Mia. Und trotzdem will ich manchmal ohne dich sein.«

Mia schaffte es schließlich, zu lächeln und fragte sanft: »Damit du schnaufen kannst? Wie die Verpackungen in deinem Küchenschrank, die nicht zu eng beieinander stehen dürfen?«

»Genau so.«

Sie blieben noch lange sitzen, lauschten auf den Wind in den Bäumen und auf ihren Herzschlag, Seite an Seite. Endlich fand Mia die Antwort auf Jakobs Sammelwort am Morgen und sagte bedächtig: »Argwöhnisch.«

Jakob konterte: »Pompös.«

Mia setzte nach: »Echauffieren.«

»Süffisant.«

Nun konnte der Tag doch noch gut werden. Sie waren noch einmal davongekommen.

FABIAN

Wenn Fabian mit Hingabe und in völliger Stille im Schreinerschuppen an seinen Holzarbeiten saß, blieb für ihn die Zeit stehen. Dies waren Stunden, in denen alles, was ihm zu schaffen machte in seinem komplizierten Leben, wohltuend in den Hintergrund rückte.

Vor drei Jahren war er eher durch Zufall auf eine Annonce gestoßen, in der für einen sensationellen Preis ein winziges altes Wohnhaus mit angrenzender Scheune zum Verkauf angeboten wurde. Sofort war er hellhörig geworden.

Er fand die »für Liebhaber und Tüftler« angepriesene Immobilie in eher erbarmungswürdigem Zustand vor. Umgeben von einem vernachlässigten Garten, kauerte die geräumige, jedoch schwer angeschlagene Scheune am hinteren Ende eines kleinen Grundstücks. Das große Tor war aus den Angeln gerissen und die dunkle Lücke klaffte ihm wie eine offene Wunde vorwurfsvoll entgegen. Das dazugehörige winzige Wohnhaus hatte sich dagegen gottlob erstaunlich gut gehalten, wirkte nur reichlich schäbig, da der Putz von den Wänden bröckelte und die uralten Linoleumböden gewellt, eingerissen und verdreckt waren. Die Mauern waren stabil und das Dach nahezu unversehrt.

Für Fabian war es Liebe auf den ersten Blick. Sein geübtes Auge erkannte das Potenzial dieses unverhofften Juwels sofort, doch er hielt seine Begeisterung vorerst zurück. Erst musste er klären, ob sein Vater dazu bereit war, für ihn zu bürgen.

Schon wenige Wochen später war Fabian stolzer Besitzer einer heruntergekommenen Scheune und eines verlotterten und vernachlässigten kleinen Häuschens, die beide geduldig und vertrauensvoll darauf warteten, verwandelt zu werden. Besitz und Besitzer hatten sich gesucht und gefunden.

In den kommenden Monaten war die gesamte Familie an jedem Wochenende und die ganzen Sommerferien hindurch unermüdlich damit beschäftigt, Fabians zukünftiges Domizil auf Vordermann zu bringen. Die alten Böden wurden herausgerissen und blankes Parkett wurde verlegt. Fabian ließ sämtliche sanitären Anlagen erneuern, Gunnar flieste die kleine Küche und das winzige Bad neu und Kerstin und Friederike waren für das Streichen zuständig.

Die Scheune wurde zu neuem Leben erweckt. Fabian hatte klare Vorstellungen von seinem zukünftigen Arbeitsplatz und scheute keine Mühe, diesem Wunschbild so nah wie möglich zu kommen. Immer wieder holte er sich Rat von seiner kreativen Mutter, die es wie keine andere verstand, aus einer noch so kleinen Ecke ein abgerundetes stimmiges Plätzchen zu machen.

Jakob half seinem Freund in jeder freien Minute und widmete sich dem eingewachsenen Garten. Nachdem er alles abgerodet und durchgepflügt hatte, wurden blühende Sträucher gepflanzt, Schmetterlingsflieder und Forsythien. Junge Bäume wurden gesetzt und eine wilde Wiese ausgesät. Zahlreiche Töpfe mit Zinnien, fleißigen Lieschen, Petunien und Dahlien entfalteten schon bald ihre Blütenpracht.

Kerstin hielt das Vorher / Nachher detailliert mit ihrer Kamera fest und beim Durchblättern des Albums mit dem Namen »Aktion Schreinerschuppen« konnten die Beteiligten es im Nachhinein nicht fassen, dass sie alle mit vereinten Kräften aus einem heruntergekommenen Anwesen ein kleines Paradies geschaffen hatten.

Endlich konnte Fabian seine ungeliebte Anstellung in der Schreinerei aufgeben. Obwohl sein Chef große Stücke auf ihn hielt, sein Talent sofort erkannt und ihn nach seiner Lehre spontan übernommen hatte, hatte Fabian sich vom ersten Tag seiner Ausbildung an unwohl gefühlt, andersdenkend und nicht zugehörig,

Nicht dazu zu gehören, war Fabian vertraut. Seine gesamte Kindergarten- und Schulzeit hatte dieses Lebensgefühl ihn begleitet. Doch das Fremdsein im Berufsumfeld verdunkelte seine Liebe zur Arbeit am Holz. Der Wunsch, diesen schönen Beruf im stillen Kämmerlein ausüben zu dürfen und ihn mit seinen künstlerischen Ambitionen und seinem ausgeprägten Gespür für Schönheit zu verbinden, wurde immer drängender.

Nun hatte er seine eigenen Räumlichkeiten gefunden und konnte endlich den mutigen Schritt wagen, sein eigener Herr zu sein und mehr und mehr nur Aufträge anzunehmen, die ihn mit tiefer Freude erfüllten. Der Anfang war schwer und Fabian jobbte Tag für Tag nebenbei an der Tankstelle, um sich finanziell einigermaßen über Wasser zu halten und den Forderungen der Bank pünktlich nach zu kommen. Noch griffen seine Eltern ihm finanziell unter die Arme, doch er wollte es so bald wie möglich schaffen, ganz auf eigenen Füßen zu stehen. Nur langsam sprach sich die Qualität seiner exquisiten Holzarbeiten herum und sein erlesener Kundenstamm vergrößerte sich.

Fabian genoss es, endlich auch allein wohnen zu können. Zu Hause hatte es doch immer wieder Spannungen gegeben. Sein impulsiver Vater ließ sich gerne dazu hinreißen, auf ihm herum zu hacken, und sobald die Mutter vehement für ihren Sohn in die Bresche sprang, führte dies wiederum zu Streitigkeiten zwischen den Eltern. Fabian war froh, sich endlich aus der Schusslinie gebracht zu haben und hatte es kaum erwarten können, sich sein selbständiges Wohnen ganz nach seinen Vorstellungen einzurichten. Seine turbulente Familie vermisste er nur selten, da er das Alleinsein schon immer geliebt hatte.

Fabian war ein Mensch auf den zweiten Blick und stand nicht gern im Zentrum der Aufmerksamkeit. Er war ein intensiver Zuhörer und Beobachter, trug aber nur äußerst selten selbst etwas zur Konversation bei. Er hatte keinerlei Talent, nichtssagende Floskeln auszutauschen, um ein Gespräch in Gang zu bringen. Wenn allerdings ein Thema angesprochen wurde, zu dem er wirklich etwas zu sagen hatte, weil es unmittelbar mit dem zu tun hatte, was sein Herz bewegte, trug er mit seinen klugen und fein beobachteten Ausführungen beeindruckend zum Gesprächsverlauf bei.

Eigentlich gab es in seinem Leben nur zwei Menschen, bei denen er sich angstfrei aufgehoben fühlte. An erster Stelle stand Kerstin, seine Mutter, die sein scheues Gemüt bis ins Kleinste verstand. Auch sie war eine eher stille Zuhörerin, die mit ihrem klugen Blick ins Innerste ihres Gegenübers vorzudringen wusste. Von Anfang an hatte sie ihre schützenden Flügel über ihr empfindsames ältestes Kind ausgebreitet, dessen Äußeres so gar nicht seiner inneren Zartheit entsprach.

Fabian war körperlich ganz nach Gunnar geraten, ein eher grobschlächtiger junger Bär mit breitem Kreuz und starken Schultern. Doch was bei seinem Vater als pralle Lebenskraft zum Ausdruck kam, war bei Fabian weich und nachgiebig.

Er hatte ein ambivalentes Verhältnis zu seinem Vater. Bis zum heutigen Tag war er sich nicht sicher, ob er von ihm auch wirklich wertgeschätzt wurde. Gunnar war eine Naturgewalt und konnte mit seinem lauten dramatischen Wesen leise und schüchterne Zeitgenossen mühelos aus dem Weg fegen, ohne dies recht zu bemerken. Er war ein Mensch, der immer in der ersten Reihe stand und konnte sich jederzeit einer Traube von faszinierten Zuhörern gewiss sein. Sein ältestes Kind, das lieber am Rand stand, um das Geschehen aus einem gewissen Abstand heraus zu betrachten, wurde von ihm leicht übersehen.

Fabian war kein guter Schüler gewesen. Seine Aufmerksamkeit für alles Schulische war stark interessengebunden und es war ihm nie richtig gelungen, aus seinem verträumten Kokon heraus zu kommen. Dennoch hatte er den Weg ins Gymnasium geschafft. Dass sein eigener Vater dort als Lehrer angestellt war und ihn auch in Deutsch und Geschichte unterrichtete, machte es für Fabian nicht leichter. Er hatte nie wirklich herausfinden können, ob er ihn endgültig enttäuscht hatte, weil er nach der Mittleren Reife die Schule verlassen hatte, um eine Ausbildung zum Schreiner zu beginnen.

An zweiter Stelle stand Jakob, sein einziger Freund. Bei ihm konnte er ganz sich selbst sein, und ihre stillen Treffen in Fabians Schreinerschuppen waren erfüllt von gegenseitigem Verstehen, das nicht vieler Worte bedurfte.

Von klein auf war Fabian Jakob mit Haut und Haaren zugetan. Für ihn war er zu Allem bereit. Bei ihren Kinderspielen war es selbstverständlich gewesen, dass Jakob der König war und Fabian der Sänftenträger, derjenige, der mit unermüdlichem Palmwedeln jede Unbill und jede Störung vom Haupt des Gekrönten fernzuhalten bemüht war. Fabian war der erbärmliche Eierdieb, der von Jakob, dem heldenhaften Polizisten, geschnappt wurde, und Fabian war der Patient, der sich willenlos und ergeben mit sperrangelweit geöffnetem Mund dem Zahnarzt Dr. Dr. Jakob entgegen streckte, für diverse ärztliche Handlungen mit Omilis Küchenbestand.

Als Fabian klar wurde, wie hingerissen Jakob von Mia war, hatte ihn zunächst Panik ergriffen, ihre Freundeszusammenkünfte könnten von nun an beendet sein. Bis jetzt hatte kein Mädchen in Jakobs Herz den Stellenwert von Fabian einnehmen können. Mia jedoch hatte ihn vollkommen in ihren Bann gezogen, und in der ersten Zeit wollte Jakob keine einzige freie Minute ohne sie verbringen. Für ihn gab es nur noch Mia.

Zu Fabians Erleichterung wurde jedoch recht bald klar, dass Jakob trotz seines Verliebtseins ihre stillen Treffen im Schreinerschuppen nicht aufzugeben gewillt war und so nahmen sie ihre intensiven abendlichen Stunden regelmäßig wieder auf.

Fabians Einstellung zu Mia war zweischneidig. Einerseits war er fasziniert von ihrer Lebensenergie und ihrer positiven Sicht auf die Dinge. Doch da ihm diese Eigenschaften so gänzlich fehlten, mischte sich in seine heimliche Bewunderung auch eine große Portion Neid. Warum gelang ihr so mühelos, was ihm nicht einmal im Ansatz möglich war? Dass sie Jakob mit ihrem fröhlichen Wesen so gänzlich vereinnahmt hatte, tat sein Übriges. Fabian musste anfänglich viel Disziplin aufbringen, Mia dafür nicht zu hassen.

Er hatte noch nie ein Mädchen im Arm gehabt. Diese Tatsache lastete schwer auf ihm, auch wenn er sich immer wieder einzureden versuchte, dass er eine Beziehung in seinem eigenwilligen Lebensplan gar nicht gebrauchen konnte. Tisch und Bett mit einem anderen Menschen zu teilen, sprengte ohnehin seine Vorstellungskraft und jagte ihm eine Heidenangst ein.

In seiner Phantasie malte er sich zwar die erregendsten Szenarien aus, doch in der Wirklichkeit gelang es ihm nicht, über seine körperlichen Unzulänglichkeiten hinweg zu sehen. Er konnte sich einfach nicht vorstellen, dass ein Mädchen sich in ihn, den

Schüchternen, den Leisen, den Weichen, je verlieben könnte. Als sich eine Zeit lang Mia in seine schweißtreibenden Phantasien schob, schämte er sich abgrundtief und empfand dies als schwerwiegenden Verrat an seinem Seelenfreund. In dieser Zeit konnte er Jakob nicht in die Augen sehen, ohne dass sich das, was sich letzte Nacht in seinem Kopf abgespielt hatte, zwischen sie stellte. Fabian war froh, dass es ihm irgendwann gelang, die Frau seiner Träume mit einer anderen auszutauschen.

9

Der Sommer war ein Traum. Mia und Jakob liebten die milden Abende, an denen sie nach getaner Arbeit noch viele Stunden im Freien verbringen konnten, ohne dass es dunkel wurde. Die Tische vor dem Eiscafe waren immer voll besetzt und es herrschte reges Treiben.

Unermüdlich konnten sie die vorbeischlendernden Menschen beobachten und sich nur durch ein fast unmerkliches Stupsen mit dem Ellenbogen gegenseitig auf kleine interessante Details aufmerksam machen. Sie hatten im Laufe der Zeit wie ein eingespieltes Team winzige Merkmale zusammengetragen, anhand derer sie die Objekte ihrer »Studien«, wie sie es nannten, liebevoll in bestimmte Kategorien einteilten. Da waren dann »die mit den Flopp-Flopp-Hosen«, »die Wässrigen« und »die mit den zu langen Zehen«. Da waren »die Globis« und die »Tigerlilli«, »die Grippe-Gehabt« und »der Rechen«.

An den Wochenenden genossen sie ihre langen Spaziergänge, bei denen Mia meistens schon nach kürzester Zeit die Schuhe abstreifte, um barfuß sein zu können. Wenn sie ihre knallrot lackierten schönen Zehen tief in den Sand oder ins weiche Gras grub, war ihr, als spürte sie die Erde atmen.

Im Freibad lagen sie Seite an Seite in der Sonne und lasen, oder Mia legte den Kopf auf Jakobs Bauch und ließ sich durch das Wogen seines Atmens wie ein Kind in einen federleichten kleinen Sommerschlaf hinüber schaukeln.

Jakob, dessen sehniger langer Körper offenbar keine Grenzen kannte, wagte die undenkbarsten Sprünge vom Zehn-Meter-Brett. Vollkommen angstfrei stürzte er sich kopfüber in die Tiefe, mit genüsslich ausgebreiteten Armen, die er im letzten Moment eng an den Körper legte, als sei er ein Falke, der sich im Sturzflug über seine ahnungslose Beute hermacht. Mia saß am Beckenrand und schaute ihm mit angehaltenem Atem zu. Sie redete sich ein, dass er diese Kunststücke nur für sie vollführte, um sie zu beeindrucken, doch tief im Innersten wusste sie, dass er es für sein eigenes Wohlbefinden brauchte, seine Fähigkeiten auszuloten und seinen Körper bis aufs Äußerste zu fordern. Wenn er sich in mehreren Saltodrehungen der Wasseroberfläche näherte und es immer im letzten Moment schaffte, sich doch noch in ganzer Länge auszustrecken, um wie ein Pfeil das tiefe Blau zu durchbrechen, bekam er oft Applaus von etlichen Zuschauern. Mia sah mit Argusaugen die bewundernden Blicke der umstehenden Mädchen und immer stieg dabei eine bittere Angst in ihr auf.

»Wenn er jemals eine andere liebt, werde ich sterben«, dachte sie dann.

Hocherhobenen Hauptes lief sie schließlich zu ihm und schleppte ihn ab, wie einen ganz besonderen Tombolagewinn, der nur ihr allein zustand. Alle sollten sehen, dass er zu ihr gehörte, dass hier sein Platz war und nirgendwo sonst.

Jakob bekam von all dem nichts mit. Er hatte nur Augen für Mia.

Manche Abende verbrachten sie auf Jakobs kleiner Dachterrasse mit Blick auf die umliegenden Dächer, tranken Rotwein und philosophierten über Gott und die Welt, über Sein und Nichtsein, Leben und Sterben. Jakob ging mit großer Ernsthaftigkeit an diese Themen heran, dachte jeweils gründlich nach, bevor er eine Antwort gab, stets darum bemüht, nicht ins Allgemeine abzuleiten, jedoch immerzu bereit, sich von Mias positiver Weltsicht mitreißen zu lassen. Mia schöpfte ihre Argumente ausschließlich aus ihrem reichen Herzen, mit großer Emotionalität und Impulsivität. Was sie nicht selbst erlebt, erlitten oder erfühlt hatte, war für sie nicht wirklich greifbar. Ihr Mikrokosmos, der ihr alles bedeutete, war das Maß aller Dinge.

Mias kleiner Garten war wie geschaffen für Abende, an denen sie, zu späterer Stunde umringt von zahllosen Windlichtern, ihrer Spielleidenschaft nachgingen. Um aus Rücksicht auf die Nachbarn die Geräusche des Kniffelbechers abzufedern, hatte Jakob den Würfelbecher mit weichem Fell ausgeschlagen und selbst die lederne Unterlage mit mehreren Filzschichten überzogen. Auch die Rummikubsteinchen wurden in einer ausrangierten Wollmütze durchgemischt, um das heftige Klappern zu dämpfen.

Nur die Abende in Fabians Schreinerschuppen blieben nach wie vor allein Jakob vorbehalten. Mia hatte sehr bald intuitiv gespürt, dass sie an diese kostbaren Zusammenkünfte niemals rühren durfte. So blieb ihr nichts anderes übrig, als an diesen Abenden und Nächten ganz ohne Jakob zu sein. Dass seine Abwesenheit ihr regelrechte körperliche Schmerzen verursachen würde, hätte sie niemals für möglich gehalten. Wenn sie allein in ihrem Bett lag, zog sich ihr Bauch hart und zittrig zu einem glühenden Ball zusammen, als würde die Sehnsucht nach Jakob ihr gesamtes Inneres aushöhlen.

Mia war bei Omili und Opapa ein gern gesehener Gast. Jakobs Großvater war ein hochgewachsener Mann, stets gut und teuer gekleidet, den weißen Bart sorgfältig gestutzt. Mia hätte wetten können, dass er nachts auch mit seiner feinen Strickweste und dem gestärkten Hemd im Bett lag, weil es einfach undenkbar war, sich diesen disziplinierten und aufrechten Mann in einem gestreiften Pyjama vorzustellen. Bei ihrer ersten Begegnung traf es sie mitten ins Herz, dass ihr aus diesem über siebzigjährigen Gesicht Jakobs kreisrunde tiefe blaue Augen entgegenblickten.
Omili war ein agiler Floh, der offenbar nie ermüdete. Unablässig hatte sie zu tun und schien so etwas wie Erschöpfung nicht zu kennen, mit Ausnahme der schwierigen Tage, an denen sie durch »das große Kopfweh« außer Gefecht gesetzt wurde.
Mia spürte es regelrecht auf ihrer Haut, wie bedingungslos Jakob von seiner Großmutter geliebt wurde und dass Omilis Vertrauen in ihn grenzenlos war. So wurde auch sie mit ausgebreiteten Armen empfangen. Allein die Tatsache, dass dies das Mädchen war, das Jakob liebte, garantierte Mia einen Logenplatz in Omilis Herz.
Bei ihren ersten Besuchen war Mia befangen, weil die Fotos von Jakobs Mutter ihr aus jeder Ecke des Wohnzimmers entgegenblickten. Sie sah auf eine zarte blutjunge Frau von außergewöhnlicher Schönheit, mit tief melancholischen »Jakob-Augen«, die eine versteckte, fast schmerzhafte Intensität ausstrahlten.

Beim ausführlichen Anschauen dieser Bilder legte sich anfangs eine bleierne Schwere auf Mias Brust.

Doch die Abende mit Omili und Opapa waren amüsant und kurzweilig. Opapa konnte auf äußerst eloquente und poetische Weise abstruse Geschichten erzählen, und wenn er dabei so gar kein Ende fand, holte ihn Omili mit einem erstaunlich kraftvollen Knuff in die Seite auf den Boden der Tatsachen zurück.

Wenn Omili Geschichten von früher zum Besten gab, Jakob seine Großmutter dabei mit vor Liebe leuchtenden Augen ansah und zwischen ihnen eine unsichtbare Glocke tiefen Verstehens die übrige Welt auszuklammern schien, verspürte Mia manchmal einen hässlichen Stich im Herzen. Das waren Zeiten, bei denen sie nicht dabei gewesen war, Zeiten, in denen sie keine Rolle gespielt hatte in Jakobs Leben. Vorsichtig rückte sie dann näher an ihn heran. Er sollte merken, dass es sie gab, er sollte sie wahrnehmen und ihr mit seinem Blick zu verstehen geben, dass sie das Wichtigste, Kostbarste und Einzigste war. Wenn er dann auftauchte aus der Vergangenheit und sie mit warmen Augen ansah, wurde sie von einem heißen Strom der Erleichterung erfasst.

Mias alleinige Besuche bei Kerstin und Gunnar waren seltener geworden. Meistens trafen sie sich jetzt in großer Runde in deren verwunschenem eingewachsenen Garten, grillten Fleisch, große Auberginenfladen und knuspriges Brot. Danach saßen sie noch lange rund um den Feuertopf und schauten in die züngelnden Flammen.

»Der Laden« wurde im Sommer durch die großen hohen Fenster von Sonne durchflutet. Bunte Blumengirlanden und vielfarbige duftige Stofftüchlein, die inmitten der Spiegel- und Glasscherben vom Deckenbalken hingen, schienen im Licht zu tanzen und ständig ihre Farben zu verändern. Kerstin hatte große Vasen mit dichten Blumensträußen aufgestellt, die den gesamten Raum mit ihrem süßen Duft erfüllten. Zwischen den verschnörkelten Tischchen standen kunstvolle Gestecke mit langen Ährenhalmen und Gräsern. Die verzauberten Besucher fühlten sich durch dieses Ambiente in die Sommer ihrer Kindheit versetzt, in denen es weder Zeit noch Raum gegeben hatte, nur köstliche sorgenfreie nicht enden wollende Ferienwochen. Auf der Ladentheke standen bauchige Gläser mit unterschiedlichstem bunten Zuckerwerk, das mit einer kleinen silbernen Zange behutsam und konzentriert in kleine Papiertütchen umgefüllt wurde. Und niemand konnte widerstehen, an den umstehenden glänzenden kleinen Gegenständen die großen Metallschlüssel aufzuziehen, bis der Bär unermüdlich die Trommel schlug, die Maus sich in zahllosen Kreiseln um sich selbst drehte und der Affe seinen Zylinderhut auf – und abzog, auf und ab und auf und ab.

In der ersten Hälfte des August hatte »der Laden« nur an den Vormittagen geöffnet und in den letzten zwei Augustwochen sogar ganz geschlossen. So hatte Mia viele köstlich freie Tage vor sich liegen. Ihre Freundin Hanni kam wieder einmal zu Besuch und sie genossen es, gemeinsam durch die Stadt zu streifen, im kleinen Wildgehege die Tiere zu füttern, ins Kino zu gehen oder einfach nur auf Mias Terrasse zu sitzen und endlos zu plaudern. Jede wusste von der anderen bis ins Detail, was sie bewegte, durcheinanderwirbelte oder bedrückte. Am frühen Nachmittag standen sie immer an der Friedhofsmauer, um Jakob abzuholen, und zogen dann gemeinsam weiter, bis Jakob am späten Abend in seine Wohnung zurückkehrte. Obwohl Mia es genoss, bis zum Einschlafen unermüdlich mit Hanni zu wispern und zu flüstern, Seite an Seite in ihrem großen Bett, überwältigte sie doch irgendwann das unerträglich schmerzliche Sehnen nach Jakob tief in ihrem Bauch. Dann wünschte sie jede Nacht, Hanni möge abreisen, auf der Stelle und sofort. Am nächsten Morgen jedoch war es wieder gut, und die Aussicht, ihren Jakob schon in wenigen Stunden wiederzusehen, trug Mia beschwingt durch den Tag.

Mia war es nicht entgangen, dass Hanni Jakob gegenüber nicht unbefangen war. Als sie ihm vor einigen Monaten zum ersten Mal begegnet war, hatte Hanni wie elektrisiert und mit angehaltenem Atem in dessen tiefblaue Augen gestarrt, als würde sie von ihnen eingesogen. Es hatte eine Spur zu lange gedauert, bis Hanni die ihr höflich entgegengestreckte Hand ergreifen konnte, und ihr »Hallo Jakob. Ich bin die Hanni« war eher ein Stammeln.

Mia spürte widerstreitende Gefühle in ihrem Herzen. Einerseits war sie sich nicht sicher, ob sie Jakobs Umarmungen, seine unbedarften kleinen innigen Küsse, die er manchmal mitten im Laufen oder Sprechen ganz dringend und unbedingt loswerden musste und die sie meistens atemlos zum Lachen brachten, in Hannis Anwesenheit unbefangen genießen durfte. Diese zärtlichen Gesten machten ihrer Freundin mit Sicherheit schmerzlich bewusst, wie aussichtslos sie sich schon seit Jahren nach einer liebevollen Partnerschaft sehnte. Trotzdem ließ Mia Jakobs Zärtlichkeiten im Beisein von Hanni zu und spürte, im Bewusstsein, wie wundervoll *ihr* Jakob war, beschämender Weise sogar so etwas wie Triumph. Sie hatte das große Los gezogen, das Objekt der Begierde gehörte ihr. »*Mein* Jakob, *mein* Jakob, *mein* Jakob«, dachte sie dann und stellte sich zeitgleich die beklemmende Frage: »Bin ich ein schlechter Mensch?«

***

Wieder einmal hatte Jakob sich in seinem Leben eingerichtet, zufrieden mit dem, was ihm an inniger Zweisamkeit mit Mia zugefallen war und vollkommen einverstanden mit dem Lauf der Dinge.

Wenn er in frischer Erde wühlen durfte, Grabsteine behutsam säuberte oder Gehölze rund um den Stein herunter schnitt, fühlte er sich im Einklang mit der Schöpfung. Er liebte seine Arbeit. Für ihn hatte es etwas zutiefst Kreatives, beim Neuanlegen eines Grabes diese kleine ihm anvertraute Fläche zu gestalten und die Bepflanzung sowohl den Bedürfnissen der Hinterbliebenen als auch dem Lauf der Jahreszeiten anzupassen. Er hatte einen filigranen Beruf, der eine gute Feinmotorik erforderte. Die Aufgabe, sich präzise Gedanken darüber zu machen, welcher Standort für welche Bepflanzung geeignet war, wie und wann welches Gewächs beschnitten werden musste und welchen Verlauf sein Wachstum nehmen würde, nahm er sehr ernst.

Bei seinem stillen Tagewerk konnte er den Gedanken freien Lauf lassen. Für Jakobs Wohlbefinden war es unabdingbar, genug Raum zum Nachdenken zu finden, denn alles Erlebte und Erspürte musste von ihm im Nachgang gründlich von allen

Seiten betrachtet und nachgeschmeckt werden. Wenn er diese Möglichkeit für einen längeren Zeitraum nicht hatte, kam er in einen regelrechten Seelenstau.

Alles, was er mit Mia erlebte, diesen Tsunami an Gefühlen, diese aufwühlende Ansammlung von Herzrasen, Schüttelfrost, Hitzewallung und köstlichem Begehren, konnte er beim Graben, Schneiden, Erde Festklopfen und Laub Zusammenrechen erneut durchleben und konnte dadurch auch versuchen, zu verstehen, was da mit ihm geschah. Es war herrlich, während des stillen Schaffens das Erlebte erneut abzurufen, und sein Gesicht leuchtete bei der Erinnerung an Mias kleine schnaufende Seufzer, kurz bevor sie vom Schlaf davongetragen wurde oder an ihr wohliges Brummen, wenn sie ihn morgens mit heißer Haut und zerzaustem Haar an sich zog und die Arme und Beine um ihn herumschlang, um ihn noch für ein Weilchen am Aufstehen zu hindern.

Als Hanni da war, hatte er zu später Stunde »seine Mädchen« immer bis vor Mias Haustür geleitet und sich dann ausführlich von seiner Liebsten verabschiedet. Kurz bevor Mia im Haus verschwand, gab er ihr immer noch ein besonders schönes Sammelwort mit:

»Schnöde«, flüsterte er ihr dann ins Ohr und sie flüsterte zurück: »Ergötzen«.

Dabei streiften ihre Lippen sein Ohr und ein Schauer durchlief seinen gesamten Körper. Es war, als seien ihre Sammelworte zärtliche Kosenamen, die ihnen über die erzwungene Trennung hinweghelfen sollten.

So wie es jetzt war, so konnte es bleiben, bis ans Ende seiner Tage, dachte Jakob glücklich, während er ein eingewachsenes Grab gründlich vom Unkraut befreite.

Doch dann wurde Omili krank, schwer krank, und Mias und Jakobs Welt geriet aus den Fugen.

10

Der Anruf kam am frühen Abend eines grauen Januartages, als Mia und Jakob gerade einen Korb voller Äpfel schälten, um Apfelkompott einzukochen. Wie versteinert kehrte Jakob in die Küche zurück und hörte sich sagen:

»Omili hat Bauchspeicheldrüsenkrebs.« Seine Stimme klang, als gehörte sie ihm nicht selbst und ihm war, als würde das Unfassbare erst jetzt in diesem Augenblick durch das Aussprechen dieses Satzes zur Wirklichkeit. Ruckartig blieb er mitten in der Küche stehen.

»Ich muss sofort ins Krankenhaus. Sie haben sie gleich dabehalten.«

»Ich komm mit.« Mia ließ das Messer fallen, wischte sich rasch die Hände an ihrer Schürze ab und zog Mantel und Schuhe an. Sie wagte es nicht, Jakob in die Arme zu nehmen. Er schien ihr unerreichbar und meilenweit entfernt.

Den Weg zum Krankenhaus legten sie schweigend zurück, jeder in seine Gedanken versunken. In der Straßenbahn hielten sie sich bei den Händen und starrten mit blindem Blick auf die beleuchteten Geschäfte und vorbeieilenden Menschen.

Omilis Kopf schien geschrumpft auf dem großen weißen Kissen und sie blickte ihnen mit schreckgeweiteten Augen angstvoll entgegen. Opapa saß an ihrem Bett, aufrecht wie immer, doch seine angespannten Gesichtszüge verrieten ihnen, dass er wusste, was ab jetzt auf sie zukam. Wie verheerend diese Diagnose war, war allen klar.

Mit nur wenigen großen Schritten war Jakob an Omilis Seite, beugte sich über sie und sagte mit rauer Stimme:

»Was machst du für Sachen.«

Sein Lächeln saß schief. Omili strich ihm die Haare aus dem Gesicht, eine Geste, die er als Heranwachsender immer mit gemischten Gefühlen ungeduldig über sich hatte ergehen lassen. Jetzt trieb sie ihm zu seinem Entsetzen die Tränen in die Augen. Er räusperte sich und ließ sich auf dem Bett nieder, hielt Omilis

Hand und starrte angestrengt aus dem Fenster auf die erleuchtete Stadt. Keiner sagte ein Wort.

Mia war an der Tür stehengeblieben und fühlte sich, als hätte man sie vergessen. Diese drei Menschen dort waren eine Einheit und sie gehörte nicht dazu. Nie war ihr das schmerzlicher bewusst als jetzt. Nach einer Weile holte sie sich leise einen Stuhl aus der Ecke und setzte sich in gebührendem Abstand ganz vorne auf die Stuhlkante.

Am Bett wurde nun leise und eindringlich gesprochen, die Köpfe ganz nah beieinander. Mia bekam nur Wortfetzen mit. Offenbar wurde Jakob darüber unterrichtet, was letztendlich zu dieser verheerenden Diagnose geführt hatte, welche Schritte dem allen vorausgegangen waren und was die Ärzte zum weiteren Ablauf geäußert hatten. Jakob wendete sich kein einziges Mal zu ihr um, um sie in das Geschehen mit einzubeziehen.

Mia hielt es fast nicht mehr aus, so gänzlich ausgeschlossen zu sein. Am Liebsten hätte sie die Runde gesprengt und gerufen: »Hallo! Ich bin auch noch da!«

Doch natürlich wusste sie, wie unangebracht dies wäre, auch wenn es ganz ihrem momentanen Befinden entsprach. So stellte sie nach einer Weile nur leise ihren Stuhl an seinen Platz zurück und verließ den Raum. Sie war sicher, dass Jakob ihr Fehlen gar nicht bemerken würde.

Als sie endlich restlos aufgewühlt ihr Zuhause betrat, das sie vor wenigen Stunden überstürzt verlassen hatten, fand sie Kater Alfons selig zusammengerollt auf dem Sofa vor. Sie setzte sich zu ihm, der nur kurz mit seinem »Wer-stört?-Blick« aufsah, um gleich darauf seufzend den weichen Kopf wieder zwischen die Pfoten sinken zu lassen. Mia weinte bitterlich.

Sie wusste, dass sie etwas essen sollte, doch der Anblick der nur zur Hälfte geschälten Äpfel in der Küche erinnerte sie daran, dass ihre Welt vor kürzester Zeit noch heil gewesen war. Mia sprang auf, klaubte die Apfelschalen zusammen, die geringelt zu langen Schnüren im Spülbecken lagen, und pfefferte sie mit den bereits geschälten Äpfeln in den Mülleimer. Als der Deckel mit einem metallenen Klacken zufiel, hatte sie für einen Sekundenbruchteil das befriedigende Gefühl, dem Schicksal die Tür vor der Nase zugeschlagen zu haben und damit dem Unglück entkommen zu sein.

Den Rest des Abends saß sie wie festgewachsen auf dem Sofa, verdrückte Chips und Erdnüsse, und wartete. Sie rechnete nicht wirklich damit, dass Jakob kommen würde, aber sie schaffte es auch nicht, einfach schlafen zu gehen. Immer wieder spielte sie in Gedanken die verschiedensten Szenarien durch, die das heute Geschehene wieder ungeschehen machen könnten: die Ärzte hätten sich getäuscht und Omili hätte nur eine Magenverstimmung – Mia würde morgens in ihrem Bett aufwachen, Jakob warm und gut an ihrer Seite, und würde ihm von einem schrecklichen Traum erzählen, in dem Omili tödlich erkrankt war – oder, selbst wenn dieses Furchtbare tatsächlich Wirklichkeit war, hätte Jakob zumindest bestürzt bemerkt, dass sie davongelaufen war, käme zu ihr geeilt, um sich zu entschuldigen und ihr wortreich zu versichern, dass ihm alles egal sei, Hauptsache, sie sei da und würde ihn lieben bis ans Ende seines Lebens.

Sie musste eingeschlafen sein, denn in den frühen Morgenstunden schreckte sie hoch, mit schmerzenden Gliedern und dröhnendem Kopf. Jakob war nicht gekommen und hatte auch keine Nachricht für sie hinterlassen. Tonnenschwer schlurfte Mia ins Bad, schluckte eine Kopfschmerztablette und legte sich in voller Montur ins Bett, in der Hoffnung, noch ein wenig schlafen zu können. Ein Blick auf die Uhr sagte ihr, dass sie in nur vier Stunden im »Laden« sein musste. Frierend und bis in die Haarspitzen von Kummer erfüllt, weinte sie sich in den Schlaf.

***

Jakob und sein Großvater saßen an Omilis Bett, bis sie eingeschlafen war, erschöpft von den Strapazen des Tages. Erst jetzt bemerkte Jakob, dass Mia fortgegangen war, und nach dem ersten Schock bei der Erkenntnis, dass er sie tatsächlich so ganz und gar vergessen hatte, fand er diese Entscheidung erstaunlich vernünftig. Irgendwie tat es ihm gut, jetzt ohne sie zu sein, denn sein Innerstes war in Aufruhr und brauchte seine gesammelte Aufmerksamkeit.

Opapa setzte ihn mit dem Auto vor seinem Zuhause ab und sie verabredeten, dass Jakob morgen nach der Arbeit sofort wieder ins Krankenhaus kommen würde.

»Kommst du zurecht mit dem Alleinsein jetzt?« fragte er seinen Großvater besorgt, doch im selben Moment wusste er, dass auch Opapa es nun brauchte, in Ruhe gelassen zu werden.

Seine kleine Wohnung kam ihm seltsam fremd vor. Noch gestern hatten Mia und er am Abend gemeinsam gekocht und erst beim Essen festgestellt, dass sie eine Kartoffelsuppe ohne Kartoffeln fabriziert hatten. Die kleinen vergessenen Kartöffelchen hatten noch ungeschält einsam neben der Spüle gelegen und Jakob hätte schwören können, dass sie ihm vorwurfsvoll und anklagend entgegengeblickt hatten. Beim Schlürfen ihrer dünnen Gemüsebrühe hatten sie sich vor Lachen kaum halten können.

Nun fühlte sich seine Wohnung verwaist an. Eine heftige Sehnsucht nach Mia erfasste ihn, doch er war sicher, dass sie längst zu Bett gegangen war. So machte er sich eine Handvoll Brote zurecht, trug sie zur kleinen Schlafkoje und streckte seinen angespannten Körper aus. Die Brote rührte er nicht an. Ein Jahrhundertweinen steckte in ihm fest, das wahrscheinlich nur hervorbrechen konnte, wenn Mia ihre warmen Arme und Beine um ihn herumschlang. Er, der hochgewachsene Jakob, wollte von der kleinen Mia gewiegt werden wie ein Kind.

Er fiel in einen kurzen unruhigen Schlaf und als er schließlich hochfuhr, war das Unfassbare sofort wieder da: Omili wird sterben. Noch immer konnte er nicht weinen, nur keuchende Laute von sich geben, in der Hoffnung, sie würden den Druck auf seine Brust verringern. Sein ganzer Körper sehnte sich nach Mia, nach ihrem weichen Frau-Sein, nach Trost, Loslassen, Mütterlichkeit und Wärme. Fast wäre er doch noch losgelaufen, quer durch die schlafende Stadt, hin zu Mia, die ihn schweigend in die Arme schließen würde, damit er endlich weinen konnte. Doch er wusste, dass sie schon in wenigen Stunden aufstehen musste, um zur Arbeit zu fahren, auf ihrem Himmelblauen, dem fröhlichsten Fahrrad der Welt.

»Mein Omili wird sterben.« Jakob sprach diesen Satz laut aus, mitten in die Stille seiner kleinen Wohnung hinein. Vielleicht wurde es greifbarer, wenn er es hörte, immer und immer wieder, um es irgendwann verstehen, annehmen und verkraften zu können.

Jakob war klar, dass er keinen Schlaf mehr finden würde, und so stellte er sich ein Teewasser auf und schaltete den Laptop ein. Er wollte so viel wie möglich über diese schreckliche Krankheit in Erfahrung bringen, um dem, was auf sein Omili und damit auch auf Opapa und ihn zukam, ins Auge blicken zu können. »Mitten in die Angst hinein.« Damit war er immer gut gefahren.

Viel zu früh stand er dann am Fluss, ließ die glänzenden Kastanien, die er aufgesammelt hatte, in seinen Manteltaschen klacken und schaute auf die kleinen Schaumkronen, die auf den vom heftigen Wind aufgewühlten Wellen tanzten.

In den frühen Morgenstunden hatten ihn die seit über zwanzig Jahren tief in ihm vergrabenen diffusen Eindrücke vom Sterbetag seiner Mutter wieder eingeholt. Wie Gespenster aus der Vergangenheit waren sie plötzlich aus ihrem Versteck hervorgekrochen und hatten das fest verschlossene Kästchen der Erinnerungen aufgebrochen. Ohne dass er etwas dagegen tun konnte, überrollten sie ihn hinterrücks mit voller Wucht. Er musste alles erneut durchleben, das nicht endenwollende unmenschliche Wehklagen seiner Großmutter, den Großvater, der wie eine versteinerte Statue am Fenster gestanden hatte, die Nachbarn, die mit ernsten Gesichtern herbeigeeilt waren, und Jakob, das arme arme Kind, verwirrt und verängstigt unter dem Wohnzimmertisch, die Augen fest zugepresst, damit das, was es nicht sehen konnte, auch nicht geschah.

Jakob war vollkommen übermüdet und sein Körper fühlte sich an, als hätte er einen Marathonlauf hinter sich gebracht.

AMMA

Amma taten die Beine weh. Sie hatte die Füße auf einen Hocker gelegt und rieb sich ächzend mit ihrer Salbe die geschwollenen Knöchel ein. Sie hätte es wissen müssen, dass ihr das Kopfsteinpflaster zusetzte, und hätte sich nach ihrem ohnehin viel zu ausgiebigen Einkaufsbummel den kleinen Abstecher in die Altstadt verkneifen sollen. Ihr schwerer Körper machte ihr zu schaffen. Doch noch war sie nicht fündig geworden für Mias Geburtstag. Amma hatte sich in den Kopf gesetzt, ihr die große Teetasse mit den wunderschönen Mohnblumen zu kaufen, doch leider war ihr entfallen, in welchem der vielen kleinen Läden sie sie vor einigen Monaten gesehen hatte. Mia liebte Mohnblumen und seit Jahren war es Tradition, dass Amma ihr immer eine Kleinigkeit passend zu dieser Vorliebe schenkte.

Mia. Amma lächelte glücklich. Ihr Kind war verliebt. Schon etliche Male hatte Mia ihren Jakob mitgebracht, wenn sie über das Wochenende zu Amma gefahren war und Amma war vollkommen hingerissen von diesem außergewöhnlichen jungen Mann.

Vor 24 Jahren war Amma noch als Säuglingsschwester im Stadtklinikum angestellt gewesen und hatte auch die winzig kleine Mia stundenweise im Säuglingszimmer in ihrer Obhut gehabt, damit die entkräftete Mutter sich von der schwierigen Kaiserschnittgeburt erholen und wenigstens ab und zu für ein paar Stunden ungestört schlafen konnte. Mia war ein unruhiges Neugeborenes, doch in Ammas Armen kam sie immer zur Ruhe. Kaum dass Amma jedoch versuchte, sie behutsam wieder in ihr Bettchen abzulegen, wurde sie wach und schrie erbärmlich wie ein kleines Kätzchen. Dann drückte Amma sie erneut an ihre breite Brust, wiegte sie sanft hin und her und Mia fielen augenblicklich zufrieden die Augen wieder zu.

Für die gesamte Station war es ein riesiger Schock, als Mias Mutter nach wenigen Tagen völlig unerwartet an einer Lungenembolie starb. Der junge Vater war außer sich und in dieser entsetzlichen Situation verständlicherweise vollkommen überfordert.

Allen war klar, dass Amma sich vorerst um das verwaiste Kind kümmern würde, denn keinem war entgangen, dass sie von Anfang an einen starken Bezug zu diesem kleinen Wesen gehabt hatte. So wurde vereinbart, dass Mia in der Klinik bleiben würde, bis der geschockte Vater eine Lösung für sich und seine Tochter gefunden hatte.

Amma band sich ihren kleinen Schützling mit einem Tragetuch um den damals noch nicht ganz so ausladenden Bauch, sodass Mia auch dann geborgen geschaukelt werden konnte, wenn Amma ihren Verpflichtungen für die anderen Säuglinge nachgehen musste, auch wenn sie mehr oder weniger freigestellt worden war, um sich verstärkt um das verwaiste Kind kümmern zu können. Da niemand mehr zu Hause auf sie wartete, blieb sie in der Klinik, um rund um die Uhr für ihre kleine Mia da zu sein.

***

Amma war es zu ihrem großen Kummer nicht vergönnt gewesen, eigene Kinder zu bekommen. Sie war den Verdacht nie los geworden, dass dies ihrem damaligen Mann nur recht gewesen war. Er hatte nie wirklich Wert auf eine Familie gelegt und war letztendlich froh gewesen, behaglich von ihr umsorgt zu werden, ohne ihre Zuwendung mit jemandem teilen zu müssen.

Ammas Mann war krankhaft eifersüchtig, doch Amma hatte gehofft, dass sich diese für sie belastende Charaktereigenschaft legen würde, sobald er durch die Eheschließung ihrer sicher sein konnte. Schon bald musste sie jedoch erkennen, dass sie sich getäuscht hatte. Seine Kontrollsucht erstreckte sich im Laufe ihrer gemeinsamen Jahre über sämtliche Bereiche ihres Lebens.

Nie hätte sie gedacht, dass ein Mensch sich sogar zurückgesetzt fühlen könnte allein durch die Tatsache, dass der Partner sich für ein paar Stunden hinter ein spannendes Buch zurück zog. Unweigerlich beschränkte sie ihre Leseleidenschaft daraufhin auf die Zeiten, an denen er anderweitig beschäftigt war und war erschrocken, als sie erkennen musste, dass sie selbst dann von einem latenten schlechten Gewissen geplagt wurde, weil sie ihm nicht zur Verfügung stand. Es war ein schleichender Prozess, der zur Folge hatte, dass sie alles, was ihr früher Freude bereitet hatte, unwillkürlich auf ein Minimum zu reduzieren begann.

Wenn sie sich doch einmal an einem freien Abend mit Freundinnen treffen wollte, kamen unweigerlich die Sätze: »Ist dir das denn so wichtig?« »Wann kommst du wieder?« oder »Bleib nicht zu lang. Du weißt ja, dass es mir ohne dich nicht gut geht.« Ihrer Bitte, doch ruhig schon schlafen zu gehen, kam er niemals nach und so brach sie meist schon viel zu früh wieder auf, um ihn sichtlich vereinsamt und mit schweigend vorwurfsvollem Blick am Küchentisch vorzufinden.

Er war sehr geschickt darin, seine fordernden Äußerungen so subtil wie möglich zu platzieren. Sie reichten aus, Amma unter Druck zu setzen und ihr schon im Vorfeld die Freude zu nehmen, doch sie gaben nicht genug her, um ihn dafür zur Rechenschaft zu ziehen.

»Wieso, ich hab doch nie gesagt, dass du nicht gehen sollst. Ich hab dich doch nur gefragt, wann du wieder da bist,« war dann die scheinheilige Antwort. »Wenn du daraus ein solches Drama machst, kann ich es auch nicht ändern.«

Amma wurde mehr und mehr klar, dass ihr Mann von der Vorstellung getrieben wurde, es dürfe in ihrem Leben nichts weiter geben als ihn. Sein Satz: »Dich gibt es ab jetzt nur noch im Doppelpack« jagte ihr eine entsetzte Gänsehaut über den Rücken. Jeder glückliche Moment in ihrem Herzen sollte allein von ihm verursacht worden sein und mit ihm in Zusammenhang stehen. Am Liebsten hätte er die Zeit, bevor es ihn für sie gab, aus ihrem Leben getilgt. So war er eifersüchtig auf ihre Liebe zu ihren zwei Schwestern, auf ihre glückliche Kindheit und ihre schwärmerischen und unbelasteten jungen Mädchenjahre. Amma hörte schließlich auf, davon zu sprechen und verwahrte diese Lebensperlen tief in ihrem Herzen.

Bald gab es nichts mehr, was sie mit ihm zu teilen wagte. Sie rackerte sich ab, seinen überspitzten Ansprüchen nach zu kommen und ihm keinerlei Angriffsfläche mehr zu bieten, damit ihr da drin verborgener Schatz durch seine bitteren Worte keinen Schaden nehmen konnte. Doch was sie gab, war für ihn nie genug. Es waren verstummte und lieblose Jahre.

Ihre Säuglinge waren der einzige Lichtblick in ihrem Leben,

und so herablassend er auch über ihre Tätigkeit sprach, wagte er es dennoch nie, ihr diese letzte verbliebene Bastion zu nehmen und sie vollends an das Zuhause zu binden. Dass sie dringend auf ihr zusätzliches Gehalt angewiesen waren, bewahrte sie davor.

Amma war ein Mensch, der viel ertragen konnte, mit der Geduld und der Ausdauer eines voll bepackten Lasttieres. Doch wenn der Bogen überspannt war, was lange genug dauerte, zog sie völlig unerwartet, konsequent und kompromisslos die Reißleine.

Als sie dahinter gekommen war, dass ihr Mann sie schon seit Monaten mit einer jüngeren Frau betrog, er, der sie mit seinen Zweifeln an ihrer ehelichen Treue immer wieder tief verletzt hatte, war das Maß für sie voll. Ohne große Worte wechselte sie das Wohnungsschloss aus, stellte seine Koffer mit Kleidung vor die Tür, packte seine gesamten Habseligkeiten in Kisten und ließ sie von einer Spedition abholen und in ein Lager bringen. Es war erstaunlich, dass er, der immer gesagt hatte, er könne ohne sie nicht leben, ohne jeden Versuch, die Situation zu retten, aus ihrem Leben verschwand. So war Amma erst zufrieden, als nicht einmal die kleinste Spur mehr zu erkennen gab, dass hier über Jahre ein Mann an ihrer Seite gelebt hatte. Es tat nicht einmal weh.

Amma war wie befreit. Erst jetzt wurde ihr in Gänze bewusst, wie sehr ihre Seele in dieser einengenden Ehe gelitten hatte.

»Im Laufe der Jahre nimmt die Seele die Farbe der Gedanken an.«

Diesen Satz hatte sie mal gelesen und er hatte sie nie mehr losgelassen. Sie allein wusste um ihre tiefschwarzen unterdrückten Gedanken – die Gedanken sind frei, welch ein Glück –, die sie in ihrer Ehe begleitet hatten. Sie allein wusste um den gallebitteren Hass, der sich in ihr Herz geschlichen hatte, wenn sie ihren dauerunzufriedenen Mann am Frühstückstisch das Ei köpfen sah, mit einer Wut, als wäre das Ei schuld an seinem schweren Los. Sie allein wusste um die Dunkelheit in ihrem Innersten, wenn ihr die Fremdbestimmung, der sie sich ausgeliefert sah, in ihrer gesamten Tragweite bewusst wurde.

Mit Hingabe begann sie, ihre verkrustete und bereits massiv

verdunkelte Seele aus ihrem Zwangskorsett zu befreien, sie zu polieren, zu hegen und zu pflegen, bis sie wieder in sonnengelbem Glanz erstrahlte. Amma fühlte dieses Leuchten tief in sich drin, das sich bald über ihr gesamtes Inneres erstreckte.

Sie entdeckte sich vollkommen neu und verbrachte selige Stunden allein damit, sich darüber Gedanken zu machen, welche Wünsche und Bedürfnisse sie sich als nächstes erfüllen könnte. Ihre Sehnsüchte waren überschaubar, aber es war gewaltig für sie, sie einfach leben zu dürfen, wann immer ihr danach war.

So lag sie an einem freien Tag, das Frühstückstablett vor dem Bauch und an ihre hoch getürmten Kopfkissen gelehnt, stundenlang im Bett, um zu lesen. So stellte sie sich gleich *zwei* Vasen mit wunderschönen Tulpen auf den Wohnzimmertisch und hielt mit einem seligen Lächeln inne, weil nun keiner mehr sagte: »Warum das denn? Du hast doch mich.«

Sie ging ins Kino, mit einer überdimensionalen Tüte Popcorn auf dem Schoß und besuchte ihre Schwestern, ohne Kontrollanrufe und fordernde Fragen über sich ergehen lassen zu müssen. Wenn sie abends heimkehrte, blickte ihr kein gekränktes Augenpaar mehr entgegen, das auch ohne Worte zum Ausdruck brachte: »Schau her wie arm ich bin. Und keiner kümmert sich um mich.« Da waren nur ihr kleines Zuhause, das vertraute Ticken der Uhr, das leise Knacken des Kühlschranks und ihre grenzenlose Freiheit.

***

Die Anfrage von Michael Petzold, Mias Vater, ob sie sich vorstellen könne, bei ihm als Kinderfrau und Haushälterin fest und auf Dauer eingestellt zu werden, kam völlig überraschend aber im Grunde genau zum richtigen Zeitpunkt in ihrem ohnehin neu aufgestellten Leben. Amma überlegte nicht lange. Die Angst, Mia wieder hergeben zu müssen, sobald eine passable Lösung für die kleine reduzierte Familie gefunden worden war, hatte sie schon seit Tagen umgetrieben.

Das Gespräch mit dem jungen Witwer, der sich trotz seiner überwältigenden Trauer erstaunlich präzise um alle Details ihrer zu treffenden Absprachen Gedanken gemacht hatte, verlief äußerst angenehm. Michael Petzold war ein Mann, der trotz einer gewissen kultivierten Distanziertheit sein Gegenüber warm ins Auge fasste. Dass sein Töchterchen nur in die besten Hände gegeben wurde, hatte für ihn oberste Priorität, trotz seiner drängenden geschäftlichen Verpflichtungen, die allmählich keinen Aufschub mehr zuließen. Er schien sich bereits nach dem ersten ausführlichen und erstaunlich herzlichen Gespräch vollkommen sicher zu sein, dass Amma die ideale Bezugsperson für sein mutterloses Kind sein würde.

Ihr geliehenes spätes Mutterglück nahm Amma mit Haut und Haaren an. Sie widmete sich ihrer neuen Aufgabe mit hingebungsvollem Einsatz und Mia wuchs unter ihrer liebevollen Obhut zu einem sonnigen und freudestrahlenden Menschlein heran. Aus der Anna Fischer wurde die Amma und selbst Mias Vater, der für sie immer Herr Petzold blieb, nannte sie so, auch wenn er nie aufhörte, sie respektvoll zu siezen.

Ammas Verehrung Mias Vater gegenüber verwandelte sich bei ihr schon innerhalb kürzester Zeit in ein Gefühl, das sie schmerzlich als bedingungslose Liebe erkannte. Ihr war jedoch vollkommen klar, dass sie sich diesbezüglich keinerlei Hoffnungen machen konnte, denn nicht nur wegen ihres großen Altersunterschiedes trennten sie Welten. Amma bemühte sich daher nach Kräften, das in den Jahren des täglichen familiären Umgangs entstandene Sich-vertraut-sein nicht überzubewerten. Und selbst wenn sie nachts in ihrer Wohnung das eine oder andere Mal gedanklich ein Szenario zuließ, das ihn und sie zu zwei Liebenden machte, nannte sie ihn sogar in diesen eindeutigen Situationen nach wie vor »Herr Petzold«.

Amma war klar, dass Mias Vater wohl kaum ein asketisches Leben führte, doch in all den Jahren sorgte er akribisch dafür, dass Mia niemals eine Frau an seiner Seite zugemutet wurde. Amma war davon überzeugt, dass seine häufigen Geschäftsreisen ihm ausreichend Raum gaben, seinen Bedürfnissen nach zu gehen.

Sie erlebte ihre besten und glücklichsten Jahre, eingebettet in diese Gemeinschaft, die durch ihr Da-Sein wieder zu einer Familie wurde und aus der sie schon bald nicht mehr weg zu denken war. Sie blieb, auch als Mia längst keine Kinderfrau mehr brauchte, denn sie war diesem Kind zur unentbehrlichen und heiß geliebten Mutter geworden. Es gab kein Herzeleid, keinen Jungmädchenkummer und kein himmelhohes Jauchzen, das Mia nicht mit ihrer Amma teilte.

Als Mias Vater völlig unerwartet aus dem Leben gerissen wurde, fiel auch Amma in tiefste Schwärze, aus der sie meinte, niemals mehr aufstehen zu können. Ihre heimliche Liebe, der von ihr so tief verehrte aufrechte Mann war tot. Michael Petzold hatte zwar verfügt, dass sie sich bis ans Ende ihres Lebens keine finanziellen Sorgen mehr zu machen brauchte, so wie er auch seiner jungen Tochter, die gerade einmal 19 Jahre alt geworden war, ein kleines Vermögen hinterlassen hatte. Dennoch blieb Amma ihren haushälterischen Verpflichtungen treu und sorgte dafür, dass ihr Kind in seiner unmenschlichen Trauer nicht vollends verwahrloste.

Amma kam überhaupt nicht mehr an Mia heran, die vollkommen verstummt war und deren Leben völlig aus dem Ruder lief. Vor wenigen Monaten erst hatte sie ihr Studium begonnen, doch nun schmiss sie alles hin.

Das erste Jahr nach Michael Petzolds Tod war Amma nur noch schemenhaft als ein tapferes doch hoffnungsloses Durchschaufeln durch nicht endenwollende Tage in Erinnerung geblieben. Wie ferngesteuert hatte sie sich durch diese Zeit bewegt, als wäre ihr Körper ein roboterartig funktionierendes Gebilde, das, losgelöst von jedem Gefühl und jeder menschlichen Regung, gebetsmühlenartig sein Tagewerk vollbrachte.

Als Mia endlich langsam wieder aus der Dunkelheit, die sie umfangen hatte, auftauchte, half dies auch Amma auf die Beine. Sie war zwar erst einmal verzweifelt, als Mia begann, von ihren Plänen, wegzuziehen, zu sprechen, doch als sie spürte, wie sehr dieser bevorstehende Neubeginn ihr Kind aufrichtete und stärkte, ließ sie sich auf diese Pläne ein. Zunächst einmal spielte sie mit dem Gedanken, ihren Schützling zu begleiten, doch eigentlich war ihr bewusst, dass es an der Zeit war, endlich kürzer zu treten. Sie ging nun auf die siebzig zu und der Gedanke, sich allmählich zur Ruhe zu setzen, war verlockend. Amma hatte keinen Zweifel daran, dass ihr Mädchen sie regelmäßig besuchen würde und beschloss daher tapfer, ihre Mia liebevoll los zu lassen, damit sie befreit ziehen konnte in ihr neues und eigenes Leben.

In den ersten Wochen nach Mias Umzug telefonierten sie mehrmals täglich.

»Amma, wie krieg ich einen angebrannten Topf sauber?« »Amma, da sind so komische Streifen auf meiner Wäsche. Was hab ich falsch gemacht?« »Amma, wieso wird der Eischnee nicht steif?« »Amma, wie oft nochmal muss ich die Handtücher wechseln?«

Im Laufe der Zeit wurden diese Hilferufe jedoch immer seltener und blieben schließlich ganz aus.

»Jetzt ist mein Kind erwachsen«, dachte Amma mit wehmütigem Stolz.

Sie lehnte sich behaglich zurück, in dem sicheren Bewusstsein, es gut gemacht zu haben.

11

An diesem Morgen war es für Jakob zum ersten Mal ein bizarres Gefühl, seinen Gräbern, die ihm sonst immer so seltsam vertraut gewesen waren, nahe zu sein. Während er das von ihm gefertigte Grabgesteck aus Koniferen und Trockenblumen behutsam auf die dafür vorgesehene Grabstätte legte, erschien ihm der Tod plötzlich noch gegenwärtiger als sonst, jetzt, da er wusste, dass sein Omili wohl schon viel zu bald neben ihrem geliebten Käthchen, seiner Mutter, zur letzten Ruhe gebettet werden würde.

Jakob war bis jetzt regelmäßig zu dieser Grabstätte gegangen, hatte sich ins Gras gesetzt, an dem wunderschönen Engel, den Opapa damals in Auftrag gegeben hatte, empor geschaut und innegehalten. Hier fand er immer Ruhe und inneren Frieden. Er war erfüllt von dem kindlichen Gedanken, dass seine Mutter auf ihn herabsah und ihn segnete. Hier hatte er das Gefühl, ihr am nächsten zu sein, als spräche sie zu ihm durch das Rascheln der Blätter der mächtigen Linde, dem Baum der Liebe, der sich über ihr Grab erhob. Hier war ihr Platz und hier konnte er sie finden. Aber nun war er nicht sicher, ob er in den nächsten Wochen diesen für ihn magischen Ort würde aufsuchen können im Angesicht der Tatsache, dass Omili wohl bald auch hier sein würde.

Als er die umstehenden Gräber vom nassen Laub befreite und verschiedene von ihm zusammengestellte Tannensorten zu Mustern auf ihnen niederlegte, schnürte es ihm plötzlich die Kehle zu. Ein bedrohlicher Schwindel erfasste ihn, ihm wurde übel und er setzte sich matt ins Gras. Er ließ den Kopf auf seine Knie sinken und schloss die Augen. Ihm war, als stünde der Tod leibhaftig vor ihm. Er konnte ihn riechen. Jakob keuchte. In seinem Kopf war viel zu viel Luft und seine Gliedmaßen fühlten sich an, als hätte ihnen jemand das Mark aus den Knochen heraus gesogen.

Als es leicht zu regnen anfing, war ihm klar, dass er nach Hause gehen müsste, um zu schlafen, hundert Jahre lang, doch er war einfach nicht in der Lage dazu, diesen Gedanken in die Tat um zu setzen. Ergeben ließ er die sprühenden Tropfen auf sein zum Himmel gerichtetes Gesicht klatschen.

Erst als er völlig durchnässt war, wagte er es, aufzustehen, in der Hoffnung, dass ihm die Beine nicht weg knicken würden. Mit großer Kraftanstrengung sammelte er sein Arbeitsmaterial ein und schleppte sich zur angrenzenden Friedhofsgärtnerei. Seine Chefin war entsetzt, ihn so zu sehen.

»Ich muss nach Hause«, krächzte er und spürte, dass seine Zunge am Gaumen klebte und seine Lippen vollkommen ausgetrocknet waren.

»Meinst du nicht, dass du einen Arzt brauchst?« fragte sie besorgt.

»Nein, vielen Dank. Es geht schon wieder.« Jakob wollte nur noch ins Bett.

Bereitwillig ließ er sich von einem Kollegen nach Hause fahren. Er fror erbärmlich.

Endlich lag er mit einer Wärmflasche an den Füßen in seiner Schlafkoje.

»Mia«, dachte er noch, doch der Schlaf trug ihn hinweg, bevor dieser Gedanke zu Ende gedacht werden konnte.

Jakob schlief wie ein Stein und erwachte erst am späten Nachmittag. Als sich das Geschehene allmählich in seinem vom Schlaf noch dumpfen Bewusstsein Stück für Stück wieder zu einem Ganzen zusammensetzte, fuhr er erschrocken hoch, schlüpfte in die Kleider und verließ eilends das Haus.

»Ich muss zu Omili.« Nichts anderes hatte in ihm Platz. Auf dem Weg zum Krankenhaus holte er sich etwas zu essen. Er durfte auf keinen Fall riskieren, wieder so außer Gefecht gesetzt zu werden und nahm sich vor, von nun an besser für sich zu sorgen. Er wurde gebraucht. In der Straßenbahn schrieb er eine kurze und knappe Information an Mia:

»Bin im Krankenhaus.«

***

Kaum im »Laden« angekommen, waren die schlimmen Nachrichten nur so aus Mia herausgestürzt. Kerstin war betroffen.

Durch die enge Beziehung zwischen Jakob und Fabian waren sie und Gunnar schon seit vielen Jahren Jakobs Großeltern freundschaftlich verbunden und hatten viele gesellige und fröhliche Abende mit ihnen verbracht. Kerstin war bewusst, was dies alles für Jakob und auch für seinen Großvater bedeuten musste und sie versprach Mia, sich noch am selben Abend bei Opapa zu melden, um ihre Hilfe anzubieten.

Es gab viel zu tun. Mia hatte kaum die Gelegenheit, weiter über das Geschehene nachzudenken und ihren nächtlichen Kummer ausführlicher zu untersuchen, doch die Ablenkung tat ihr gut. Ihre Aufgaben im »Laden« gaben ihrer instabilen Verfassung eine wohltuende Struktur, als hätte jemand ihr ein Korsett umgelegt, das verhinderte, dass sie auseinander fiel.

Am Morgen beim Frühstück war ihr die Erinnerung an den unerwarteten Tod ihres Vaters wieder so klar vor Augen gestanden, dass es ihr die Luft nahm. Sie hatte in den anderthalb Jahren danach die schwärzeste und hoffnungsloseste Zeit ihres jungen Lebens erlebt und wusste noch sehr genau, dass sie damals der festen Überzeugung gewesen war, es würde für sie nie wieder Freude und Helligkeit geben. Dieselbe Mia, die das Leben immer so geliebt hatte. Dieselbe Mia, die die Bäume umarmte und immer ein bisschen heftiger fühlte als andere, himmelhochjauchzend und jetzt zu Tode betrübt. Sie hatte ihr Studium abgebrochen und war ziellos durchs Leben getaumelt, auf Messers Schneide, ohne den Willen, sich je wieder aufzurichten. Nicht einmal Amma, die gute Seele, hatte ihr damals Halt geben können, war sie doch selbst durch den Verlust am Boden zerstört.
Mia hatte sich schließlich in einem heillosen Zustand von Panik, in dem ihr ihr gesamtes weiteres Leben wie eine tiefschwarze Schneise ins Nichts erschienen war, an den Straßenrand gestellt, in dem übermächtigen Verlangen, sich vor den nächsten großen Lastwagen zu werfen, damit dieser Schmerz endlich aufhörte. Dennoch war sie wie angewurzelt stehen geblieben und war nicht in der Lage gewesen, ihr Vorhaben in die Tat umzusetzen. Plötzlich hatte sie ein klägliches Maunzen gehört, das sie aus ihrer Erstarrung hervorholte. Mia hatte sich umgeschaut und

war dem jämmerlichen Klagen nachgegangen. In einem benachbarten tiefen Kellerschacht, dessen Gitter verschoben worden war, kauerte ein pechschwarzes völlig verängstigtes Kätzchen, das zerzaust und verzweifelt zu ihr aufsah. Mia hatte sich hinabgebeugt und das kleine samtweiche Tier ergriffen. Zitternd hatte es sich in ihre Arme geschmiegt und Mia war von einer Wärme durchströmt worden, wie sie es seit undenkbar langer Zeit nicht mehr erlebt hatte. Sie hatte das kleine Kätzchen hinter den Ohren gekrault und beruhigend auf es eingesprochen, bis es ganz zart und fast unhörbar zu schnurren begann.

Mia hatte das kleine Findeltier zu sich nach Hause genommen, es umsorgt, gehegt und gepflegt, bis es zunehmend zutraulicher geworden war. Parallel zu seinem fröhlichen Herumspringen, seinen drolligen Eskapaden auf Sofa und Bett und seiner unbändigen Freude, weil sie da war, waren ihre eigenen Lebensgeister zurück gekehrt und Mia wurde langsam aber stetig wieder sie selbst. So fand sie schließlich auch die Kraft, ihrem bisherigen Leben den Rücken zu kehren, um all das Schwere hinter sich zu lassen und in einer neuen Stadt, einer neuen Wohnung und mit neuen Menschen einen neuen Lebensabschnitt zu beginnen, selbstverständlich nicht ohne Kater Alfons, der sie ins Leben zurück geholt hatte.

***

Eine Nachricht von Jakob:
»Bin im Krankenhaus.«
Mia schloss die Augen und atmete tief ein und aus. Sie hatte schon sehr bald, nachdem sie Jakob begegnet war, leidvoll lernen müssen, dass er kein großer Schreiber war und auch das Telefonieren scheute. Jakob war ein Mensch, der ein Gegenüber brauchte, dem er in die Augen blicken konnte und dessen Gesichtsausdruck ihm eine unmittelbare Reaktion auf das Gesagte zurück gab. So hatte Mia sich schließlich schweren Herzens damit abfinden müssen, dass diesbezüglich nicht viel von Jakob zu erwarten war. Kurz und knapp wurden von ihm nur im allernötigsten Fall dringend erforderliche Informationen elektronisch weiter gegeben, doch wie ihm ums Herz war, gab er auf diesem Wege nie preis.

Immer wieder hatte Mia versucht, Jakob mit kleinen geschriebenen Botschaften an dieses Medium heran zu führen, doch ebenso hätte sie einem Stein das Telefonieren beibringen können. Sie ahnte mittlerweile, dass Jakob wohl grundsätzlich ein Mensch war, der seinen Weg ging, seltsam, anders, doch unbeirrt und durch nichts davon abzubringen.

So war ihr auch diesmal klar, dass er wahrscheinlich irgendwann einfach vor ihrer Tür stehen würde, wenn der richtige Zeitpunkt für ihn gekommen war, und dass sie keine andere Wahl hatte, als dies auszuhalten. Ganz offensichtlich fehlte Jakob gänzlich die Fähigkeit, zu reflektieren, was er ihr damit zumutete.

Mia konnte trotz seiner knappen Worte erahnen, was er gerade durchlitt. Omili war für ihn der Ersatz gewesen für seine so früh verstorbene Mutter, das Zentrum seines Kinderlebens, und er hatte von ihr all das bekommen, was ein Kind für ein behütetes Aufwachsen brauchte. Sie war eine besondere Frau, stark und dennoch weich und gebend, voller Wärme und Liebe. Omili war immer da gewesen und außer an den Tagen, an denen »das große Kopfweh« sie außer Gefecht gesetzt hatte, hatte ihr selten etwas gefehlt. Für Jakob musste eine Welt zusammenbrechen, sie nun so bedürftig und angreifbar erleben zu müssen, ohne etwas dagegen tun zu können.

Trotzdem spürte Mia in sich eine Wut, für die sie sich zwar schämte, die sie aber nicht kontrollieren konnte. Sie hätte sich so gewünscht, Jakob nun eine Stütze sein zu dürfen, unentbehrlich, der rettende Anker und der Fels in seinem erschütterten Leben. Statt dessen zog er sich zurück und taumelte durch diese schwere Zeit, ohne sie zu brauchen. Sie merkte, dass sie das kränkte. Sie nahm es ihm übel.

12

Für Omili kam laut Auskunft der Ärzte keine Operation mehr in Frage, weil der Tumor nicht mehr nur auf die Bauchspeicheldrüse beschränkt war, sondern bereits auf Leber und Lunge übergegriffen hatte. So ruhten all ihre Hoffnungen auf einer Chemotherapie, die das Tumorwachstum zurück drängen sollte. Doch allen war klar, dass es hier nicht mehr um Heilung, sondern lediglich um Aufschub ging.

Als Jakob endlich wieder am Bett seiner Großmutter saß, wirkte sie zu seiner großen Erleichterung wesentlich gefasster als am Abend zuvor. Sie lächelte ihn an und fragte ihn sogar, wie es ihm ginge und wie er seinen Tag verbracht hätte. Jakob schluckte schwer, denn auf keinen Fall konnte er ihr erzählen, was ihm am Morgen widerfahren war. So berichtete er tapfer von einem Arbeitstag, an dem er in der Friedhofsgärtnerei zwei Kränze hatte binden müssen und ein ziemlich erfreuliches Kundengespräch geführt hatte. Omili schaute ihn prüfend an und nickte.

»Du bist blass,« sagte sie nur und nahm seine Hand in ihre kalten kleinen Hände.

Sie schwiegen lange und Jakob hoffte, dass sie das Inferno da drin in ihm nicht bemerken würde. Mit aller Konzentration atmete er die Tränen weg, die in seinen Augen brannten. Nicht auszudenken, wenn sie, die Trost bräuchte, am Ende noch den weinenden Enkel trösten musste.

Großpapa war aufgestanden und lief durch den Raum wie ein eingesperrtes Tier hinter Gittern. Die Prognose der Ärzte schnitt ihm ins Herz, doch auch er war bemüht, auf Omili aufrecht und stark zu wirken. Bis gestern noch hatte er sich krampfhaft der Illusion hingeben können, dass hier noch etwas zu machen sei, doch das, was die Ärzte ihm heute sagen mussten, hatte ihn gefällt. Für ihn war es einfach undenkbar, dass sein Mockerle, die »Gräfin«, die »liebste Liebe« von seiner Seite gerissen werden sollte.

Sie saßen lange beieinander, ein trauriges, fassungsloses Dreiergespann, sprachen nicht viel, einander tief verbunden, doch jeder in seine Ängste verstrickt.

In Jakob war nur noch eine einzige Frage präsent:

»Wie viel Zeit bleibt uns noch?«

So saß er neben Omili, wollte am Liebsten hier festwachsen an ihrem Bett und sich nicht eine einzige Minute von ihr trennen. Die ihnen noch verbleibende kostbare Zeit durfte nicht vergeudet werden.

Omili hatte Schmerzen im Oberbauch und im Rücken und immer wieder mit starker Übelkeit zu kämpfen. Dennoch war sie froh, dass ihre beiden wichtigsten Menschen da waren. Ihr war, als stützten sie sich gegenseitig, allein durch die Tatsache, dass sie beisammen waren. Wenn Omili die Augen schloss, um ein klein wenig zu ruhen, flüsterten Großpapa und Jakob miteinander und unterhielten sich über Themen, die in dieser Situation eigentlich weder den einen noch den anderen interessierten. Doch ihr Austausch über Sport und Politik und über das, was Opapa im letzten Feuilletonteil seiner Zeitung gelesen hatte, gab ihnen das trügerische Gefühl, ihre Welt wäre nicht aus den Fugen geraten und alles, was ihnen vertraut und wichtig gewesen war, sei noch an seinem Platz. Manchmal hörte Omili ihnen mit bereits geschlossenen Augen zu und versuchte, bevor der Schlaf sie übermannte, das gesamte Szenario in ein unverfängliches Bild umzuwandeln. Dann sah sie sich daheim auf dem Sofa liegen, um einen kleinen Mittagsschlaf zu halten, und stellte sich vor, dass die Beiden sich im angrenzenden Esszimmer leise unterhielten, um anschließend gemeinsam mit ihr den Nachmittagskaffee einzunehmen.

Gestern Nacht hatte sie immer nur für kurze Sequenzen Schlaf gefunden. Die Angst vor dem, was kommen würde, hatte sie fest im Griff gehabt. Der ihr bevorstehende körperliche Verfall war für sie jedoch noch nicht wirklich greifbar. Es gelang ihr nicht, sich diesen Körper, der ihr achtundsechzig Jahre lang ohne größere Einschränkungen treu zur Verfügung gestanden hatte, geschwächt und nicht mehr lebensfähig vorzustellen. Was sie aber klar vor sich sah, war Opapa am Esstisch, in seinem Sessel, in ihrem großen Ehebett, und sie war nicht mehr da – fortgerissen, hinweggeschwemmt, ins große Ganze aufgelöst.

»Mein Leben ohne mich,« dachte sie und konnte es nicht fassen.

Und Jakob, ihr Herzenskind, der ganz besondere Fixpunkt in ihrem reichen Frauenleben? Sie hätte ihn so gerne noch viele Jahre begleitet, seinen Weg aus gebührender Entfernung wachsam behütet und sich mit ihm über seine Liebe zu Mia und ihre gemeinsame Zukunft gefreut.

Es war für Omili in den letzten Jahren nicht leicht gewesen, mit ansehen zu müssen, wie Jakob immer mal wieder zarte Bande zu einem Mädchen geknüpft hatte und es ihm trotzdem nicht gelang, eine Beziehung aufzubauen. Jakob wirkte ausgesprochen anziehend auf Frauen, nur war ihm dies gar nicht bewusst. Nach wenigen Wochen ließ er sein Mädchen jedes mal ratlos zurück, weil keines seinen Wesenskern wirklich zu erfassen in der Lage war. Er war ein eigenwilliger und in manchen Bereichen sogar sonderbarer Mensch, wie eine seltene Perle, die tief in einer Muschel verschlossen lag.

Mit Mia war alles anders. Nie zuvor hatte Omili ihr Herzenskind so glücklich, so übermütig und so locker erlebt. Jakob war aufgeblüht in dieser Liebe und Mia war ganz offensichtlich das ergänzende Puzzleteil, das diesen jungen Mann ganz werden ließ. Wie gerne hätte Omili den Weg dieser beiden wunderbaren jungen Menschen noch über viele Jahre begleitet.

Für Opapa und Jakob wurde es Zeit zu gehen. Der Abschied fiel ihnen schwer, aber dem spitzen und eingefallenen Gesicht von Omili sahen sie an, dass sie über die Maßen erschöpft war. Das leichte Schlafmittel, das sie für die Nacht bekommen hatte, zeigte schon Wirkung und sie konnte die Augen kaum mehr offen halten.

Als Jakob mit Großpapa im Auto saß, beschloss er spontan, bei seinem Großvater zu übernachten. Das Verlangen, seine Angst mit ihm zu teilen, war groß. So schrieb er an Mia:

»Bleibe bei Opapa.«

***

Mia war nach Ladenschluss unverzüglich heim geeilt, um in jedem Fall zur Stelle zu sein, falls Jakob überraschenderweise vor der Tür stehen sollte. Sie glaubte nicht wirklich daran, doch sie hätte es sich nie verziehen, wenn er sie nicht angetroffen hätte.

Kater Alfons schien zu spüren, wie ihr zumute war, als sie mit ihrem Teller aufgewärmter Spagetti auf dem Sofa saß und dem schmerzlichen Ziehen in ihrem Bauch ausgeliefert war. Er schmiegte sich besonders nah und warm an ihre Beine und legte dabei ein Pfötchen auf ihr Knie, als wollte er ihr sagen:

»Keine Angst, ich bin ja da und halte dich fest.«

Als Jakobs Nachricht kam, war Mia fast erleichtert, dass nun das ungewisse Warten endlich ein Ende hatte. Sie beschloss, ins Bett zu gehen und noch ein bisschen zu lesen, Alfons schwer und zufrieden auf ihrem Bauch.

Es wollte ihr nicht gelingen, sich zu entspannen und in ihr Buch abzutauchen. Dies war kein »Po an Po«, dies war ein einsamer Versuch, einen missglückten Abend schön zu finden.

***

Erst vier Tage später stand Jakob endlich abends vor Mias Tür, mit ernsten Augen und zitternden Lippen. Als sie ihm öffnete, fiel er praktisch in sie hinein. Mia taumelte zurück und hielt ihn dabei fest, damit er nicht stürzte. Lange standen sie so da, aneinander geklammert, ohne ein Wort, ohne einen Laut.

Als sie sich endlich voneinander lösen konnten, schaute Jakob Mia konzentriert an, als müsse er sich erst wieder daran erinnern, wer sie war. Seine sonst tiefblauen Augen waren vor Kummer fast grau und sein Mund hatte sein verschmitztes Lächeln gänzlich verloren. Mia hielt seinem Blick stand, doch ihr war bewusst, dass ihre Augen ohne Wärme waren, voller Argwohn und Vorsicht. Sie kannte sich nicht mehr aus. Trotzdem führte sie Jakob zu ihrem Lesesessel und setzte ihn wie eine Marionette hinein. Sie zog sich einen Stuhl ganz nah heran und schlang die Beine um seinen Körper.

»Erzähl,« sagte sie nur, doch Jakob schwieg.

Er hatte so gehofft, endlich weinen zu können, in Mias Armen, warm, weich und vertraut. Doch irgendwie war es anders. Mia fühlte sich sperrig an, als hätte sie tausend Stacheln ausgefahren und trüge einen Groll ganz tief in ihrem Innersten. Dies zu spüren, erschöpfte Jakob über die Maßen, denn er hatte einfach nicht die Kraft, sich damit zu befassen.

Mia forschte ihrerseits in seinem Gesicht nach einer Spur des Erkennens, nach einem Aufleuchten früheren Einverständnisses, doch sie fand nur unendliche Müdigkeit vor. Verzweiflung ergriff sie und zu ihrer Bestürzung musste sie weinen. Jakob sah ihr hilflos dabei zu.

»Diese Krankheit hat uns verschlungen wie eine riesige Welle,« dachte sie. »Sie hat uns ins Meer gezogen und wieder ans Ufer geworfen, jeden an eine andere Stelle. Jetzt können wir uns nicht mehr finden.«

Und Jakob dachte: »Wir stehen auf einer Eisscholle, die in der Mitte auseinanderbricht. Wir werden davongetrieben, jeder in eine andere Richtung, und können nichts dagegen tun.«

Im Bett suchten sie Halt. Wie zwei Ertrinkende stürzten sie sich ineinander, umschlangen sich, verkeilten sich, in der verzweifelten Hoffnung, sich nie mehr auseinanderfädeln zu müssen, nie mehr weggetragen zu werden vom Anderen und eins bleiben zu dürfen für immer. Hier kannten sie sich aus, hier waren sie sicher.

Mia lag danach fast wieder ein bisschen glücklich mit dem Kopf auf Jakobs Brust, ein Bein um seinen Bauch geschlungen, die Arme um ihn gelegt. Sie spürte seinen Atem auf ihrem Haar und hielt ganz stille, um diesen Augenblick festzuhalten, einzufrieren, tief in sich zu verwahren, damit sie ihn hervorholen konnte in schweren Stunden, die ihnen ganz offensichtlich noch bevorstanden.

»Jakob?« flüsterte sie rau.

»Mmmmmh?« Jakob war schon fast entschwunden.

»Fabulieren,« warf Mia ihm den Ball zu. Doch Jakob hörte sie nicht mehr.

»Jetzt ist er weg,« dachte Mia, und ihr Glücklichsein wurde zu einer kleinen pochenden ängstlichen Kugel.

13

Die palliative Chemotherapie linderte bei Omili tatsächlich in den ersten Wochen die Beschwerden ihrer Erkrankung. Ihr Allgemeinzustand verbesserte sich und ihr Befinden hielt sich über einen erstaunlich langen Zeitraum relativ stabil. Die Einnahme der Medikamente und deren Nebenwirkungen wurden laufend kontrolliert und überwacht. So konnte Omili die Schmerzen recht gut in den Griff bekommen, doch ihre Erschöpfungszustände nahmen zu.

Sie war glücklich, dass sie immer wieder zu Hause sein durfte. Die vertraute Umgebung, Opapas Fürsorglichkeit und die offenen Gespräche mit ihren Liebsten, ihr gemeinsames Lachen und Weinen, trugen sie durch den Tag.

Am Liebsten saß Omili in Opapas Sessel, der direkt vor das große Fenster geschoben worden war, damit sie auf ihren geliebten Garten schauen konnte, in dem sie so viele glückliche Stunden verbracht hatte. Jakob war, so oft es ihm möglich war, an ihrer Seite und sprach mit ihr über das, was war, ist, und sein wird. Omilis offener Umgang mit dem Sterben half auch ihm, sich dieser Tatsache mutig zu stellen und sich Stück für Stück mehr und mehr damit auseinander zu setzen. Opapa stand für diese Gespräche nicht zur Verfügung. Er ertrug es nicht, Omilis bevorstehenden Tod zu benennen, als könne er ihn doch noch verhindern, wenn er ihn nur lange genug verdrängte.

Jakob beschäftigte der Gedanke, wie hilfreich der Glaube war, in welcher Form auch immer. Omili war fest davon überzeugt, nach ihrem Tod ihrer Tochter, ihrem Käthchen, wieder begegnen zu dürfen. Manchmal meinte Jakob, fast so etwas wie eine Sehnsucht danach bei ihr zu spüren, als könne sie den Zeitpunkt gar nicht abwarten, endlich wieder bei ihrem geliebten Kind zu sein.

Vielleicht, dachte Jakob, ist es völlig unerheblich, ob das, was ein Mensch glaubt, auch tatsächlich der Wahrheit entspricht, die sowieso niemand kennt. Entscheidend ist doch einzig, ob das

Bild, das wir im Herzen tragen, uns Kraft verleiht und unserem Leben oder auch unserem Sterben einen Sinn gibt.

Wenn er am Grab seiner Mutter saß, war auch er davon überzeugt, dass sie nach wie vor in irgendeiner Form mit ihm in Verbindung stand und dass er sie dort oben finden könnte.

Auch Mia verbrachte manchen Abend bei Omili und bat immer darum, dass sie von früher erzählte. Mia konnte gar nicht genug davon bekommen, mehr über Jakob als Kind zu erfahren, um ihn dadurch vielleicht noch besser verstehen zu können. Besonders bewegend fand sie die Geschichte, wie Jakob fliegen wollte.

Die Großeltern hatten im Speicher noch seinen alten Buggy stehen gehabt, und Jakob war tagelang damit beschäftigt gewesen, rechts und links große Flügel anzubringen, die er zuvor akribisch bemalt hatte. Mit hochroten Backen hievte er schließlich sein Fluggefährt mitten auf den Rasen, setzte sich hinein und wartete mit stoischer Geduld Stunde um Stunde darauf, dass die nächste Windbö sie erfassen und in die Lüfte tragen würde. Omili konnte ihn erst dazu bewegen, sein Vorhaben aufzugeben, als bereits die Nacht hereinbrach.

Am Kühlschrank hing ein Kinderbild, das Jakob in seiner Kindergartenzeit gemalt hatte. Das gesamte Bild wurde von einem riesigen Baum ausgefüllt, an dem pralle Äpfel hingen. Nur bei genauerem Hinsehen konnte man ein winziges lachendes Gesicht entdecken, das in den Zweigen hing. Omili erzählte:

»Als Jakob mir dieses Bild zu Weihnachten geschenkt hat, hab ich ihn gefragt, wer das da im Baum ist und er hat gesagt:
Na, der Owi.
Ich hab gefragt: *Der Owi? Wer ist Owi?*
Und Jakob war total empört: *Der Owi bei Stille Nacht natürlich. Der, der immer lacht.*«

Omili gluckste: »Seitdem kann ich die Stelle: *Stille Nacht, heilige Nacht, Gottes Sohn, O wie lacht*, nicht mehr singen, ohne an den kleinen Owi im Apfelbaum zu denken.«

»Und weißt du noch das Kartoffelsalatspiel?« lachte Jakob. Omili nickte.

»Wie ging das?« fragte Mia und war glücklich, Jakob so fröhlich erleben zu dürfen.

»Das hat Opapa mir beigebracht. Durch ihn hab ich gelernt, dass sich der Sinn eines Satzes gravierend verändert, wenn ich ein bestimmtes Wort betone.«

Omili erklärte: »Nehmen wir den Satz *Ich will einen Kartoffelsalat*. Da betonen wir ja automatisch das letzte Wort, damit klar ist, welchen Salat wir wollen.«

»Ja,« ergänzte Jakob. »Aber dann kannst du auch sagen *ICH will einen Kartoffelsalat*, weil der andere keinen will. Und wenn du sagst *Ich WILL einen Kartoffelsalat*, dann bist du bockig und willst es durchsetzen.«

»Und bei *Ich will EINEN Kartoffelsalat* sagst du, dass du nicht zweie willst«, fiel Omili ihm ins Wort. Sie mussten kichern und Mia war glücklich.

»Ich LIEBE dich,« sagte Jakob plötzlich und sah Mia strahlend an. »ICH liebe dich.« Und »Ich liebe DICH«.

Opapa schaute erstaunt ins Zimmer, weil sie gar nicht mehr aufhören konnten zu lachen.

Das war ein schöner Abend und Jakob kam danach sogar mit zu Mia. Sein Schauen hatte zum ersten Mal seit vielen Wochen wieder etwas Befreites und Mia fühlte sich wahrgenommen, wertgeschätzt und sehr geliebt.

»Vielleicht wird doch noch alles gut,« dachte sie und ließ sich fallen in das, was er mit ihr machte.

***

Anfang April musste Omili wieder in die Klinik. Ihr Zustand hatte sich innerhalb weniger Tage dramatisch verschlechtert, sie konnte nichts mehr bei sich behalten und war extrem schwach.

Jakob war außer sich. Nach der Arbeit fuhr er jeden Tag sofort ins Krankenhaus und blieb bei ihr, bis sie eingeschlafen war. Die Nächte verbrachte er bei Opapa, den er in dieser Situation auf keinen Fall allein lassen wollte.

Manchmal fuhr Mia nach Ladenschluss noch in die Klinik. Von der Straßenbahn aus schaute sie auf die vorüber eilenden Menschen und beneidete sie um ihre Sorglosigkeit, mit der sie kurz vor Feierabend noch die letzten Erledigungen hinter sich brachten, um dann daheim behaglich in der Runde zu sitzen, unbehelligt von Krankheit und Tod.

Still und mit eingezogenem Kopf schlüpfte Mia in Omilis Zimmer und setzte sich einfach dazu. Jakob blickte dann nur kurz auf, ein Lächeln huschte über sein angestrengtes Gesicht und er nahm ihre Hand, legte sie zu Omilis und umschloss sie beide ganz fest. Dann leuchtete Omilis Gesicht, denn sie spürte immer, dass Mia da war, auch wenn sie die meiste Zeit die Augen geschlossen hielt.

In diesen Wochen war Mia abends wieder öfters bei Kerstin und Gunnar. Sie ertrug ihre stille Wohnung nicht mehr, die vielen kleinen Hinweise auf unbeschwerte zweisame Zeiten. Oft hörte sie tagelang nichts mehr von Jakob, der ihre kleinen mutmachenden Nachrichten, die sie ihm immer wieder zukommen ließ, auch niemals beantwortete.

Kater Alfons war treu an ihrer Seite und half ihr wieder einmal, aufrecht zu bleiben. Jede Nacht schlüpfte er zu ihr, schmiegte sich an ihre Brust, das weiche Köpfchen in ihre Halsbeuge gelegt. Sie spürte seinen Herzschlag und seine leisen beruhigenden Atemzüge.

Beim Einschlafen stellte sie sich die bange Frage:
»Wie lange wird das so bleiben?«, und wieder stieg eine beschämende Wut in ihr auf. Sie war wütend auf Jakob, der sie offenbar vollkommen vergessen hatte und wütend auf Omili, die durch ihre Krankheit ihr bis dahin nahezu ungetrübtes Liebesglück gefährdete.

»Stirb,« dachte sie plötzlich heftig. »Stirb endlich, damit das aufhört.«

Tief geschockt über das, was sie eben gedacht hatte, setzte sie sich ruckartig im Bett auf und machte Licht. Sie ging ins Badezimmer und hielt den Kopf unter das kalte Wasser. Als sie sich im Spiegel ansah, jämmerlich wie ein Hund, der aus einem Kanal gefischt worden war, dachte sie:

»Wer bin ich?«

Und dann rief sie laut ihrem Spiegelbild entgegen:

»Omili, ich liebe dich. Und ich liebe Jakob. Ich will, dass alles wieder gut wird. Für dich, für ihn und für mich.«

Vielleicht konnte sie damit das Schlimme ungesagt machen.

14

Auch diesmal gelang es den Ärzten, Omili zu stabilisieren. Sie bekam Infusionen zur Stärkung und Antibiotika, ihr Appetit kehrte zurück und sie nahm wieder an Gewicht zu. Ein weiterer Aufschub wurde ihnen geschenkt, kostbare Wochen, Tage und Stunden.

Als Omili endlich wieder zu Hause an ihrem Lieblingsplatz saß, waren auch Mia, Kerstin, Gunnar und Fabian gekommen, um dieses Ereignis gemeinsam zu feiern. Opapa holte Wein aus dem Keller, Gunnar hatte eine Quiche mitgebracht und Mia einen Kuchen gebacken. Omili rührte nichts von diesen Köstlichkeiten an, doch ihre Augen leuchteten. Wie eine Gräfin hielt sie Hof und Opapa schaute sie unablässig an, als wolle er dieses Bild für alle Zeiten tief in sein Herz nehmen.

**

Viele Wochen lang ging alles gut, doch Omili fing zunehmend mehr an, »die Dinge in Ordnung zu bringen«, wie sie es nannte.

»Jetzt bin ich auf der Zielgeraden«, meinte sie und schien dabei ganz gelassen.

Es war ihr ein großes Bedürfnis, ausführlich und unter vier Augen mit den ihr am nächsten stehenden Menschen zu sprechen. Opapa wagte nicht, ihr diesen Wunsch zu verweigern, als sie ihn ausdrücklich zu sich bat und ihm zu verstehen gab, dass sie mit ihm über das Danach zu sprechen wünschte. Schweigend hörte er sich an, was sie zu sagen hatte, doch immer wieder schüttelte er fassungslos den Kopf, weil es für ihn ein Danach einfach nicht geben konnte. Er war nicht in der Lage, das, was sie ihm ans Herz legte, bewusst aufzunehmen, denn wie konnte es ihn ohne sie geben? Als Jakob ihn endlich erlöste und seinen Platz an Omilis Seite einnahm, ging Opapa nach oben, schloss sich im Schlafzimmer ein und weinte bitterlich.

An einem Sonntag Nachmittag war Mia an der Reihe. Jakob zog sich zu Opapa ins Esszimmer zurück, um eine Partie Schach mit ihm zu spielen, und so konnten die beiden Frauen sich ungestört unterhalten.

Omilis kluge und warmherzige Augen ruhten lange auf Mia, die diesem wissenden Blick nur widerstrebend stand hielt. Sie wollte nicht durchschaut werden, wollte den Kummer in ihrem Herzen nicht preisgeben, weil sie sich für ihre selbstsüchtigen Gefühle schämte. Es war erlösend, als Omili schließlich Mias Hände ergriff, sie sich in den Schoß legte und sagte:

»Ich weiß wie dir zumute ist, Mia. Das sind schwere Zeiten für dich. Aber ich kann dir eines ganz klar sagen: Jakob liebt dich mehr als du dir überhaupt vorstellen kannst.«

Mia schluchzte ganz kurz laut auf, holte dann aber das riesengroße Weinen, das in ihr aufstieg, mit aller Kraft wieder zu sich zurück.

»Du wirst meinen Jungen sehr glücklich machen«, fuhr Omili fort, »das weiß ich, das hab ich vom ersten Tag an gespürt. Ihr Zwei gehört zusammen und ihr schafft das, auch wenn es immer wieder schwer sein wird.«

»Manchmal versteh ich ihn einfach nicht.« Mia war sofort erschrocken darüber, wie heftig ihr diese Worte aus der Seele gestürzt waren.

Omili lächelte und nickte. »Jakob ist ein Mensch, der sich in schwierigen Situationen in seinen Bau verkriecht und sich die Wunden leckt. Für ihn gibt es dann gar nichts recht und links, nur das, was ihn gerade aufwühlt und durcheinander bringt. Er muss das mit sich selbst ausmachen, seinen inneren Kompass befragen. Er muss dann sein Denken überprüfen und nachjustieren.«

»Warum lässt er sich denn nicht helfen?« Mia war auf der Hut, weil da wieder diese Wut in ihr aufstieg, die sie so schwer nur kontrollieren konnte.

»Du hilfst ihm doch.« Omili blieb ganz ruhig und schaute Mia zärtlich an. »Du hilfst ihm, weil es dich gibt für ihn, weil du ihn liebst. Mehr braucht er nicht.«

Mia atmete tief ein und aus. Omili hatte all ihre Verstrickungen und Verwirrungen auf einen einfachen Nenner gebracht, eine schlüssige Formel, nach der zu leben sich lohnte: sei einfach nur da. Mia wusste nicht, ob sie das konnte.

Omili schloss die Augen und Mia dachte schon, sie wäre eingeschlafen. Doch dann fuhr sie fort:

»Opapa und ich lieben uns sehr. Trotzdem haben wir immer wieder Zeiten gehabt, in denen nichts zusammen ging. Wie oft bin ich in den frühen Morgenstunden am Fluss entlang gegangen und hab gedacht, dass ich das nicht mehr kann. Als unsere Tochter gestorben war, wollte ich ihn sogar verlassen.«

Omili öffnete die Augen und schaute in die Ferne, den Blick umwölkt, die Lippen ganz schmal.

»Er konnte einfach nicht darüber reden. Er war wie ein Stein. Manchmal hab ich ihn dafür gehasst, dass er seinen Schmerz nicht mit mir teilen wollte. Er war mir fremd in seinem Stummsein und ich wusste nicht wohin mit meinen vielen Worten.«

Sie schaute Mia an und da war ein großes Einssein: zwei liebende Frauen, die alles wollten, für sich und für den Geliebten.

Mia nahm sie in die Arme, diese kleine Gestalt, diese tapfere kranke Frau mit ihrem prall gelebten Frauenleben.

»Weißt du, Mia,« fuhr Omili fort. »Du darfst dir viele Gefühle, die du hast, auch immer wieder verzeihen. Sie stehen dir zu. Alles liegt so nah beieinander, die Liebe und der Hass, das Verständnis und der Groll. Manchmal hab ich beides gleichzeitig gefühlt, so ambivalent war es da drin in mir. Und am Ende läuft es doch immer wieder auf die Liebe hinaus. Dann meinst du manchmal, deinen Partner zu hassen, dabei fühlst du nur so stark, eben weil du ihn liebst.«

Beide schwiegen lange.

»Jakob hat uns zusammen gehalten« fuhr Omili fort. »Er war das Zentrum unseres Lebens. Ich bin glücklich, dass du da bist, Mia. So weiß ich, dass mein Junge nicht allein ist, wenn ich nicht mehr bin.«

Omilis Augen wurden feucht und Mia kniete sich auf den Boden und legte den Kopf in ihren Schoß. Omili kruschelte ihr durch die Haare, als wäre sie ein kleines Kind, und sie weinten still und einträchtig über all das Schwere, Unbegreifliche, über die Liebe und das Leben, das Frau-Sein und das viele Fühlen drum herum.

»Kümmert euch um Opapa«, bat Omili noch, als Mia aufstand, um Jakob zu holen. »Ich weiß nicht, wie er das verkraften soll.«

OPAPA und OMILI

Opapa stand am Terrassenfenster, die Hände hinter dem Rücken verschränkt, und starrte auf die Narzissen, Primeln und Hyazinthen, die sich unbeirrt der bereits erstaunlich kraftvollen Sonne zuwandten. Ihr Garten war immer der Ort gewesen, an dem Omili am glücklichsten war. Wie sollte er den Anblick der üppigen Stauden, der sorgfältig angelegten Beete und des von Omili so sehr geliebten Rosenbogens ertragen, wenn sie nicht mehr da war.

Ein unkontrolliertes trockenes Schluchzen stahl sich aus seiner Kehle, das er sofort erschrocken im Keim erstickte. Sein besorgter Blick fiel auf seine schlafende Frau, die in dem großen Sessel vor dem Fenster fast vollkommen versank.

»Mockerle«, dachte er zärtlich. »Mein kleines Helmchen.«

**

Ihm war, als sei es erst gestern gewesen, als er am zugigen Bahnsteig stand und nach dem missglückten Versuch, ein verliebtes Wochenende mit seinem damaligen Mädchen zu verbringen, nervlich am Ende und allein die verfrühte Heimreise antrat.

In seiner Jackentasche tastete er nach dem kleinen Kästchen mit dem Ring, den er seiner Hilde eigentlich bei einem romantischen Abendessen hatte überreichen wollen, mit der Bitte, ihn zu heiraten. Opapa hatte nicht im Traum damit gerechnet, dass er mit seinem Ansinnen vollkommen schief lag und war im Nachhinein erleichtert, dass es zu diesem Antrag gar nicht erst gekommen war. Er hätte sich unsäglich zum Narren gemacht.

Er, Hans Lorenzen, gerade mal 27 Jahre alt, Landschaftsarchitekt mit beruflicher Perspektive, hatte unrettbar verliebt neben Hilde im Eilzug gesessen, erfüllt von dem Gedanken, in diesen drei Tagen den Weg zu ebnen für eine gemeinsame Zukunft. Er fühlte sich, als hätte er das große Los gezogen.

Hilde war eine attraktive Frau, hochgewachsen, gertenschlank, elegant gekleidet und raffiniert geschminkt, sodass ihre leicht schräg gestellten Katzenaugen besonders zur Geltung kamen. Immer wenn Hans mit ihr einen Raum betrat, verstummten die Gespräche. Dann genoss er die neidischen Blicke und führte sein außergewöhnliches Mädchen vor den Augen aller wie eine Trophäe durch die faszinierte Menge. Sie waren ein schönes Paar und er war der Glückspilz, der Vielbeneidete, der mit dieser Frau den ganz großen Fang gemacht hatte.

Längst hatte Hans sich daran gewöhnt, dass Hilde mit ihm spielte wie eine Katze mit ihrer Beute. Er konnte nie sicher sein, ob sie ihn abweisen oder seine Nähe einfordern würde, wild und schwindelerregend. Er war ihren Launen rettungslos ausgeliefert, wurde jedoch für alle Qualen belohnt, wenn sie sich ihm am Ende hemmungslos und ohne jegliche Berührungsängste hingab. Sein Leben war, seit er in ihren Bann geraten war, eine Achterbahn der Gefühle. Hans war süchtig nach diesem Auf und Ab, diesen verhängnisvollen Disputen, die jedes mal zuverlässig in qualvolle Verzückung mündeten.

An jenem Morgen, als er mit Hilde seine romantische Wochenendreise antrat, lief vom ersten Augenblick an alles schief. Schon bei der ersten Station stieg ein junger Mann in ihr Abteil, den Hilde eingehend und ganz offensichtlich höchst interessiert musterte. Innerhalb kürzester Zeit war sie begeistert und ausführlich in ein Gespräch mit ihm vertieft, und Hans musste verärgert feststellen, dass er vollkommen überflüssig war.

Hilde gab sich nicht die geringste Mühe, ihr Interesse an dem jungen Mitreisenden zu verbergen. Sie schürzte aufreizend die Lippen, zog ihn in ihren Bann mit ihrem grünen Katzenblick, und ihr perlendes Lachen hatte etwas so Intimes, dass Hans gedemütigt auf seinem Sitz zusammenfiel. Hilde hatte sich vorgebeugt, um fast im Flüsterton ihr angeregtes Gespräch fort zu führen, und hier und da streifte sie dabei wie aus Versehen mit ihrer schönen schmalen Hand das Knie ihres elektrisierten Gegenübers. Als sie plötzlich aufstand, um im Gepäcknetz über dem Fremden etwas aus ihrem Köfferchen zu holen, stützte sie ihr Bein auf seinem Schenkel ab und presste ihren Körper ungeniert an seinen.

Etwas in Hans zerbrach. Doch noch während er sich wie mit

Füßen getreten krümmte, richtete sich parallel dazu in ihm etwas auf. Hilde hatte ihm schon so manche seelische Verletzung zugefügt, doch jetzt hatte sie eine Grenze überschritten und Hans wurde schlagartig wach.

Im Hotelzimmer angekommen, begann das alt vertraute Spiel, auf das Hilde sich bis jetzt immer hatte verlassen können: sie hatte ihn gereizt und zur Verzweiflung gebracht und jetzt würde er zu Wachs in ihren Händen, sobald sie ihm erlaubte, ihr nahe zu sein. Doch Hans stand als Spielpartner nicht mehr zur Verfügung.

»Es ist vorbei«, war das Einzige, was er hervorbrachte. Dann verließ er überstürzt das Hotel.

Erst als er wieder am Bahnsteig stand und auf den Zug wartete, der ihn nach Hause und in Sicherheit bringen würde, merkte er, wie seine Beine zitterten. Ein solches Elend überkam ihn, dass er meinte, sich auf die Gleise übergeben zu müssen.

Dann war sie da, diese kleine Person mit ihrem klaren Blick, als hätte der Himmel sie geschickt.

»Sie sehen ja ganz furchtbar traurig aus«, sagte sie mitfühlend. »Das kann ich ja gar nicht aushalten.«

Ihre klugen Augen musterten ihn und ihr Blick tat gut, so voller Interesse, arglos und rein. Ganz aufrecht stand Hans da, mit zusammengebissenen Zähnen und zitternden Lippen. Alle Tränen, die sich sammelten, weinte er nach innen. Dennoch merkte er auf angenehme Weise, wie sich etwas in ihm löste, wie es fiel, diffus und wattig, noch nicht wirklich greifbar.

»Ich werde gerade gerettet«, dachte es in ihm und eine warme Erleichterung erfasste ihn.

Das war der Anfang von Hans und Helma, von Opapa und Omili.

***

Mit Helma lernte Hans, wie die Liebe sein konnte. Mit ihr erfuhr er, wie es sich anfühlte, sich eines geliebten Menschen sicher zu sein. Er lernte den tiefen inneren Frieden kennen, der ihn immer erfasste, wenn er an Helma dachte. Auf ihre Zuneigung konnte er sich verlassen.

Innerhalb kürzester Zeit war Helma zu seinem Seelenmenschen geworden, der auch die kleinsten Unregelmäßigkeiten in seinem Denken und Fühlen seismographisch wahrzunehmen in der Lage war. Manchmal hatte er den Verdacht, dass Helma schon wusste, was ihn belastete, bevor er selbst sich darüber im Klaren war, dass es da überhaupt etwas gab.

Es brauchte jedoch seine Zeit, bis Hans es schaffte, sich ihr auch körperlich zu nähern. Das, was er diesbezüglich mit Hilde erlebt hatte, ging in seiner Vorstellung nicht mit diesem klaren und klugen Mädchen zusammen. Hans kannte nichts anderes als die grenzwertig schmerzhaften Begegnungen von früher, die ihn schier zum Wahnsinn getrieben hatten, wenn auch zu höchster Glückseligkeit. So spürte er in sich eine große Scheu, Helma sein Verlangen nach ihrer zarten Haut und ihren kleinen festen Brüsten zu gestehen. Letztendlich war sie diejenige, die die Initiative ergriff und ihren Hans mit erstaunlicher Selbstsicherheit ans Ziel führte.

Von nun an erlebte Hans eine ganz neue Art der Erfüllung. Ihre Begegnungen waren friedlich und ohne Gefahr, sie waren voller konzentrierter Zärtlichkeit, ganz auf ein Geben ausgerichtet. Niemals zuvor hatte Hans nach der Liebe so tief und unbelastet geschlafen, schwerelos und im Inneren ganz.

Dennoch blieb Helma in der Hauptsache sein Seelenmensch und Hans war immer wieder erstaunt, dass er bei längerer beruflicher Abwesenheit fast nie an ihren zierlichen Körper dachte. Vor seinem inneren Auge sah er voller Sehnsucht Helmas sprühende Augen, wenn sie begeistert war, sah ihre Bestürzung, wenn sie etwas für ihn Wichtiges versehentlich kaputt gemacht hatte oder die anrührende Konzentration um ihren Mund, wenn sie in etwas vertieft war. Er sehnte sich nach dem Anblick ihrer kleinen Schuhe im Hausflur, nach dem Rumpeln und Pumpeln, das sie verursachte, wenn sie mit großer Intensität den Schrubber schwang, er sehnte sich nach ihrem ansteckenden Lachen, das sich über ihr gesamtes Gesicht ausbreitete und nach ihrem kleinen genüsslichen Seufzer nach jedem Schluck Tee.

Hans war erfolgreich und er liebte seinen Beruf. Nach einigen Jahren als Angestellter in einem Architekturbüro für Garten- und Landschaftsgestaltung, gründete er auf selbstständiger Basis sein eigenes Unternehmen, um sich dem Wettbewerb mit anderen Planungsbüros zu stellen. Er akquirierte neue Kunden, nahm an Ausschreibungen teil und erwarb sich im Laufe der Jahre durch seine Arbeitsleistung einen renommierten Ruf.

Hans ging mit seinen Projekten neue Wege. Das Bauen mit Pflanzen war seine Passion und er widmete sich schon früh der Aufgabe, neue Paradiese zu schaffen, ökologisch und nachhaltig. Seine Räume waren nie ganz fertig, sie brauchten viel Zeit, um zu wachsen, und gestalteten sich immer wieder neu.

Während seiner Berufung am Lehrstuhl für Landschaftsarchitektur schaffte er gemeinsam mit seinen Studenten einen zentralen Ort im Grünen, eine sinnvoll genutzte Grünfläche mit einem energetisch ausgeklügelten Glashaus. Sein Anliegen waren Freiräume, die der Landschaft eine Struktur gaben.

Helma war gelernte Buchhändlerin, doch als Käthchen geboren wurde, kehrte sie nicht wieder an ihre alte Arbeitsstätte zurück. Sie ging vollkommen auf in ihrer Rolle als Mutter und sah sich in der Zukunft von vielen Kindern umringt in einem behaglichen Heim an der Seite ihres geliebten Hans.

Dieser Wunsch sollte sich nicht erfüllen. Die Schwangerschaft mit Käthchen war äußerst schwierig verlaufen und Helma hatte die letzten Monate strenge Bettruhe einhalten müssen, um ihr Kind nicht zu verlieren. Hans stellte eine Haushaltshilfe ein, die dafür sorgte, dass die notwendigen Verrichtungen am Laufen gehalten wurden, doch Helma war untröstlich, dass ihr das Heft so vollkommen aus der Hand genommen wurde. Sie war immer voller Tatendrang gewesen, ständig in Bewegung und stets beschäftigt. Nun war sie zum Nichtstun verdammt, und auch die Stapel von Büchern, die Hans ihr beschaffte, konnten ihre Verzweiflung nicht mildern.

Ausgerechnet in dieser Zeit war Hans beruflich besonders eingespannt mit der Gründung seines eigenen Unternehmens. Wenn er spät am Abend nach Hause kam und sich liebevoll zu Helma ans Bett setzte, wirkte er abgespannt und unkonzentriert.

Ihre Versuche, ihn an dem, was sie ihren einsamen Tag hindurch innerlich beschäftigt hatte, teilhaben zu lassen, liefen ins Leere. Hans hörte ihr zwar scheinbar interessiert zu und signalisierte auch großes Verständnis für ihre kleinen gedanklichen Konstrukte, doch Helma merkte sehr wohl, dass sie ihn nicht wirklich erreichte. Wenn er sich schließlich übervorsichtig an ihre Seite geschmiegt hatte und endlich die müden Glieder ausstrecken durfte, schlief er fast immer augenblicklich erschöpft ein. Helma lag meistens noch lange wach und lauschte der Einsamkeit nach, die aus ihrem Innersten hervor kroch.

Noch drei mal wurde Helma schwanger, doch sie verlor jedes dieser Kinder noch im ersten Drittel ihrer Schwangerschaft. Hans teilte ihren tiefen Kummer über diesen Verlust, doch er war nie in der Lage, mit ihr darüber zu sprechen. Das, was weh tat, sperrte er in sich ein. Helma dagegen war ein Mensch, der Kummer gnadenlos benennen musste, um ihn durch die immer und immer wieder gesagten Worte zu bearbeiten und damit zu bewältigen. An dieser Stelle ließ ihr geliebter Seelenmensch sie hoffnungslos im Stich.

Trotzdem waren es gute Jahre. Hans vergötterte seine Tochter und liebte Helma, das Zentrum seiner kleinen Familie, über alles. Sie ermöglichte ihm, seinem Beruf mit aller Leidenschaft nachzugehen, nahm Anteil an seinen Projekten und trug durch ihre Fähigkeit, der kreativen Intuition in sich Raum zu geben, zu manch einer neuen Idee mit bei.

Helma begleitete Hans fast nie bei seinen beruflich bedingten Reisen. Ihr Mikrokosmos, ihr geliebter Alltag im Vertrauten, war ihr genug und füllte sie lückenlos aus. So durfte er sich jedes mal aufs Neue nach ihr als Mensch und Partner sehnen, wenn er von ihr getrennt sein musste.

Das Heimkommen nach einer längeren Durststrecke war immer wieder überwältigend. Hans sagte ihr nie genau, wann er zurück sein würde, um seine kleine Familie mitten im Alltagsleben anzutreffen. Wenn er die Tür aufschloss, hielt er kurz inne, um den schönen Moment des Angekommenseins noch etwas heraus zu zögern. In der Diele blieb er stehen und roch den Duft von Zuhause. Er lauschte auf die Geräusche, die aus der Küche, dem Wohnzimmer oder dem Kinderzimmer drangen. Und dann wusste er, dass dies der beste und schönste Ort der Welt war.

***

Omili schlug die Augen auf und schaute ihren Mann so warm und liebevoll an, dass er meinte, der Kummer müsse ihn verschlingen. Schweigend setzte er sich zu ihr und nahm ihre kleinen Hände in seine.

»Weißt du noch ...« begann er, und sie erzählten sich aus ihrem Leben, bis Omili nach einer Weile erschöpft die Augen wieder zufielen, mit einem leichten Lächeln auf den Lippen.

15

Sei einfach nur da. Es wollte Mia nicht gelingen. Sie schaffte es nicht, es auszuhalten, nie wirklich zu wissen, wie es Jakob ging, was ihm widerfuhr und ob er überhaupt an sie dachte.

»Vielleicht vergisst er ja vor lauter Omili, dass es mich gibt.« Wieder einmal rettete sie sich in die vertraute Wut.

Meist trafen sie sich nur noch bei seinen Großeltern. Wenn Jakob wider Erwarten doch kurz bei Mia vorbei schaute, war er ständig in Eile und musste wieder fort. Die tickende Uhr, das Verrinnen der Zeit, die ihm mit Omili blieb, hatte ihn fest im Griff.

Nur noch selten verbrachten sie die Nacht miteinander und diese zärtlichen Zusammenkünfte hatten eher etwas Verzweifeltes. Mia wurde den Eindruck nicht los, dass Jakob sie nur noch berührte, um dann und wann aus der Schwere seiner Gedanken herauskatapultiert zu werden und wenigstens kurzzeitig zu vergessen. Sie war nicht sicher, ob sie als Mia überhaupt noch gemeint war und fühlte sich mehr wie ein Mittel zum Zweck. Dennoch hätte sie sich ihm niemals verweigert. Zu groß war ihre Sehnsucht nach seiner warmen Haut. Es gelang ihr immer, ihn zu erlösen, und meist fiel er danach in einen erschöpften, traumlosen Schlaf.

Auch an diesem Abend hatten sie sich in Jakobs Wohnung geliebt, zweisam einsam, jeder in seinen Kokon verzweifelter Sprachlosigkeit eingesponnen. Diesmal blieb Jakob jedoch wach, denn ein Gedanke in ihm nahm zunehmend Gestalt an.

»Lass uns heiraten, Mia«, sagte er mitten in die Dunkelheit hinein. »Omili hat sich so sehr gewünscht, das noch zu erleben.«

Mia war gerade am Wegdämmern gewesen, doch jetzt war sie hellwach. Ruckartig setzte sie sich im Bett auf und machte Licht. Ihre Augen funkelten:

»Ich soll dich heiraten, nur damit deine Oma glücklich ist? Spinnst du? Ist das dein Ernst?« Sie war fassungslos und wütende Tränen stiegen ihr in die Augen.

Jakob war bestürzt. Er hatte es vermasselt, das war ihm im selben Moment klar, als Mia abrupt von ihm abrückte, gerade so als hätte er eine ansteckende Krankheit und ihr dies erst jetzt gestanden.

Mia stolperte aus dem Bett, raffte ihre Sachen zusammen und verschwand im Bad. Jakob hörte sie heftig herum fuhrwerken. Offenbar sammelte sie ihre Badutensilien ein und schmiss sie in ihren Rucksack. Unablässig schimpfte sie vor sich hin und machte ihrer Empörung mittels unsäglicher Schimpfworte lautstark Luft. Dann rauschte sie zurück ins Zimmer, blieb zitternd vor Wut vor seinem Bett stehen und schrie:

»Omili, Omili, Omili. Ich kann es nicht mehr hören. Hat eigentlich noch etwas anderes Platz in dir? Wann hast du mich das letzte Mal gefragt, wie es mir geht? Wann haben wir das letzte Mal zusammen gelacht? Mir reichts! Heirate wen du willst, um deine Oma glücklich zu machen. Mich jedenfalls nicht.«

Dann fiel die Tür mit einem Krachen hinter ihr zu.

Jakob blieb wie vom Donner gerührt zurück, ratlos und beschämt. Er ahnte, dass Mia Recht hatte und ihn erfasste Panik, dass sie ihn verlassen könnte.

Zum ersten Mal seit Monaten konnte er seine Gefühle für sie wieder spüren. Er hatte sie verletzt mit seinem bizarren Ansinnen, seine dem Tod geweihte Großmutter mit ihrer Eheschließung glücklich zu machen, als würde dieser Schritt ihm nur dies und nicht viel viel mehr bedeuten.

»Ich muss zu ihr«, dachte er bedrückt, doch er wusste auch, dass sie beide Zeit brauchten, diese Schieflage gedanklich zu ordnen. Mia war ein impulsiver Mensch, dem die Gefühle ganz unmittelbar aus dem Herzen sprangen. Sie konnte ihm nur verzeihen, wenn er ihr genug Raum gab, ihr Gemüt abzukühlen.

Erschöpft löschte er das Licht, tastete beklommen nach dem verlassenen Kissen neben sich und fiel in einen bleischweren Schlaf.

**

Drei lange Tage gingen sie sich erfolgreich aus dem Weg, drei Tage, an denen Mia jeden Morgen draußen auf der Fußmatte vor ihrer Tür eine langstielige rote Rose vorfand. Die Wucht ihrer Empörung trug sie durch den Tag und sie verrichtete ihre Aufgaben im »Laden« schweigend und verbissen. Kerstin ließ sie in Ruhe, doch am Abend des dritten Tages sagte sie:

»Wenn ich gleich den Laden schließe, setzen wir uns ins Hinterstübchen und reden.« Mia spürte, dass jeder Widerstand zwecklos war und plötzlich wurden ihre Knie weich vor lauter Erleichterung, sich endlich einem klugen und ihr wohlgesonnenen Menschen anvertrauen zu können.

Der Kummer sprudelte nur so aus ihr heraus, ein wildes Gebräu aus Wut und Erschöpfung. Kerstin hörte ihr schweigend zu, ohne sie auch nur ein einziges Mal zu unterbrechen, und so konnte der Strom an geballter Enttäuschung ungehemmt fließen, bis Mia restlos leergeräumt war.

Kerstin nahm sie in die Arme. Mia fühlte sich plötzlich ganz matt in dieser Umarmung, vollkommen kraftlos und müde geweint. Sie schluchzte noch ein letztes Mal laut auf:

»Ich lieb ihn so.«

Kerstin wiegte sie sachte hin und her.

»Und er dich.«

»Trotzdem werde ich ihn nicht heiraten.« Mia löste sich aus der Umarmung und funkelte Kerstin mit blitzenden Augen an. »So nicht!«

»Das musst du auch nicht. Das war eine ganz und gar dumme Idee.«

Sie schwiegen lange, bis Mia kleinlaut flüsterte:

»Aber irgendwie auch schön.« Sie schloss die Augen und atmete tief ein und aus. Als sie spürte, dass Kerstin zufrieden nickte, musste sie lächeln. Es fühlte sich befreiend an.

Zu Hause saß Mia lange an ihrem Schreibtisch, um zu klären, wie es um sie stand. Sie warf die unterschiedlichsten Aspekte in die Waagschale:

Auf der einen Seite war da Jakobs verzweifelter Wunsch, seinem Omili eine vielleicht allerletzte Freude zu machen, und ganz offensichtlich war auch Eile geboten. Auf der anderen Seite stand Mias Traurigsein darüber, dass dieses Schöne, das Besiegeln ihres Wirs, unter diesen Umständen geschehen sollte.

Was wog schwerer?

Ebenso war Mia klar, dass sie sich beide ein Leben ohne den anderen nicht mehr vorstellen konnten. Aus diesem Grund wäre es durchaus vernünftig, diesen Schritt unter den gegebenen Umständen halt schneller als geplant zu vollziehen. Doch gerade das Vernünftige daran war für Mia wiederum schwer zu verkraften.

Was war richtig?

Mia hatte sich in den vergangenen Wochen als nicht besonders krisenfest empfunden. Die Frage, ob sie Jakob in seiner Verzweiflung überhaupt eine Stütze gewesen war, peinigte sie. Sie fand, dass sie fast ausschließlich nur an sich selbst gedacht hatte und an ihr eigenes kleines Liebesglück, das ihnen abhanden gekommen war. Hatte Jakob es nicht verdient, dass sie sich endlich als starke und verlässliche Partnerin in der Not erwies?

Schließlich schob sie erschöpft alles Für und Wider beiseite und folgte allein ihrem Herzen. Kurzentschlossen schrieb sie Jakob eine Nachricht, nur drei entscheidende, zukunftsträchtige Worte:

»Ja, ich will.«

Noch lange saß sie auf dem Sofa, den schnurchelnden Alfons auf dem Schoß, und schmeckte ihren widerstreitenden Empfindungen nach. So fühlte sich das also an, ihr Heiratsversprechen für Jakob, ihrer Für-Immer-Und-Ewig-Liebe. So bitter und so wenig süß. Mia konnte gar nicht aufhören zu weinen.

***

Am nächsten Morgen lag neben der langstieligen roten Rose ihr Seifenviech mit den Stecknadelfühlern, eine grasgrüne Liebesbotschaft im aufgerissenen Maul:

»Nach Ladenschluss Treffpunkt Villa Jakob. Unbedingt klingeln.«

Mia wich alles Blut aus dem Kopf. Ihr Puls raste und das Herz klopfte ihr bis zum Hals.

»*Mein* Jakob, *mein* Jakob, *mein* Jakob«, dachte sie endlich wieder einmal und ihr Bauch zog sich vor freudiger Erwartung ganz köstlich zusammen, als wäre er restlos mit perlenden kleinen Luftblasen gefüllt.

Dieser Tag wollte nicht enden. Ungeduldig schaute Mia immer wieder auf die trägen Zeiger der Uhr, die es ausgerechnet heute, an diesem wichtigsten aller wichtigen Tage, so gar nicht eilig hatten. Dabei war sie mehr als bereit. Frau Schoedder war informiert, dass Alfons heute von ihr versorgt werden müsste und Mia hatte ihre vor drei Tagen wütend in den Rucksack gestopften Utensilien fein sorgsam wieder eingepackt und in den »Laden« mitgenommen, um unverzüglich gleich nach Feierabend zu Jakob eilen zu können. Ihre Wangen glühten und fühlten sich an, als hätte sie Fieber.

Endlich stand sie vor Jakobs Tür. Ihre Hände zitterten, als sie klingelte und sie legte den Kopf an das kühle Holz, in der Hoffnung, hören zu können, was sich da drinnen tat. Doch alles blieb still. Nach einer kleinen Weile trat sie ein.

Mia hielt den Atem an. Auf das gesamte Zimmer verteilt brannten zahllose Kerzen, deren flackerndes Licht in den Fensterscheiben auf zauberhafte Weise vervielfältigt wurde. Der Boden war mit Blütenblättern bedeckt, durch die Mia vorsichtig hindurch waten musste, um zu Jakob zu gelangen. Er stand neben ihrem »Lotterbett« und schaute Mia bang, mit einer Mischung aus Unsicherheit und Vorsicht entgegen. Als er jedoch die Freude in ihren Augen sah, die Wärme in ihrem Blick, löste sich seine Anspannung, und Vorfreude breitete sich auf seinem Gesicht aus. Er kniete vor ihr nieder und fragte sie feierlich:

»Liebste Mia, willst du meine Frau werden?«

Mia lachte beglückt auf, trat zu ihm und nahm seinen lieben lieben Kopf in beide Hände.

»Das hab ich dir doch schon geschrieben, du horndubeliger Nüffel. Aber ich sag es dir gerne nochmal, und nochmal und nochmal: Ja, ich will. So so so sehr.«

Jakob stand auf, hob Mia hoch und legte sie sanft auf das Bett. Mit äußerster Behutsamkeit schälte er sie langsam aus ihren Kleidern, ohne den staunenden Blick von ihr zu wenden, als sähe er sie zum ersten Mal.

Mia beschloss, von nun an das Glück, diese launische alte Dame, die offenbar kam und ging, gerade so wie es ihr passte, beim Schopf zu packen und es so schnell nicht wieder los zu lassen,

Danach bestellten sie Pizza und tranken Rotwein, im Bett, Haut an Haut.

Plötzlich sagte Jakob erschrocken: »Ich hab ja das Wichtigste vergessen.«

Lang ausgestreckt hangelte er hastig nach einem kleinen Kästchen, das er Mia glücklich in die fettigen Pizzafinger drückte. Sie öffnete es mit einem gespannten Kindergesicht:

Ein Ring, so schön, so schlicht, so perfekt für Mia.

Ihr Lachen fühlte sich vertraut an, warm und gut. Sie konnten es noch. Sie hatten es nicht verlernt.

16

Ihnen blieb nicht viel Zeit. Omili hielt sich zwar tapfer, als hätte die Aussicht auf dieses großartige Ereignis ihre Lebenskraft noch einmal ganz neu angefacht, aber die Anstrengung, die jeder neue Tag ihr mittlerweile abverlangte, war deutlich spürbar.

Opapa hatte für sie eine professionelle Pflegerin ins Haus geholt, die rund um die Uhr zur Verfügung stand und die medizinische und medikamentöse Betreuung gewährleistete. So konnte Omili für die ihr noch verbleibende Zeit in der vertrauten Umgebung bleiben.

Mia und Jakob solle es bei ihrem Fest an nichts fehlen, hatte Opapa verkündet, dennoch sollten die Feierlichkeiten im kleinsten Kreis stattfinden, ganz ohne die Schwestern und Brüder von Omili und Opapa und deren weitverzweigte Familien. Ein überschaubarer Rahmen war für Omili ganz offensichtlich leichter zu bewältigen und die Terminfrage konnte auf diese Weise schnell und problemlos geklärt werden.

Mia hatte den Herzenswunsch geäußert, dass ihre Amma mit dabei sein sollte und selbstverständlich wollte auch Friederike zur Hochzeit anreisen. Fabian und Hanni sollten die Trauzeugen sein. Um Opapa und auch Jakob weitestgehend zu entlasten, übernahmen Kerstin und Gunnar die Planung und den gesamten organisatorischen Teil.

Mia war im Taumel. Vergessen waren die zurückliegenden schweren Wochen und Monate, weggefegt die Stürme ihres Fühlens, die Zweifel und Ängste, die noch vor wenigen Tagen ihr Innerstes ausgehöhlt hatten.

Omili hatte unmissverständlich von Jakob eingefordert, dass er von nun an die Abende mit Mia verbringen und auch nachts an ihrer Seite bleiben sollte. Jakob hatte es nicht gewagt, sich ihrem Wunsch zu widersetzen.

Zunächst konnte er es kaum aushalten, nur noch wenige Stunden am Nachmittag mit Omili sein zu können, doch es tat Mia und ihm sichtlich gut, wieder regelmäßig zusammen zu sein. Es war heilsam, die alltäglichen Verrichtungen wieder aufzunehmen, das gemeinsame Kochen, einen Spieleabend und natürlich das »Po an Po«. Manchmal wurde ihm bewusst, dass er tatsächlich für einen kleinen Zeitraum gar nicht mehr an Omilis Krankheit gedacht hatte und dann war er nicht sicher, ob er sich dafür schämen oder ob er sich freuen sollte, weil es genau das war, was Omili mit ihrer strengen Forderung an ihn bezweckt hatte.

Bei ihren zärtlichen Zusammenkünften hatten sie wieder zu inniger Zweisamkeit zurück gefunden und manches Mal dachte Jakob danach, dass alles gut war, solange er nur diesen warmen, weichen Menschen neben sich spüren durfte. Es kam vor, dass er Mia nochmal aufweckte, nur um ihr dies zu sagen, weil ihm das Herz so voll war. Dann zog sie ihn glücklich zu sich heran und rollte sich schläfrig zu einer kleinen heißen Kugel zusammen, die er mit seinem Körper gänzlich umschloss.

Nach all dem Auf und Ab und all den Verstrickungen, die sich zwischen ihnen aufgetan hatten, war Jakob nun unablässig darum bemüht, seiner Liebsten zu zeigen, wie wichtig sie für ihn war. Mia wurde im wahrsten Sinne des Wortes mit Herzen überschüttet: Jakob überreichte ihr das morgendliche Marmeladenbrot in Herzform zugeschnitten, legte ein herzförmiges Blatt, das er am Flussufer gefunden hatte, auf ihr Kissen, deponierte eine zu einem Herzen zurechtgeschnittene rohe Kartoffel auf dem Teppich im Flur oder bemalte den Spiegel im Badezimmer mit Zahnpastaherzen, in deren Mitte ein großes »Mia« prangte. Wie ein kleines beglücktes Mädchen nahm Mia diese kostbaren Gaben juchzend entgegen.

Die drei Wochenenden bis zur Hochzeit verbrachten sie ausschließlich bei Jakobs Großeltern. Omili saß fast nur noch in ihrem Sessel, schaute auf den Garten und schien zu warten. Sie schlief viel. Wenn Jakob an ihrer Seite saß, sah er auf ihr zartes, mittlerweile fast durchscheinendes Gesicht, bei dem sich die Haut straff über die spitz hervorstehenden Wangenknochen spannte.

»Halte durch,« dachte er dann. »Halte durch, du liebes Omili.«

Bilder aus seiner Kindheit tauchten vor ihm auf, geborgene und behagliche, schwierige und schmerzliche.

Manchmal zuckten Omilis Augenlider, sie runzelte die Stirn und verzog den Mund. Jakob war dann nicht sicher, ob es an den Schmerzen lag, oder ob die vielen Jahre ihres Lebens an ihr vorüberzogen. Dann nahm er ihre Hand, drückte sie fest und Omilis Gesichtszüge entspannten sich. Sie sprachen viel miteinander, aber sie konnten auch lange schweigen. Dann war er einfach nur für sie da.

Zu Jakobs Erstaunen schloss sich Mia eng an Opapa an. Irgendetwas an diesem aufrechten Mann schien sie an ihren Vater zu erinnern. Sie konnten stundenlang beieinander sitzen und sich angeregt unterhalten. Opapa war fasziniert von Mias freudigem Blick auf das Leben. Ihr quirliges Temperament, ihre lebhaften Erzählungen und ihre Begeisterung für die Schönheit des Augenblicks, nahmen ihm für einige glückliche Momente die Schwere des bevorstehenden Unheils von den Schultern. Mia brachte ihm Rummikub bei, das Opapa schließlich mit Begeisterung, ganz ohne ein Ende finden zu wollen, mit ihr spielte. Manchmal hörten Omili und Jakob die Beiden im Nebenzimmer lachen und Omili nickte dann glücklich und schaute Jakob an.
»Sie tut ihm gut.« Jakob sah eine große Erleichterung in ihren Augen.

***

Mias Brautkleid war wunderschön.

Zusammen mit Kerstin hatte sie etliche Geschäfte nach etwas Passendem durchforstet, ohne fündig zu werden. Sie hatte an etwas ganz Schlichtes gedacht, ohne Rüschen und Schleifen und pompöses Drumherum. Sie wollte kein aufgebauschtes Püppchen sein, zurecht gemacht und hergerichtet für einen einzigen Tag. Ihr Kleid sollte zu ihr passen wie eine zweite Haut und sollte sie Mia sein lassen, ganz so wie sie war. Sie wollte sie selbst sein an diesem besonderen Tag, wollte für Jakob so sein, wie auch an den nächsten tausenden von Tagen: frisch, pur und ganz nah bei sich.

In einer stillen Seitengasse fanden sie es. Aus dem Schaufenster eines winzigen Ladens, der ausschließlich Abendkleider und Accessoires anbot, schaute es sie an, rief ihr förmlich zu, dass es nur auf sie gewartet hätte.

»Da ist es,« sagte sie zu Kerstin und beide traten ein.

Die Ladenbesitzerin, eine freundliche Frau mit sehr hellen Augen, musste lächeln, als Mia sagte:

»Mein Brautkleid hängt bei Ihnen im Schaufenster und will zu mir.«

Als Mia aus der Umkleidekabine trat, musste Kerstin an eine Blumenwiese denken, an Kornblumen mit wogendem Klatschmohn, Margeriten und Gänseblümchen. Und Mia mittendrin. Kerstin roch den Duft von frischem Brot.

Mias Kleid war ein kleiner Hauch von Sommer, schimmernd weiß und luftig, oben eng anliegend, weich und anschmiegsam, und ab der schmalen Taille fließend bis unters Knie, sodass der feine Stoff bei jedem Schritt fröhlich um Mia herum wippte.

»In diesem Kleid bin ich alles auf einmal,« sagte sie glücklich. »In ihm bin ich eine Braut, eine Sommerliebe, eine Fröhlichkeit und eine Glücksbringerin. So soll es sein.«

***

Mia machte sich viele Gedanken um das, was als verheiratete Frau alles auf sie zukommen könnte.

Jakob hatte schon den ganzen Abend gemerkt, dass sie ungewöhnlich still und nachdenklich war. Ihre Augen waren dunkel und angestrengt vom vielen Denken und sie hatte kaum etwas gegessen, obwohl sie seine getoasteten Tomatenbrote sonst immer mit großem Appetit verschlungen hatte.

»Lass uns ins U-Boot gehen,« schlug Jakob schließlich vor, wartete darauf, dass sie sich bereitwillig in den Lesesessel setzte und schob dann seinen Stuhl ganz nah an sie heran. Sie legten ihre Beine umeinander und Jakob fragte:

»Was ist, Mia? Was beschäftigt dich so?«

In Mias Augen glitzerten Tränen:

»Wir müssen Vorkehrungen treffen, gegen die Gleichgültig-
keit.«

Mia war aufgewühlt und schaute ihn mit großer Ernsthaftigkeit an. Jakob verstand nicht, und so fuhr sie fort:

»Ich will kein Ehepaar werden, das sich nach einigen Jahren im
Restaurant stumm gegenüber sitzt, weil es sich nichts mehr zu
sagen hat. Ich will mich nicht an dich gewöhnen. Und ich will,
dass ich immer neu für dich bin und dass du dich immer darüber
freust, dass es mich gibt.«

Mia musste weinen und Jakob nahm ihre Hände in seine und
ließ sie alles sagen, was ihr auf der Seele lag.

»Ich will nicht abstumpfen und irgendwann durch dich hindurch sehen, weil ich gar nicht mehr merke, wie besonders du
bist. Und ich will, dass du jeden Tag spürst, was ich fühle und
dass es dich interessiert. Du sollst dich nie, niemals mit mir
auskennen, weil du dir dann keine Mühe mehr gibst, mich zu
verstehen.«

Jakob war gerührt über die existentielle Ernsthaftigkeit, mit
der Mia auf ihr gemeinsames Leben blickte.

»Mia,«, rief er. «Wie könntest du mir jemals gleichgültig sein.«

Er nahm sie fest in die Arme, flüsterte ihr die schönsten und
verschachteltsten verquersten Kosenamen ins Ohr und spürte
erleichtert, dass sie lachen musste.

Trotzdem löste sie sich aus seiner Umarmung und fragte ihn
prüfend:

»Nimmst du mich ernst?«

Jakob nickte heftig und ihm wurde bewusst, dass sie jetzt die
Weichen stellen sollten für ein waches, achtsames Miteinander
als Mann und Frau. Dann hatte er eine Idee:

»Lass uns ein Codewort ausmachen, das uns für alle Zeiten an
dieses Gespräch erinnert. Dann erkennen wir rechtzeitig, dass
wir innehalten müssen und passen aufeinander auf.«

Mia war begeistert.

»Das Zauberwort soll lauten: *Tausend Jahre Himmel*«, rief sie.
»Denn die will ich mit dir erleben.«

Und dann küssten sie alle Schatten und Sorgen, Beunruhigun-
gen und Nachdenklichkeiten einfach weg.

Kurz vor dem Einschlafen warf Mia Jakob noch ein Sammelwort zu:
»Akribisch.«
»Betörend,« gab Jakob zurück.
»Abscheulich.« »Pekuniär.«

17

Die standesamtliche Trauung fand einen Tag vor der kirchlichen Hochzeit am späten Nachmittag statt. Um Omili nicht schon vorab zu sehr zu entkräften, hatten Mia und Jakob beschlossen, diesen eher formalen Akt schlicht und einfach zu vollziehen, nur im Beisein der beiden Trauzeugen.

»Das wird ja nur die Generalprobe sein,« meinte Mia eifrig. »Dann können wir schon mal üben, wie es sich anfühlt, Mann und Frau zu werden. Es kann ja nicht schaden, sich damit bereits ein bisschen auszukennen.«

Mia hatte sich in ein hübsches knallrotes Sommerkleid geschwungen und Jakob trug zur Feier des Tages ein strahlend weißes Hemd mit einem kleinen Stehkragen, der seine glatten, immer etwas ungezähmten Haare hinten aufspringen ließ. Seine Augen funkelten.

Als sie ins Trauzimmer gebeten wurden, konnte er sich nicht verkneifen, Mia im letzten Moment mit breitem Grinsen noch zuzuraunen:

»Der matte Ehegatte hatte es satt, seine nimmersatte Ehegattin weiter zu begatten. Er war platt.«

Mia blickte ihn fassungslos an. Ein hochexplosives Kichern stieg in ihr auf, von dem sie befürchtete, es nicht unter Kontrolle bringen zu können. Genau das hatte Jakob bezweckt.

Und so traten die beiden Liebenden mit vor unterdrücktem Lachen bebenden Schultern und hochroten Köpfen vor die Standesbeamtin, um den Bund fürs Leben zu schließen.

***

Die Nacht verbrachten sie getrennt, denn Mia hatte darauf bestanden, dass Jakob seine Sommerlieben-Fröhlichkeitsbraut ganz klassisch erst in der Kirche zu Gesicht bekommen durfte.

Als sie spät am Abend neben Hanni in ihrem großen Bett lag, gingen sie aufgeregt nochmal und nochmal alle Details für den morgigen Tag durch. Doch selbst als Hanni längst eingeschlafen war, konnte Mia keine Ruhe finden. Eine wilde Mischung unterschiedlichster Empfindungen hielt sie wach und sie bemühte sich angestrengt, dieses verknotete Durcheinander widersprüchlichster Gefühle zu entwirren.

Konzentriert versuchte sie, die verschiedenen Stränge, die sich in ihr auftaten, zu benennen und sie der Einfachheit halber erst einmal ganz kindlich in »gut und böse« einzuteilen. Den »guten« gab sie helle Farben und die »bösen« belegte sie mit schwarz, braun und dunkelgrau. So konnte sie systematisch deren Aussagen auf den Grund gehen und versuchen, sie zu verstehen. Warum war da neben ihrem sonnengelben Glücksgefühl in der Erwartung des morgigen Tages, dieser tiefschwarze Strang verhärteter Angst, der sich direkt daneben in ihrem Innersten zusammenballte? Warum lag neben der goldhellen Vorfreude auf ihr gemeinsames Leben an Jakobs Seite, diese schmutzig braune Brühe voller Panik, sie könnten sich auf ihrer Strecke Wegs verlieren?

»Ich liebe ihn zu sehr,« dachte sie. »Das macht mich schutzlos, das liefert mich aus.«

Und wieder pochte da dieser Satz in ihr:

»Wenn er jemals eine andere liebt, werde ich sterben.«

Hanni neben ihr murrte verschlafen:

»Jetzt gib doch endlich Ruhe. Das hält ja kein Mensch aus, dieses Gezappel und Rumgeschnaufe.«

»Ach Hanni,« seufzte Mia sorgenschwer. Sie schlang ihre Arme um die Freundin und ließ sich von Hannis schlafwarmem Körper endlich in seliges Vergessen hinabziehen.

Am nächsten Morgen lag wie versprochen auf der Fußmatte ein bunter Blumenkranz, den Jakob auf Mias Wunsch hin aus frischen Wiesenblumen für sie geflochten hatte. Als sie endlich in ihrem duftigen kleinen Kleid vor den Spiegel trat und sich den Kranz aus Gänseblümchen, Schafgarbe, Margeriten und Glockenblumen aufs Haar setzte, strahlte sie wie ein frisch polierter Apfel.

***

Auch Jakob fand nur schwer zur Ruhe. Nachdem er »seine Mädchen« nach Hause gebracht hatte, nicht ohne Mia beim Abschied noch einmal verschmitzt ins Ohr zu flüstern: »Der matte Ehegatte ...« und sich an ihrem glücklichen Lachen zu erfreuen, schlug er den Weg zum Fluss ein.

In seinem Innersten brodelte ein unentwirrbares Gebräu aus wildem Glück und bangem Pochen. Er musste laufen, mit weit ausholenden Schritten, laufen, und seine Lungen tief mit klarer Nachtluft füllen, um die Sorgen aus seinem angestrengten Kopf und seinem ängstlichen Herzen heraus zu fegen.

Der Gedanke, Mia könnte eines Tages seiner überdrüssig werden, seine Kompliziertheiten nicht mehr ertragen, sein spezielles Gemüt und seine Allein-Sein-Müssen-Nischen, nahm ihm die Luft.

Er lief bis zum »Bänkchen an sich« und ließ sich auf ihm nieder.

Jakob konnte sich kaum mehr daran erinnern, wie es sich angefühlt hatte, sein Leben davor, sein Leben noch ohne Mia. Seit er sie kannte, war ihm sein Seelenfrieden abhanden gekommen, dieser friedvolle Zustand des einfach nur Seins. Davor hatte es ihm an nichts gemangelt, dennoch war er jetzt, seit es sie gab, reicher als je zuvor. Wie seltsam, dass sich die Verwirrung, in die Mia ihn nach wie vor stürzte, so süß anfühlte und ihn trotzdem immer wieder seelisch erschöpfte.

»Ich liebe sie zu sehr,« dachte er. »Das macht mich schutzlos, das liefert mich aus.«

Und dann wusste er, dass er, sollte sie jemals einen anderen lieben, sterben würde.

Am nächsten Morgen stand er in aller Herrgottsfrühe auf, um auf der noch taufrischen Wiese am Fluss eine große Handvoll schönster Wiesenblumen zu pflücken und sie zu einem kleinen Kranz zu flechten. Das hatte Mia ihm aufgetragen.

***

Omili war mit dem Krankentransport in die kleine Kapelle am Schlossberg gefahren worden, die Mia und Jakob sich für ihre

Trauungszeremonie gewünscht hatten. Bescheiden und dennoch stolz thronte sie über dem Schloss, mit einem atemberaubenden Blick ins Tal. Sie war ein Juwel an schlichter barocker Schönheit, mit kleinen runden Fenstern, einer winzigen Empore und etwa zehn Reihen heller leichter Holzbänke. Hier würde sich die überschaubare Runde der Hochzeitsgäste nicht allzu verloren vorkommen.

Omili saß im Mittelgang in der ersten Reihe im Rollstuhl, flankiert von einem über die Maßen aufgeregten Opapa, der ständig die Wolldecke um sie herum neu feststeckte und seinen fürsorglichen Blick kaum von ihr lassen konnte. Omili hatte ihre Perlenkette umgelegt und die kleinen dazugehörigen Ohrringe angesteckt, die Opapa ihr vor Jahren einmal zum Hochzeitstag geschenkt hatte.

Kerstin saß neben Amma, die sich ausgesprochen fein gemacht hatte für dieses große Ereignis. Auf ihrem ergrauten Haar thronte ein taubenblauer Hut, dessen Sitz sie in regelmäßigen Abständen besorgt überprüfte. Zur Feier des Tages hatte sie die geschwollenen Füße in ihr feinstes Schuhwerk gezwängt, mattgelbe flache Pumps, mit schillernden Pailletten besetzt. Ihre breite Brust wogte vor Aufregung um das Bevorstehende. »Ihr Kind« würde heiraten, die Nasdrubbeltrina, Ammas geliehenes Mutterglück auf Lebenszeit. Ihr Gesicht war vor Freude gerötet. Amma leuchtete.

Gunnar sah in seinem schwarzen Smoking mit roter Fliege fast wie verkleidet aus, als hätte er den Kostümfundus der Schule geplündert. Doch diese Tatsache war genau nach seinem Geschmack. Sein theatralisches Gemüt schrie nach dem entsprechenden Beiwerk, denn immerhin sollte er die ehrenvolle Aufgabe übernehmen, Mia durch den Mittelgang zu führen, um sie am Altar an den wartenden Bräutigam zu übergeben.

Jakob war über die Maßen nervös. In seinem schwarzen Anzug und dem glänzend weißen Hemd sah er umwerfend aus und erstaunlicherweise noch jünger als sonst. Hier am Altar stand ein scheuer Junge, dem von den gestrengen Eltern auferlegt worden war, sich gemäß der Größe des Anlasses gefälligst auch gebührend zu kleiden. Noch fühlte er sich nicht wirklich wohl in seiner Haut und ersehnte Mias »Auftritt« mit jeder Faser seines Herzens, als könne sie ihn retten.

Und dann war sie da.

Jakob blieb die Luft weg. Wie eine zierliche Blumenkönigin schritt Mia an Gunnars Seite in ihrem luftigen wippenden Kleidchen auf ihn zu, seinen Wiesenkranz auf dem stolz erhobenen Haupt.

»Wie schön sie ist,« dachte Jakob und konnte es nicht fassen.

In der Mitte des Ganges blieb Mia plötzlich abrupt stehen und Gunnar schaute sie besorgt von der Seite an. Doch Mia streifte nur ihre kleinen weißen Schuhe ab, schob sie mit einem energischen Ruck in die nächstgelegene Bankreihe und schritt weiter voran – barfuß, geerdet und ganz nah bei sich. Ihre roten Fußnägel schimmerten. Jetzt konnte sie den Boden unter ihren Füßen spüren. Jetzt konnte sie sicher sein, dass dies alles wirklich geschah.

Jakob verschlang sie mit den Augen und hätte sie am Liebsten auf der Stelle federleicht hochgehoben und quer durch die Stadt in sein »Lotterbett« getragen. Statt dessen sah er ihr mit großem Ernst in den Augen entgegen.

Mia blieb vor ihm stehen und blickte ihn lange an. Ihr Blick war wie ein Bann:

»Hier bin ich und vertraue mich dir an. Geh kostbar mit mir um, so wie ich es mit dir tun werde.«

Dann drehten sie sich zum Altar, ihre Schultern und Arme berührten sich wie züngelnde Flammen, und sie ließen sich ein auf das, was nun mit ihnen geschah.

Beim Ja-Wort, das Mia mehr jubelte als sprach, wibbelte sie wie ein kleiner praller Gummiball leicht und schnell auf und nieder, als könne sie es gar nicht erwarten, sich sofort und gleich in dieses neue Leben zu stürzen. Jakob hingegen musste sich erst einmal räuspern, um überhaupt einen Ton heraus zu bringen. Die Größe des Augenblicks hatte sich wie ein Reibeisen auf seine Stimme gelegt.

Für den Hochzeitskuss stellte Mia sich auf ihre starken Zehenspitzen und küsste ihren Jakob, der nun zu ihrem Für-Immer-Und-Ewig-Mann geworden war, schwindelerregend und nicht enden wollend.

Amma weinte unentwegt und auch Omili wurde von schmerzlicher Rührung überwältigt. Opapa hielt sie bei der Hand und verbarg seine heftigen Gefühle hinter einer Maske distanzierten Wohlwollens. Wie es da drin in ihm aussah, ging niemanden etwas an.

Der Auszug aus der Kirche glich einem Triumphmarsch. Braut und Bräutigam strahlten um die Wette, und als sie ins Freie traten und in die Sonne blinzelten, fielen sie sich glücklich und lachend in die Arme. Sie hatten es geschafft.

***

Beim großen Festschmaus war Omili nicht mehr dabei. Sie verabschiedete sich liebevoll vom glücklichen Brautpaar und ließ sich erschöpft und erleichtert, durchgehalten zu haben, nach Hause bringen.

Als sie endlich von ihrer Pflegerin versorgt, verarztet und in ihr Bett gelegt worden war, konnte sie dennoch nicht sofort einschlafen. Die Bilder des Tages glitten an ihr vorüber, sie sah erneut diese beiden schönen jungen Menschen vor ihrem inneren Auge und malte sich deren weiteres Leben aus, an dem sie nicht mehr würde teilhaben können. Ein unerträglicher Schmerz überrollte sie, doch sie war gewillt, sich darüber zu freuen, dass sie wenigstens den heutigen Tag noch hatte miterleben dürfen.

Als der Schlaf endlich nach ihr griff und die bleischwere Erschöpfung von ihr nahm, war ihr letzter Gedanke noch, dass sie jetzt loslassen konnte. Sie hatte die Dinge in Ordnung gebracht. Nun konnte sie gehen.

Stunden später schlich Opapa auf Zehenspitzen ins Schlafzimmer und legte sich behutsam neben Omili. Er hatte den Eindruck, dass sie ruhiger und friedlicher atmete als sonst.

***

Da Hanni für diese eine Nacht bei Fabian unterkommen würde, der sich extra ein Klappbett in den Schreinerschuppen gestellt hatte, um Hanni sein Bett überlassen zu können, konnte Jakob zu später Stunde endlich seine frisch ihm anvertraute Ehefrau über die Schwelle seiner kleinen Wohnung tragen und sie behutsam auf dem »Lotterbett« niederlegen.

Als sie erlöst, erschöpft und angefüllt mit tiefem Vertrauen in die Zukunft beieinander lagen, fragte Mia mit einem frechen Glitzern in den Augen:
»Na, mein matter Ehegatte? Bist du platt?«
Jakob kitzelte sie durch, bis sie wimmernd um Gnade flehte, und sie balgten sich, übermütig wie zwei junge Hunde, in ihrem Lotter-Ehebett.

HANNI UND FABIAN

Als Hanni zu Hause angekommen war, konnte sie es kaum erwarten, sich endlich in ihr Zimmer zurück zu ziehen. Wie immer hatte niemand sie gefragt, wie es ihr ergangen war und was sie in den letzten drei Tagen erlebt hatte. Dass ihre beste Freundin heiraten würde, hatte ihre Mutter lediglich am Rande zur Kenntnis genommen, doch wie sich das für Hanni anfühlte, interessierte sie nicht wirklich. Sie war froh, dass die Tochter endlich wieder zu Hause war und nun wieder zur Verfügung stand.

Hanni ließ sich auf ihr Bett fallen und schloss die Augen. Sofort war er wieder da, der intensive Blick von Fabian, als er zu später Stunde in seinem winzigen Häuschen neben ihr gesessen hatte und sie aus unerfindlichen Gründen plötzlich angefangen hatte, von ihrem schwierigen Leben zu erzählen.

Eigentlich hatte Fabian, als sie nach der Hochzeit in seinem Zuhause angekommen waren, Hanni nur kurz einweisen wollen, wo sie frisches Bettzeug und Handtücher finden konnte, bevor er sich auf sein Klappbett im Schreinerschuppen zurück zog. Doch Hanni war von seinem kleinen Anwesen und diesem so hübsch hergerichteten Häuschen so angetan, dass sie ihn bat, ihr zu erzählen, wie er an dieses Juwel geraten war. Unwillkürlich waren sie noch im Stehen so ausführlich ins Plaudern geraten, dass sie schließlich eine Kanne Tee gekocht und sich gemütlich aufs Sofa gesetzt hatten.

Ihr war, als hätte jemand mit einem lauten Knall den Korken aus einer massiv unter Druck stehenden Flasche gezogen. Noch niemals zuvor hatte Hanni sich einem fremden Mann so offenbart.

Fabians gütige braune Augen ruhten auf ihr, ernsthaft und konzentriert, als könnten sie in ihr Innerstes vordringen, genau an die Stelle, an der die Wahrheit saß. Sein stilles Zuhören ermutigte sie auf wundersame Weise, sich voller Vertrauen preis zu geben und von der wahren Hanni zu erzählen, die sie bis dahin verborgen gehalten hatte, als müsse sie sie schützen.

Schonungslos berichtete Hanni von all den schweren Jahren, in denen sie bis zur Erschöpfung versucht hatte, ihre Familie in irgendeiner Weise zusammen zu halten. Sie sprach von der immensen Verantwortung, die sie viel zu früh hatte tragen müssen, von der Angst, ihre Brüder könnten Schaden nehmen, weil es außer ihr praktisch niemanden gab, der ihnen für ihre jugendlichen Belange liebevoll und interessiert zur Verfügung stand. Sie sprach von ihrer Sorge um ihre dauererschöpfte Mutter, die eigentlich zu nichts weiter mehr in der Lage war, als sich von einem Tag in den nächsten hinüber zu retten. Hanni erzählte von ihrer Liebe zu ihrem Vater, von der sie allmählich nicht mehr wusste, ob sie allein dem Mitleid entsprang, das sie für sein verkorkstes Leben empfand. Doch sie sprach auch von der Wut auf seine Unfähigkeit, sich aufzurichten und nach neuen Wegen zu suchen. Selbst die Tatsache, dass er, wenn er zu viel getrunken hatte, wiederholt versucht hatte, ihr an die Brust zu fassen, bis sie ihn mit einem tödlichen Blick in seinem Tun gebremst hatte, ließ sie nicht aus.

Fabian erfuhr, dass es Hanni bis jetzt nie gelungen war, zu einem Mann eine wirkliche Beziehung aufzubauen. Sie vertraute ihm an, dass jeder, dem sie diesbezüglich begegnet war, ausschließlich Interesse an ihrem reizvollen, sinnlichen Körper gehabt hatte. Selbst wenn sie in der Stadtbäckerei hinter der Theke stand, wurde sie viel zu oft von etlichen Kunden grenzwertig angesprochen, als würden ihre üppigen Formen sie für zweideutige Kommentare ungestraft zum Abschuss freigeben.

Unter Fabians wohlwollendem und klugem Blick fiel es ihr erstaunlicherweise auch nicht schwer, von ihrem Anteil an dieser Misere zu sprechen. Sie gestand ihm, dass sie sich wie in einem niemals endenden Teufelskreis befand: eigentlich verabscheute sie es, allein auf ihr dralles Aussehen reduziert zu werden. Dennoch war es genau das, was sie zur Schau stellte, wenn sie sich danach sehnte, wahrgenommen zu werden. Was sonst hätte sie denn bieten sollen, um auf sich aufmerksam zu machen. So war bei genauerer Betrachtung letztendlich sie allein die Ursache für das von ihr so verhasste Verhalten anderer ihr gegenüber – ein festgefahrener, lang einstudierter Mechanismus, ein Trampelpfad verhängnisvoll miteinander verknüpfter Verhaltensweisen.

Hanni ließ auch die Tatsache nicht aus, dass sie noch nie wirkliches Vergnügen beim Zusammensein mit einem Mann empfunden hatte. Nach ihrer Erfahrung hatte es bis jetzt jedem Mann genügt, sich von ihr das zu holen, was er sich von ihrem Körper versprach. Was für sie dabei abfiel, interessierte nicht, und da sie es gewöhnt war, im Bett die von Lust geschüttelte Traumbombe zu geben, hielt sich auch keiner lange damit auf, sich um ihre Bedürfnisse zu kümmern.

Fabian erfuhr von der überwältigenden Einsamkeit, die sie jedes Mal fest im Griff hatte, wenn sie danach ihre Kleider zusammenraffte und erschöpft und leer in ihr freudloses Zuhause zurück taumelte. Ihm gestand sie, dass für sie dann immer ihr Schlafanzug der Inbegriff des wieder bei sich Angekommen-Seins war, dieser weiche, meist schon etwas abgewetzte, von tröstlichem Mief durchzogene Hafen, der Wärme und Geborgenheit versprach. Schon auf dem Heimweg dachte sie voller Sehnsucht nur noch das Wort: »Bubsch«, und konnte es kaum erwarten, ihn überzustreifen. In ihm kehrte sie zu Hanni zurück, der wahren, der bangen und verletzlichen.

Der Morgen brach bereits herein und durchflutete das kleine Wohnzimmer mit mattgelbem Licht, als Hanni urplötzlich von einer überwältigenden Müdigkeit erfasst wurde. Vollkommen erschöpft von dem, was sie von sich preisgegeben hatte, als hätte sie ihr Innerstes nach außen gestülpt, konnte sie nur noch murmeln:
»Schlafen!«

Fabian eilte in seinen kleinen Schlafraum, um das Bett frisch zu beziehen, während Hanni ins Bad verschwand. In ihrem ausgeblichenen Schlafanzug, mit bunten von Sternchen umwaberten Einhörnern bedruckt, wirkte sie auf ihn wie ein rundes kleines müdes Kind. Als sie selig in den Kissen lag, sagte sie nur:
»Bleib! Bitte!« und schaute ihn so inbrünstig an, dass er die plötzlich in ihm aufsteigende Panik im Keim erstickte, ins Badezimmer eilte und sich dann vorsichtig zu ihr legte, als könne sie zerbrechen, wenn er sich zu heftig bewegte.

Hanni schmiegte sich zufrieden seufzend an ihn, einen Arm um ihn gelegt, den Kopf auf seiner Brust, und war schon im selben Moment eingeschlafen.

Hellwach lag Fabian da und wagte nicht, sich zu rühren. Er spürte der unfassbaren Wärme ihres Körpers an seiner Seite nach und war erleichtert, dass sie so fest schlief. Wie sonst hätte er die sichtbare und spürbare Erregung, die ihn erfasst hatte, vor ihr verbergen können.

Das, was er von ihr erfahren hatte, wirbelte durch seinen Kopf. Er fühlte sich beschenkt durch ihr Vertrauen, doch in gleichem Maße war er verunsichert, wie er ab jetzt mit diesem Schatz, den sie ihm anvertraut hatte, umgehen sollte. Nun würden sie sich für immer nahe stehen, weil er so viel über ihr innerstes Fühlen wusste. Ihm war, als hätte er mit diesem Wissen die Verantwortung für sie übernommen, als hätte er ab jetzt dafür zu sorgen, dass ihre Seele unversehrt blieb. Würde er dem gerecht werden können?

Die Bilder des vergangenen Tages tauchten vor ihm auf, sein glücklicher Freund, der mit Mia seine Lebensliebe gefunden zu haben schien, der anrührende Moment, als diesem beim Ja-Wort die Stimme versagte, die konzentrierten Gesichter der beiden Liebenden, als sie sich mit großer Zärtlichkeit die Ringe übergestreift hatten.

Fabian sah seine Eltern, die nach Kräften bemüht gewesen waren, dem Traurigen, das trotzdem über dem Ganzen lag im Angesicht von Omilis bevorstehendem Tod, die Schärfe zu nehmen, indem sie die anschließende Feier mit hinreißenden Ideen und Darbietungen zu einem unvergesslichen Erlebnis machten.

Er sah Jakobs Großvater, der eine kluge und sehr witzige Rede gehalten hatte zu Ehren des Brautpaares. Jakobs eigenwillige Art, die ihn schon als Kind unverwechselbar gemacht hatte, bot genügend Stoff für zahlreiche Anekdoten, die alle zu demselben Ziel führen sollten: Mia darauf hinzuweisen, dass es ihr an seiner Seite wohl kaum je an Unterhaltung mangeln würde und dass sie am Besten schon vom heutigen Tag an die Hoffnung aufgeben sollte, ihren seltsamen Mann je zu verstehen. Es war offensichtlich, dass Mia dieser Hinweis beglückte. Ihr inniger Kuss sprach Bände. Fabian bewunderte Opapas Kraft und Seelenstärke. Im Angesicht dessen, was ihm unmittelbar bevorstand, zeugte es von viel Disziplin, eine solche Ansprache so aufrecht und heiter zu bewerkstelligen.

Fabian hatte die gesamte Hochzeitsfeierlichkeit hindurch nur wenig gesprochen, war aber mit Leib und Seele dabei. Für Mia und Jakob hatte er zwei wunderschöne Marionetten geschnitzt, die er in einer kleinen Darbietung präzise zum Leben erweckte. Zusammen mit Friederike hatte er schwarze Fahrradluftpumpen an die Decke des Raumes gehängt, in Anlehnung an Jakobs unglückselige Geigen/Luftpumpen-Vorstellung damals in der ersten Klasse, die letztendlich zu ihrer Lebensfreundschaft geführt hatte.

»Der Himmel voller Geigen«, so hatte er sich an das glückliche Brautpaar gewandt. »Wenn das kein gutes Omen für euren gemeinsamen Lebensweg ist!«

Dieser Wunsch kam aus der tiefsten Tiefe seines Herzens.

***

Irgendwann musste Fabian wohl doch in einen unruhigen Schlaf gefallen sein, denn ein paar Stunden später schreckte er hoch, weil Hanni neben ihm stand, barfuß und zerzaust, und ihm eine große Tasse Kaffee entgegenstreckte. Ihr Strahlen nahm ihm die Luft. Als sie völlig unbefangen zu ihm zurück ins Bett schlüpfte, wurde er abwechselnd von einem ungläubigen Glücksgefühl und von heimlicher Erregung erfasst. So saßen sie nebeneinander, gemütlich ein Kissen im Rücken, die Füße übereinander gelegt, und Hanni plauderte in bester Laune über Gott und die Welt.

Erst am Nachmittag begleitete Fabian Hanni zum Bahnhof. Als sie am Gleis standen und der Abschied nahte, erschien es ihm plötzlich undenkbar, jetzt wieder ohne sie sein zu müssen. Hanni hatte sein Leben erhellt und der Gedanke an seinen einsamen Schreinerschuppen löste zum ersten Mal ein Gefühl von Beklemmung in ihm aus.

Auch Hanni war plötzlich ganz still geworden. Ihr Blick war ernst, als sie sich schließlich auf die Zehenspitzen stellte, um ihn sehr sanft, sehr weich und innig zu küssen. Fabian schloss die Augen und ließ es mit sich geschehen.

Im Nachhinein konnte er nicht mehr sagen, wie er nach Hause gefunden hatte. Sein Innerstes war in Aufruhr.

Im Häuschen sah er die beiden Frühstücksteller auf dem Küchentisch stehen, und die verlassenen Kaffeetassen, die Zeugnis davon ablegten, dass er nicht allein gewesen war. Im Schlafzimmer sah er auf die beiden Kissen und die Kuhle, die ihr prachtvoller und fester Körper im Bett hinterlassen hatte.

Ein solches Elend ergriff ihn, dass es ihm den Hals zuschnürte. Fabian legte sich hinein in diese verlassene Grube, als könne er auf diese Weise Hannis Wärme noch für eine Weile für sich festhalten. Er versuchte, an ihrem Kissen ihren Duft, der ihn an frisch gepflückte Pfirsiche erinnerte, fest zu machen, doch er konnte ihn nicht greifen. Hanni war weg und das Erlebte würde sich im Laufe der Zeit in diffuse Nebelfetzen auflösen, würde verwässern und irgendwann im Nichts zerrinnen, als wäre es nie geschehen. Was hätte er darum gegeben, diesen einen einzigen Kuss noch einmal zu erleben.

18

Mit Omili ging es eindeutig zu Ende. Im Wohnzimmer war Platz geschaffen worden für ein Krankenbett, weil sie es nun nicht mehr schaffte, im Sessel zu sitzen und weil es für sie viel zu belastend geworden war, weiterhin die Treppen bis zum ehelichen Schlafzimmer hinauf- und hinuntergetragen zu werden.

Jakob hatte sich von der Arbeit freistellen lassen und wachte abwechselnd mit Opapa Tag und Nacht an ihrem Bett. Omili schlief viel und wenn sie wach war, wechselten ihre Stimmungen von schrecklicher innerer Unruhe bis hin zu geduldigem Warten.

»Es ist seltsam,« sagte sie in den guten Phasen, »aber ich bin neugierig, ja, fast euphorisch, wie es sein wird ...« Und damit meinte sie das Sterben und den Übertritt in das ewige Leben, wie sie es nannte.

Dann wieder wurde sie von der Trauer des bevorstehenden Abschieds überwältigt. Sie starrte mit leerem Blick in die Ferne, ihre Hände flatterten auf der Bettdecke, als suchten sie Halt, und zornige Tränen liefen ihr über die Wangen.

Nach zwei Tagen fiel sie mehrmals am Tag in einen fast unnatürlichen Tiefschlaf, ihr Atem rasselte, ihr Mund stand offen und ihre Nase war ganz spitz. Dann glaubte Jakob jedes Mal, jetzt ginge es zu Ende, doch sie tauchte immer wieder auf, lächelte ihn verschwommen an, rief gepresst: »Ja! Ja!« und griff dabei mit unruhigen Händen ins Leere, bis Jakob ihre Hände mit seinen umschloss und ihr damit Halt gab.

Am letzten Morgen, als Jakob nach ein paar wenigen Stunden Schlaf seinen vollkommen entkräfteten Großvater ablösen wollte, nahmen sie plötzlich eine Veränderung im Raum und um Omili herum wahr. Ihnen wurde schlagartig klar, dass sie jetzt in eine andere Stufe eingetreten war und Jakob konnte es direkt auf seiner Haut spüren, wie sie sich immer weiter entfernte.

Plötzlich sagte sie nur:

»Seltsam.«

Dann wurde sie ganz still.

»Was siehst du?« dachte Jakob bewegt und sah sein Omili an, das weit weit weg war und immer tiefer sank. Nach einem fast erschreckend lauten tiefen Atemzug folgte länger nichts, dann nochmal und nochmal. Und dann blieb Omilis Leben einfach stehen.

In Jakob und Opapa breitete sich Stille aus. Kein einziges Weinen stieg in ihnen auf, nur Demut und Ehrfurcht vor diesem Großen, Elementaren, Unbegreiflichen, das sie soeben erlebt hatten. Sie wagten nicht, sich zu rühren, saßen einfach nur da und spürten dem nach.

Nach einer Weile ging Jakob zum Fenster und öffnete es weit. Omilis Seele sollte ungehindert den Weg nach draußen finden.

Jakob nahm Opapa fest in den Arm und dann ließ er ihn mit Omili allein.

An Mia schrieb er nur:

»Komm.«

***

Als sie endlich mit dunklen schreckgeweiteten Augen vor ihm stand, versagten Jakob die Beine. Mia nahm ihn still und kraftvoll in die Arme und plötzlich stieg ein kehliges Schluchzen in ihm hoch.

»Ich weiß, Jakob, ich weiß,« sagte Mia nur und diese wenigen zärtlichen Worte stülpten sein gesamtes Inneres nach außen. Als hätte jemand ein Schleusentor geöffnet, stürzte eine Urgewalt an Weinen aus ihm hervor, dass es ihn wegriss und er zusammen mit Mia auf den Flurboden sank. Es schüttelte ihn durch, sein Wehklagen füllte jeden Winkel seines Fühlens aus und Mia hielt ihn fest, zusammengekrümmt auf dem honiggelben Teppich.

Lange kauerten sie so beieinander, auch als Jakobs Schluchzen langsam abebbte und nur noch ein kleines Wimmern in ihm übrig geblieben war. Mia küsste langsam und innig jede einzelne Träne von seinen Wangen und Jakob hielt stille, mit geschlossenen Augen.

Dann gingen sie rüber zu Omili.

An der Türschwelle blieben sie stehen, denn ihnen bot sich ein Bild von so großer Intimität, dass sie nicht sicher waren, ob sie eintreten sollten.

Opapa hatte sich zu Omili ins Bett gelegt und ihren zerbrechlichen Körper mit beiden Armen umschlungen. Den Kopf hatte er an ihre Wange geschmiegt und vollkommen lautlos liefen ihm die Tränen über das Gesicht. Er hatte die Augen geschlossen und lag so still, als wäre er zusammen mit Omili gestorben.

Omilis Hände wirkten durchscheinend, fast wie aus Glas, und ihre Finger waren spitz zulaufend und wie aus durchsichtigem Wachs geformt.

»Das ist sie nicht mehr«, dachte Jakob und schaute in ihr Gesicht, das ihm unbewohnt vorkam, wie eine verlassene Hülle.

Mia nahm ihn bei der Hand und sie traten ans Bett.

»Darf ich was singen?« fragte sie nach einer Weile flüsternd und Jakob nickte.

So hob Mia an zu singen, pur, klar und glockenhell:

»Hebe deine Augen auf zu den Bergen, von welchen dir Hilfe kommt.«

Und Opapa öffnete die Augen und lauschte gebannt. So fanden sie Trost.

***

Fünf Tage später wurde Omili zu Grabe getragen und durfte an der Seite ihrer geliebten Tochter ihren Frieden finden.

In der Stadtkirche direkt neben dem Friedhof stand ihr heller Sarg, dessen Blumenschmuck Jakob auf vollendete Weise zusammengestellt hatte. Omili hatte ihren Bauerngarten so geliebt und so hatte Jakob sich bemüht, die schönsten Sommerblumen in bunter Vielfalt auf dem Sarg zu drapieren. Rund herum flackerten viele kleine Kerzen und Mia hatte Rosenblätter verstreut.

Opapa hatte sich gewünscht, dass Mia singen sollte und Gunnar begleitete sie auf dem bereitgestellten Klavier. Das »Gelobet, gelobet sei, der da kommt«, sang Mia im Duett mit Friederike, die für Omili auch ein anrührendes Stück auf der Geige spielte. Fabian hatte seine Mundharmonika mitgebracht und die gesamte Trauergemeinde hielt den Atem an, als seine einsamen, zitternden Töne herzzerreißend im Raum zu schweben schienen.

Die ganze Feierlichkeit hindurch saß Opapa kerzengerade auf seinem Stuhl, mit unbewegter Miene und versteinertem Gesicht. Jakob neben ihm wirkte fast wie ein großes verwirrtes Kind, an dem die Ereignisse vorüber rauschten, ohne dass es so richtig begreifen konnte, was hier passiert war. Wenn Mia sich nach dem Singen wieder neben ihm niederließ, griff er jedes Mal so fest nach ihrer Hand, dass es schmerzte.

Als das Totenglöckchen Omilis letzten Gang ankündigte, hakte Mia links den fassungslosen Opapa und rechts ihren verstummten Jakob ein und schritt mit ihnen kraftvoll und entschlossen hinter dem Sarg her, zu der wartenden Grabstätte unter der großen Linde. Das, was Opapa und Jakob heute an Seelenstärke fehlte, fand sie in sich selbst verdreifacht vor. Sie würde in der Lage sein, das, was Omili ihr aufgetragen hatte, zu erfüllen: Sie würde sich um Opapa kümmern und sie würde Jakob glücklich machen. Das war ein gutes Gefühl.

***

In den Wochen danach gab es viel zu tun. Mia und Jakob gingen bei Opapa ein und aus und halfen ihm bei den anfallenden Formalitäten und Behördengängen. Für alle war es hilfreich, dass es so viele Dinge zu beachten und zu erledigen gab, und fast täglich kamen Bekannte und Freunde vorbei, um Opapa ihre Hilfe anzubieten und ihn für ein paar gemeinsame Stunden von dem Geschehenen abzulenken.

Im Laufe der Zeit flatterten jedoch nur noch vereinzelte Kondolenzbriefe ein, der Besucherstrom ließ allmählich nach und auch die Blumen, die in zahllosen Vasen ihren Duft im gesamten Haus verströmt hatten, waren verwelkt und entsorgt worden. Der Alltag brach sich gnadenlos Bahn.

Opapa wurde von dem Gedanken gepeinigt, dass sich im Laufe der Zeit für die meisten langsam Vergessen über Omilis

Tod legen würde und dass außerhalb der Familie bald gar niemand mehr ihrer gedachte. Für ihn hingegen blieb es schwer zu begreifen, dass die Erde weiterhin unbeeindruckt ihre Kreise zog, als wäre nichts geschehen, und dass alles, was er sah und hörte, von Omili nicht mehr gesehen und gehört werden konnte. Sie war einfach nicht mehr da und trotzdem musste er sein und leben und fühlen, mit dieser riesengroßen Lücke an seiner Seite.

Manchmal wäre er am Morgen am Liebsten gar nicht mehr aufgestanden, um sich in endlosem Dämmerschlaf in seine Erinnerungen einzuspinnen und Omili dabei nahe zu sein. Doch er war ein disziplinierter Mann und saß, wie in all den Jahren zuvor, pünktlich und wie aus dem Ei gepellt am Esstisch, um zu frühstücken und danach sein Tagewerk zu beginnen.

Die langjährige Haushälterin hielt die häuslichen Verrichtungen auch weiterhin zuverlässig in Ordnung und sorgte vor allem mit der Regelmäßigkeit der Mittagsmahlzeit für eine gewisse Struktur, die Opapa aufrecht hielt.

Ihr war nicht entgangen, dass er manchmal vor sich hin murmelte und in heimliche Zwiesprache mit Omili abtauchte. Auch war ihr aufgefallen, dass er manches, was früher ganz klar Omilis Part gewesen war, nun wie selbstverständlich übernahm.

Bei Fernsehfilmen musste Opapa zu seinem großen Erstaunen plötzlich öfters weinen, obwohl er immer etwas herablassend über Omili gelächelt hatte, die sich bei rührseligen Stellen allzu schnell lautstark hatte schnäuzen müssen. Auch hatte es ihn immer in Rage gebracht, dass Omili, kurz bevor sie aus dem Haus gingen, jedes mal akribisch und langwierig nach dem Hausschlüssel in ihrer Manteltasche getastet hatte, um auch wirklich sicher zu gehen, dass er dort war. Jetzt erwischte er sich dabei, dass er niemals die Tür hinter sich zuzog, ohne sogar mehrfach seine Taschen zu überprüfen.

»Das hast du mir dagelassen, Mockerle«, dachte er dann und wandte den Blick zu den Wolken, die vereinzelt und verwischt den ansonsten blauen Himmel sprenkelten. Er musste lächeln bei der Vorstellung, dass seine liebste Liebe jetzt von dort auf ihn herabsah und sich diebisch freute, weil sie ihm in diesem Punkt endlich mal eins ausgewischt hatte.

Wenn Mia kam, ging es Opapa gut. Sie klapperte schon beim Eintreten verschmitzt und vielversprechend mit dem Säckchen voller Rummikubsteine und so saßen sie stundenlang auf der Terrasse und spielten eine herrliche Runde nach der anderen. Opapa war ein ehrgeiziger Spieler und konnte sich wie ein Kind freuen, wenn es ihm gelungen war, Mia zu besiegen. Lachend schaufelte sie dann mit gespielter Entrüstung die Steinchen wieder zusammen, um die nächste Runde einzuläuten.

Während dessen schuftete Jakob unermüdlich in Omilis Garten. Es war ihm ein großes Anliegen, ihn auch weiterhin so prachtvoll und üppig am Blühen zu halten. Sorgfältig beschnitt er die überquellenden Rosen am großen Pavillon, hielt die Beete in Ordnung und pflanzte hin und wieder neue bunt blühende Stauden, an denen Omili ihre helle Freude gehabt hätte.

Ins Zentrum der Dinge setzte er eine wunderschöne japanische Hängekirsche – seinen Omilibaum – die im nächsten Frühjahr mit ihren hunderten von zartrosa Blüten über Wochen Opapas Herz erfreuen würde.

Fabian hatte eigens für diesen lauschigen Platz eine selbstgezimmerte Bank herangeschleppt und so wurde dieser stille Ort in seiner anrührenden wilden Schönheit zu einem Ruhepol für Opapa, wenn sein Herz allzu sehr in Aufruhr geraten war. Hier konnte er sich niederlassen und seinen Seelenfrieden wiederfinden. Manchmal nahm er ein Buch mit und las Omili verstohlen flüsternd die schönsten Stellen vor. Das hatte sie immer so geliebt.

Ab und zu nahm Jakob ein paar besondere Steine aus seiner Sammlung mit zu Opapa und legte sie wie eine kostbare Leihgabe für ein paar Wochen am Omilibaum nieder. Omili sollte auch weiterhin teilhaben an ihrer aller Leben.

Beim sonntäglichen Mittagessen mit Opapa erweckte Jakob das Wörterspiel, das er vor über zwanzig Jahren als kleiner Junge so gerne mit seiner Mutter gespielt hatte, wieder zum Leben. Opapa konnte sich völlig vergessen auf der Suche nach dem wirklich allerlängsten Wort und manchmal konnten sie sich vor Lachen nicht halten:

»Kriminalhauptkommissarsassistent.«

»Wiederbeschaffungsmaßnahmenkatalog.«

»Katastrophenschutzkleidungsaufbewahrungsstelle.«

Auch bei diesem Spiel wollte Opapa der Sieger sein, doch Jakobs unschlagbare Fähigkeit, wahre Wort-Ungetüme aus sich heraus zu holen, stellte ihn auf eine harte Probe. So siegte Jakob auch diesmal mit seinen 13 Silben und wurde von Mia kichernd zum Wortungetümwettbewerbsobersieger ernannt.

Sie waren ein gutes Team.

Dennoch spürte Mia einen Schatten in Jakobs Gemüt. Sein nachdenklicher Blick, der immer wieder auf Opapa ruhte, war prüfend und sorgenschwer.

»Irgendwas ist anders,« dachte sie. Ihr war, als hätte sich etwas zwischen Jakob und seinen Großvater geschoben, etwas Großes, Entscheidendes. Doch sie konnte es nicht benennen.

HANNI und FABIAN

H anni kommt!«
  Nichts anderes mehr als nur diese zwei Worte hatten in Fabians Denken Platz. Er konnte es nicht fassen.

Die vergangenen Wochen war er wie ferngesteuert seinem Tagewerk nachgegangen. Noch nie war es ihm so schwer gefallen, Stunde um Stunde in seinem stillen Schreinerschuppen zu sitzen, um die Aufträge, mit denen er mittlerweile immer öfter seinen monatlichen Lebensunterhalt abzudecken in der Lage war, auszuführen. Seit ihrer intensiven Begegnung stand seltsamerweise alles, was er erschuf, in Zusammenhang mit Hanni, die aus seinem Bewusstsein einfach nicht mehr wegzudenken war.

So wurde das Schaukelpferd, das ein Waldorfkindergarten bei ihm in Auftrag gegeben hatte, in seiner Phantasie plötzlich zum Spielzeug ihres gemeinsamen Kindes.

In die Züge etlicher seiner neu angefertigten Handpuppen schlich sich Hannis Gesicht und Hannis prachtvolle Rundungen wurden zur liebevollen Vorlage seiner hölzernen Eisbären, Braunbären oder Koalas. Wenn er ihre Leiber zum Abschluss mit Wachsbeize versiegelte, um ihre Konturen noch schöner zur Geltung zu bringen, war ihm, als streichle er Hannis Körper an allen nur erdenklichen Stellen.

Für sie hatte er einen winzig kleinen Engel geschnitzt, mit sanftem Blick und segnenden Händen. Dieses Kleinod hatte in jeder Manteltasche Platz und sollte ihr Schutzengel werden. Unter seiner Obhut wäre sie vor schlüpfrigen Äußerungen und lüsternen Blicken geschützt.

Fast jeden Tag hatten sie sich geschrieben und manchmal auch telefoniert. Das Schreiben allerdings ging ihnen besser von der Hand, weil sich bei ihren Telefonaten das unausgesprochene Verlangen nacheinander in verhängnisvollem Schweigen äußerte. Für diese Gefühle fehlten ihnen einfach die Worte.

Beim Schreiben waren sie auf der sicheren Seite. Hier konnte Hanni sich in munteres Plaudern über ihren Alltag retten oder aber auch ausführlich die Befindlichkeiten ihrer komplizierten

Familie an Fabian weiter geben. Fabian wiederum fühlte sich sicher in der Rolle des reagierenden Zuhörers, der einfühlsam auf das von ihr Geschriebene eingehen konnte, ohne von sich und seiner eigenen aufgewühlten Gefühlslage etwas preisgeben zu müssen.

Nur seiner Mutter und Jakob hatte er von dem erzählt, was sich da an Gewaltigem in seinem Leben ereignet hatte. Kerstin hatte daraufhin ihren Sohn nur lang schweigend in die Arme genommen und ihr warmer Blick, der anschließend auf ihm ruhte, und das leise Lächeln, mit dem sie ihn betrachtete, sagten so viel wie: »Alles Glück dieser Welt.«
Sie hatten seitdem nie mehr darüber gesprochen, aber Fabian registrierte sehr wohl, dass seine Mutter, sobald sie sich begegneten, gleich in den ersten Minuten mit ihrem prüfenden Röntgenblick diskret abklopfte, wie ihm wohl zumute war. Ihm entging nicht, dass sie innerlich erleichtert aufatmete, wenn ihr klar wurde, dass es beim Stand der Dinge geblieben war. Er wusste, dass sie sich vor nichts mehr fürchtete, als ihn verzweifelt vorzufinden, weil sich seine Hoffnungen zerschlagen hatten.

Mit Jakob hatte er ausführlich über das, was geschehen war, gesprochen und hatte ihm auch den körperlichen Aufruhr, in den Hanni ihn versetzt hatte, vertrauensvoll geschildert. Während des Erzählens rauschte ihm wieder das Blut in den Adern, weil die Erinnerung an Hannis weichen und warmen Körper an seiner Seite und die Erinnerung an ihren innigen Kuss ihm erneut den Atem nahm.

Omilis Tod durchbrach erst einmal das sehnsuchtsvolle Dahindämmern in schwelgerischen Tagträumereien. Jetzt brauchte sein Freund seine volle Aufmerksamkeit und Fabian gelang es in den nächsten Wochen auch, sich konzentriert allein dem zuzuwenden, was nun erforderlich war. Wie hätte er seinen eigenen Verliebtheiten nachgehen können im Angesicht von Jakobs Schmerz über den Verlust seiner geliebten Großmutter.
Nur nachts, wenn Fabian allein in seinem Bett lag und der Schlaf nicht kommen wollte, wagte er es, sich den inneren Bil-

dern von dem, was sein könnte, hinzugeben. Dann presste er Hannis Kissen, das von nun an allein ihr gehörte, an seinen Leib und wünschte sich, sie wäre da.

***

Es war nicht einfach für Hanni, sich drei Tage frei zu machen. Ihr Wochendienstplan in der Bäckerei wurde immer recht knapp ans Schwarze Brett gepinnt und sie konnte nie sicher sein, ob das Wochenende frei blieb. Außerdem wusste sie, dass es immer mit Schwierigkeiten verbunden war, die Familie allein zu lassen. Wenn sie nicht als Puffer zur Verfügung stand, um die Streitigkeiten abzufangen, war ihr jüngster Bruder ungeschützt den Spannungen zwischen den Eltern ausgesetzt. Nachdem dann auch noch Omili gestorben war, hielt Hanni sich erst recht mit ihrem Wunsch, Fabian endlich wieder zu sehen, zurück. Ihr war klar, dass dies kein guter Zeitpunkt war, ihre gegenseitigen Gefühle zu erörtern oder gar in frischem Verliebtsein zu schwelgen.

So waren nach ihrer ersten Begegnung mit Fabian viele Wochen vergangen, bis Hanni nach einem Blick auf ihren Dienstplan endlich ein Wiedersehen in Erwägung ziehen konnte. Sie zögerte nicht lange und fragte Fabian kurzerhand mit klopfendem Herzen, ob sie ihn am Wochenende besuchen könne. Seine Antwort sprach Bände:

»Nichts könnte schöner sein.«

Hanni war in heller Aufregung. All das, was sie mit ihm erlebt hatte, hatte sie sich in den vergangenen Wochen immer und immer wieder von allen Seiten ins Bewusstsein gerufen, um für sich in Erfahrung zu bringen, wie es wohl um seine Gefühle für sie stand. Dass er ihr freundschaftlich verbunden war, daran hatte sie keinen Zweifel. Sie hatten sich ausgesprochen wohl gefühlt miteinander und seine bernsteinfarbenen Augen, die sie an einen treuen und zuverlässigen Bernhardiner erinnerten, hatten durchgehend wohlwollend auf ihr geruht. Zu keinem Zeitpunkt hatte sie den Eindruck gehabt, dass ihre ausführlichen Schilderungen ihn ermüdeten. Voller Empathie und wahrhaftigem Interesse hatte er ihr aufmerksam zugehört, und auch ihm war der Abschied nahegegangen, dessen war sie sich sicher.

Hanni durchlief ein Schauer, als sie an ihren Abschiedskuss dachte. Ihn zu küssen, war tief in sie hinein gefahren und hatte eine kurze heiße Welle in ihrem Bauch ausgelöst. Fast die ganze Zugfahrt hindurch hatte sie diesem Gefühl mit geschlossenen Augen nachgespürt, um es nicht so schnell wieder zu verlieren.

Hanni war irritiert und glücklich zugleich, dass Fabian während ihrer gesamten Begegnung so gut wie keine Reaktion auf ihren Körper gezeigt hatte. Das war sie nicht gewöhnt. Bei ihrem Kuss hatte er zwar innig die Augen geschlossen, aber er hatte sie nicht berührt. Hanni wusste nicht, ob sie das gut oder beunruhigend finden sollte. Der Gedanke, er könne ihren Körper womöglich abstoßend finden, peinigte sie. Dennoch war sie stolz darauf, dass sie nicht wieder in ihr altbekanntes Muster zurück gefallen war, sich zwanghaft aufreizend und verlockend zu gebärden, um zum tausendsten Mal bestätigt zu bekommen, dass sie begehrenswert war. Irgendwie ging das mit Fabian nicht.

Hannis Mutter war alles andere als begeistert, als sie erfuhr, dass Hanni verreisen würde.

»Dann fahr halt. Ich werde es schon irgendwie hinkriegen«, waren die harschen Worte, mit denen Hanni schließlich entlassen wurde. So saß vorerst ein dicker Kloß in ihrem Herzen und sie brauchte die halbe Zugstrecke, um ihre Sorgen um die Familie, die nun ganz ohne ihre Unterstützung klar kommen musste, beiseite zu legen. Das vertraute schlechte Gewissen hatte sie fest im Griff.

Je näher sie jedoch ihrem ersehnten Ziel kam, desto mehr gelang es ihr, die Gedanken an die Familie weg zu schieben und sich mit flatterndem Bauch auf das zu konzentrieren, was nun vor ihr lag.

Schon beim Einfahren des Zuges erspähte sie Fabian, der bereits nervös nach ihr Ausschau hielt. Ihr wurden die Knie weich. Als er sie hinter der Scheibe der Tür entdeckte, erhellte sich sein Gesicht und er lief neben dem langsam zum Stillstand kommenden Zug her, um sie nicht mehr aus den Augen zu verlieren. Hanni schossen vor Rührung die Tränen in die Augen.

Als sie dann jedoch vor ihm stand – endlich – wurde sie von

einer unerklärlichen Befangenheit gepackt. Fabian war mit hängenden Armen vor ihr stehen geblieben und schaute sie einfach nur an. Er brachte nicht mehr hervor als ein gekrächztes: »Hanni.«

»Warum nimmt er mich nicht in den Arm?« dachte sie.

Und Fabian dachte: »Halt dich zurück. Sie darf nicht merken, wie gerne du sie berühren würdest. Du darfst nicht so sein wie die anderen.«

So saßen sie sich in der Straßenbahn wie zwei scheue Kinder gegenüber. Fabian achtete darauf, dass ihre Knie sich nicht berührten, und um seine innere Erregung zu verbergen, starrte er verzweifelt schweigend aus dem Fenster. Hanni geriet ins Plaudern. Sie konnte gar kein Ende finden und es gelang ihr auf diese Weise, die Tränen der Verwirrung und Enttäuschung zurück zu halten.

Es war schön, in Fabians sommererblühtem Garten zu sitzen. Sie tranken eisgekühltes Zitronenwasser und aßen Lasagne, eines der wenigen Gerichte, die Fabian erfolgreich zu kochen in der Lage war.

Während sie noch auf das Essen im Ofen warteten, führte er sie in seinen Schreinerschuppen und nun geriet auch Fabian ins Plaudern und zeigte ihr begeistert seine angefangenen und fertigen Arbeiten.

Hanni war beeindruckt. Dennoch war das Herz ihr schwer.

Sie sah ihm zu, wie er mit seinen geschickten Händen liebevoll über die Rundungen eines bunten Schaukelpferdes strich. Sie sah den Glanz in seinen freundlichen braunen Augen, als er ihr zu erklären versuchte, wie es gelingen konnte, die individuelle Physiognomie eines Holzkopfes durch die passenden Gewänder endgültig zum Leben zu erwecken. Und sie sah seinen weichen und nachgiebigen Körper, der ihr bewusst machte, wie verletzlich er war.

»Er wird mein bester Freund sein«, dachte sie und beschloss, sich damit zu trösten. Sie wollte diese drei Tage genießen, dazu war sie wild entschlossen, auch wenn sie ganz offensichtlich anders verlaufen würden, als sie sich das erträumt hatte. Hanni zwang sich dazu, sich zu entspannen.

Beim Essen fanden sie Beide zu einer gewissen Leichtigkeit zurück. Beim Kaffee war es Hanni bereits so wohl, dass sie genüsslich den Kopf in den Nacken legte, die Augen schloss und lächelnd der Sonne auf ihrem Gesicht nachspürte. Fabian nutzte die Gelegenheit, sie ungeniert zu betrachten. Sein Blick strich über ihre barocken Züge, die vollen Lippen und ihre makellose Haut, die ihm wie Porzellan erschien. Er betrachtete verstohlen ihr atemberaubendes Dekolleté und ihren prächtigen Bauch, der, gestählt vom Bauchtanzen, hinter der eng anliegenden roten Bluse fest und sinnlich verborgen lag.

Eine seltsame Stimmung hing über diesem Nachmittag. So viel hatten sie sich zu sagen und so Vieles gab es, über das sie herzlich und in trauter Übereinstimmung lachen konnten. Fabian war in Hochform und erlebte sich als äußerst anregenden Gesprächspartner – eine ganz neue Erfahrung, die er in dieser Form noch nie gemacht hatte. Manchmal reichte es fast schon an Gunnars Erzähltalent heran, was er da zum Besten gab, und zwischendurch ertappte er sich sogar beim glücklichen Gedanke, dass sein Vater stolz auf ihn wäre, wenn er ihn so sehen könnte.
Auch Hanni hatte Einiges zu berichten aus ihrer Erfahrung mit ihren Kunden:
»Wenn ein Kunde sagt: *Einen Cappuccino bitte!* und ich ihn frage: *Groß oder klein?*, kannst du sicher sein, dass er sagt: *Mittel*.«
Fabian kicherte begeistert und Hanni setzte nach:
»Ganz herrlich sind auch die älteren Ehepaare. Wenn *er* strahlend verkündet: *Heute sind wir 40 Jahre verheiratet* und *sie* sich dann von ihm abwendet, um mir hinter vorgehaltener Hand zuzuraunen: *Schwer! Schwer!*, dann weißt du, wie unterschiedlich das Zusammenleben von ihnen wahrgenommen wird.«

Bei allem unbeschwerten Plaudern lag jedoch so viel Ungesagtes im Raum. Der Teppich munteren Erzählens konnte letztendlich das qualvolle Sehnen nacheinander nur bedingt überdecken. So arbeiteten ihre Köpfe völlig zweigleisig. Während Fabian amüsiert den lebendigen Schilderungen von Hanni lauschte, sah er gleichzeitig wie elektrisiert auf ihre schönen Lippen und schon war sie wieder da, die Erinnerung an ihren Kuss. Und wenn

Hanni interessiert den Anekdoten aus Fabians Kindheit zuhörte, sah sie zeitgleich auf seine kräftigen Hände und stellte sich die erregende Frage, wie sie sich wohl auf ihrem Körper anfühlten.

Die Zeit verging wie im Flug. Bis tief in die Nacht saßen sie im Garten, tranken gekühlten Weißwein und aßen Baguette, Oliven und Käse.

Langsam breitete sich beklommenes Schweigen zwischen ihnen aus, aber keiner von Beiden wagte es, an das Zubettgehen zu denken. Im Schreinerschuppen hatte Hanni kein Klappbett entdeckt und ging deshalb mit klopfendem Herzen, aber auch mit bangen Gefühlen davon aus, dass sie wieder das Bett teilen würden wie damals bei ihrer ersten Begegnung. Geschwisterlich und in Freundschaft vereint?

Endlich ergriff sie die Initiative und meinte gezwungen forsch: »Vielleicht sollten wir langsam schlafen gehen. Willst du wieder bei mir schlafen, wie beim letzten Mal, oder möchtest du lieber in den Schuppen gehen ...?«

Fabian nickte beflissen, räusperte sich und sagte etwas zu laut: »Ich glaube es ist einfacher, wenn ich mit zu dir schlüpfe. Es ist schon spät.«

»Jetzt weiß ich es. Er will mich nicht«, dachte Hanni und hätte am Liebsten geweint.

Und »Jetzt weiß ich es. Sie will mich nicht«, dachte Fabian. »Aber vielleicht ist das auch besser so. Dann kann ich sie nicht enttäuschen.«

Als Hanni aus dem Badezimmer trat, mit glänzend frisch eingecremten Wangen, in einem abgewetzten Frotteeschlafanzug mit einem pfiffigen Snoopy auf der prächtigen Brust, wurde Fabian von zärtlichen Gefühlen überrollt. Doch er stieg fast ruppig in seine Betthälfte, drehte sich von Hanni weg und murmelte: »Ich bin müde. Schlaf gut.«

Nun wusste Hanni, dass sie morgen abreisen würde.

Sie lagen wach, Seite an Seite.

Fabian konnte sich nicht erklären, warum, aber plötzlich hörte er sich in die Stille hinein leise sagen:

»Ich liebe dich.«
Er hielt den Atem an. Dann wurde ihm klar, dass Hanni weinte. Das hatte ihr noch niemand gesagt. Er nahm sie in die Arme und hielt sie fest, er wiegte sie, er tröstete sie, und plötzlich ging alles ganz leicht.

KERSTIN

Kerstin hatte sich eigentlich darauf gefreut, mal richtig früh schlafen zu gehen, da Gunnar voraussichtlich noch bis spät in die Nacht hinein an seinem Regiekonzept für das Theaterstück des nächsten Schuljahres arbeiten würde, doch ihr aufgewühltes Herz ließ sie nicht zur Ruhe kommen.

In der ersten Augusthälfte hatte »der Laden« nur vormittags geöffnet und so hatte Kerstin sich am Nachmittag mit Fabian in der Eisdiele verabredet gehabt. Ihr Sohn belieferte sie schon seit einiger Zeit mit seinen außergewöhnlichen Holzarbeiten, die mittlerweile bei ihren Kunden reißenden Absatz fanden.

An diesem Nachmittag hatte Fabian ihr die ersten Entwürfe für einen großen, geräumigen und stabilen Spielzeugbauernhof, in dem viele Tiere und Fahrzeuge Platz hatten, vorgelegt, eine stabile Holzkonstruktion, die generationenlang Freude bereiten könnte.

Die Gebäude waren von Fabian in schlichter Ziegelbauweise konzipiert und nur das Wohnhaus hätte gelbe Ziegelkanten und einen umlaufenden Zahnfries. Sogar an einen Kleintierstall, Futtertröge, Zaunteile, Heuballen und einen Misthaufen hatte Fabian gedacht.

Kerstin war hingerissen von seinen detailliert ausgearbeiteten Vorschlägen und erteilte ihm ohne Umschweife den Auftrag, seine Ideen bis spätestens zur Vorweihnachtszeit in die Tat um zu setzen. Sie genoss die Zusammenarbeit mit ihrem kreativen Sohn außerordentlich.

Ihr Junge. Immer wenn sie Fabian während ihres intensiven Gesprächs einen Moment zu lange angeschaut hatte, war er errötet wie ein ertappter Schüler. Kerstin hatte sehr wohl die Aura verliebten Glücks um ihn herum gespürt. Es hatte nicht vieler Worte bedurft zwischen Mutter und Sohn, um den neusten Stand der Dinge zu kommunizieren. Fabian schwebte wie auf Wolken und auf wundersame Weise schien er unangreifbar geworden zu sein. Lieben zu dürfen und geliebt zu werden schenkte ihm

Kräfte, die einen Puffer bildeten zwischen der schwierigen Welt da draußen und seinem verletzlichen Inneren. Es war, als sähe er sich durch Hannis liebende Augen. Für sie war er der Schönste, der Einzige und Beste. Ihr Blick auf ihn verlieh ihm Flügel.

In all den Jahren hatte Kerstin sich immer wieder so viele Sorgen um ihr ältestes Kind gemacht. Schon im Kindergarten war sie darauf hingewiesen worden, dass mit Fabian »etwas nicht stimmte«. Er spielte am Liebsten allein, zurückgezogen in einer Ecke, konzentriert und hingebungsvoll. Sobald sich ihm jedoch ein anderes Kind näherte, fühlte er sich gestört und wich zurück. Fabian war sanft und hielt sich entsetzt die Ohren zu, wenn es um ihn herum zu laut wurde. Er mied jede Auseinandersetzung und bot auch nie vorsätzlich einen Grund, geschimpft werden zu müssen. Er machte alles mit, was von ihm verlangt wurde, stand dabei jedoch meistens irgendwie neben sich.

In der Schule setzte sich dieses Verhaltensmuster fort. Fabian sei sozial auf dem Stand eines Vierjährigen, hieß es schon nach der ersten Woche, man spiele mit dem Gedanken, ihn noch für ein Jahr frei zu stellen, Fabian sei unfähig, mit anderen zu kommunizieren.

Kerstin setzten diese Kommentare zu. Zu Hause in der vertrauten Umgebung erlebte sie ihr Kind als äußerst empathisch und als anhänglichen Menschen, der schon früh präzise beobachten konnte und die Befindlichkeiten seiner Mitmenschen seismographisch zu erfassen in der Lage war. Kerstin war davon überzeugt, dass es denjenigen, die ihre Schwierigkeiten mit diesem stillen Menschlein hatten, einfach noch nicht gelungen war, seine spezielle Denkweise zu entschlüsseln. Fabian nahm die Welt anders wahr und es erforderte eine gewisse Bereitschaft und Anstrengung, dies zu begreifen.

Im Laufe seiner eher mühsamen Schuljahre hatte es nur eine Lehrerin gegeben, die sein Potenzial erkannt hatte. In einer Sprechstunde sagte sie mal zu Kerstin: »Solche wie den Fabian braucht die Welt.« Da hätte Kerstin am Liebsten geweint.

Nicht auszudenken, was gewesen wäre, wenn Fabian und Jakob sich nicht gefunden hätten. Diese Freundschaft milderte die Wucht des Nicht-verstanden-Werdens und dank Jakob war es Fabian gelungen, die immer wieder vernichtenden Beurteilungen seiner überforderten Lehrer relativ unbeschadet zu überstehen.

Von Anfang an hatte Kerstin ihre schützenden Hände über ihr empfindsames Kind gehalten, sehr zum Missfallen von Gunnar, der ihr bei ihren häufigen Auseinandersetzungen zu diesem Thema immer wieder vorwarf, die Ursache für Fabians Schwierigkeiten zu sein.

»Mit deiner Fürsorge nimmst du ihm die Möglichkeit, sich frei zu schwimmen. Der Junge muss lernen, sich durch zu beißen und muss sich seinen Platz in der Gesellschaft erkämpfen«, polterte er.

Kerstin schwieg zu diesen Vorwürfen, auch wenn sie ihr zusetzten. Sie nahm die Situation ganz anders wahr. Wo sonst, wenn nicht bei ihr, hätte Fabian die Erfahrung machen dürfen, dass nichts falsch war mit ihm. Wer sonst hätte ihm vermitteln sollen, dass er ein wunderbarer und liebenswerter Mensch war, mit außergewöhnlichen Fähigkeiten und einer tiefen Klugheit.

Fabian war umringt von Menschen, die sich zu behaupten wussten. Sein charismatischer Vater war in seiner aufbrausenden Art nicht dazu in der Lage, inne zu halten, um behutsam und vorsichtig Zugang zu seinem scheuen Kind zu finden. Ihm fehlte die Fähigkeit, sich in seinen empfindsamen Sohn hinein zu versetzen, weil dessen Zugehen auf die Welt diametral verschieden zu seinem eigenen war.

Auch Fabians Schwester Friederike hatte es von Anfang an leicht gehabt mit sich und glitt mit ihrem einnehmenden sonnigen Wesen durchs Leben. Manchmal verglich Kerstin den Weg ihrer beiden so unterschiedlichen Kinder mit den Kugeln einer Murmelbahn: Bei Friederike sausten die Kugeln mit einem leichten surrenden Geräusch wie geölt pfeilschnell über jedes Hindernis und durch jeden Looping, während Fabians Murmeln sich mit lautem Gepolter in jeder Kurve und an jeder Kante zu verhaken schienen.

Dass Fabian sich noch nie einem Mädchen genähert hatte, hatte Kerstins Sorge um ihr ältestes Kind verstärkt, doch auch in diesem Punkt hatte Gunnar eine Erklärung parat:

»Was braucht er eine Freundin. Er hat ja dich, seine Mutter, die ihm in allen Belangen zur Verfügung steht.«

Dass er ihr diese Worte nahezu gehässig an den Kopf geworfen hatte, konnte Kerstin ihm fast verzeihen. Sie wusste, dass auch er sich Sorgen machte. Ihnen beiden war klar, dass Fabian sich im Grunde seines Herzens nach einer liebevollen Partnerin sehnte, und seit Jakob ganz offensichtlich sein Glück gefunden hatte, waren Fabians Defizite noch sichtbarer geworden.

»Jetzt hat er Hanni«, dachte Kerstin und konnte sich ein triumphierendes Lächeln nicht verkneifen. Gunnar hatte nicht recht behalten. Ihr Junge hatte nur einfach viel mehr Zeit gebraucht als andere und nun stand er im Leben, mit seiner eigenen Firma, seinem eigenen kleinen Anwesen und einem Mädchen, das ihn liebte.

Die Möglichkeit, dass sich die Liebe zu Hanni zerschlagen könnte, die Tatsache, dass Hanni nur selten da sein konnte und dass diese Fernbeziehung auf Dauer schwierig für sie werden könnte, schloss Kerstin an diesem Abend ganz bewusst aus. Sie fand, sie hätte es verdient, endlich einmal sorgenfrei und mit leichtem Herzen auf ihren Sohn zu blicken und vertrauensvoll den Dingen ihren Lauf zu lassen.

Der Schlaf wollte nicht kommen. Kerstins Gedanken schweiften ab zu ihrem geliebten »Laden«, deren Inhaberin sie seit etwas mehr als sechs Jahren war. Schon länger hatte sie den drängenden Wunsch in sich gespürt gehabt, ihren Beruf als Fotografin an den Nagel zu hängen und stattdessen etwas ganz Besonderes, etwas Einmaliges, das es so noch nie gegeben hatte, auf die Beine zu stellen. Sie hatte es geschafft. Ihr Gesicht leuchtete beim Gedanke an ihren Mut und ihre Tatkraft. Ihrer Meinung nach hatte es immer etwas Erhabenes, wenn es gelang, sich einen Traum zu erfüllen.

Kerstin hatte ihren Kindern die Maxime »Lebt eure Träume und greift zu den Sternen. Der Rest wird sich finden«, ans Herz gelegt. Und tatsächlich hatten beide sich zielstrebig auf den Weg gemacht, ihre Träume zu erfüllen. Friederike, die immer schon für die Musik gelebt hatte, blühte in ihrem Musikstudium auf und war eigentlich nie ohne ihre geliebte Geige anzutreffen.

Fabian hatte sich schwerer getan. Mit Holz zu arbeiten, war schon seit vielen Jahren seine ganze Leidenschaft und er konnte sich für sein berufliches Leben nichts anderes vorstellen. Doch das Gymnasium bereits nach der Mittleren Reife abzubrechen, hatte ihm einigen Mut abverlangt. Er hatte mit diesem Schritt riskiert, seinen Vater endgültig zu enttäuschen. Aber warum hätte er sich unnötig weiter durch unerfreuliche Schuljahre kämpfen sollen, obwohl er für seine Passion gar kein Abitur brauchte. So hatte er sich verbissen durch die für ihn schwierigen Ausbildungsjahre in der Schreinerei am Ort hindurch gekämpft, immer mit der klaren Vision vor Augen, irgendwann seine eigenen und ungewöhnlichen Ideen in die Tat umsetzen zu dürfen. Als ihm die Immobilie mit dem geräumigen Schuppen sozusagen in den Schoß fiel, wurde dieser Traum wahr.

Auch Kerstin war das Glück hold gewesen. Als Gunnar und sie wieder einmal zum Skatspielen bei Helma und Hans gewesen waren, erzählte Hans fast nebenbei, dass der Schwager eines seiner Kunden seine Geschäftsräume samt einem Lager im Keller aufgeben wollte. Offenbar entsprachen die eher ungewöhnlichen Räumlichkeiten nicht mehr dem, was er für seine beruflichen Belange brauchte. Bei der Vokabel »ungewöhnlich« spitzte Kerstin sofort die Ohren und ließ sich genau schildern, was es mit diesen Räumen auf sich hatte. Bereits zwei Tage später war sie vor Ort und wusste schon beim Eintreten durch die Drehtür, dass sie ihrem Traum nähergekommen war. Der riesige, fast quadratische Raum mit seinen zwei großen Fenstern war sonnendurchflutet und bot reichlich Platz für hohe Regale und diverse Beistelltischchen, auf denen all das, was Kerstin vorschwebte, aufgestellt werden konnte. Vor ihrem inneren Auge sah sie bereits die bunten und geheimnisvollen Kistchen und Schachteln, die Gläser und Krüge mit verlockendem Inhalt und die wundervolle Dekoration, mit der sie ihren Laden zu einem Ereignis machen würde. Die Drehtür war für sie das Tüpfelchen auf dem i. Ihr gefiel der Gedanke außerordentlich, dass ihre Kunden sich beim schwungvollen Eintritt in ihr kindheitsglitzerndes Paradies fühlen könnten, als wären sie in eine andere Welt geschleudert worden.

Der Weg ans Ziel war lang und steinig. Kerstin musste sich die Kenntnisse, die sie zur Führung eines eigenen Unternehmens brauchte, mühsam erarbeiten. Gott sei Dank konnte sie sich dank Gunnars gut bezahlter Anstellung als Direktor am Gymnasium und dank einer kleinen Erbschaft, die sie im zurückliegenden Jahr gemacht hatte, die Investitionen, die zur Erfüllung ihres Lebenstraumes erforderlich waren, leisten. Sie würde ihrem prächtigen Mann für immer dankbar sein, dass er sie bei der Umsetzung ihrer eigenwilligen Pläne so tatkräftig unterstützt hatte. An Tagen, an denen sie im Angesicht der vielen Herausforderungen doch auch mal der Mut verlassen hatte, war es ihm immer gelungen, sie mit seinem grenzenlosen Vertrauen in ihre Fähigkeiten wieder aufzurichten.

Die gesamte Familie hatte bei der Namensfindung für ihr Herzensprojekt beisammen gesessen. Letztendlich war es Friederike gewesen, die auf die einfachste und eigentlich naheliegendste Lösung gekommen war:

»Wir haben in all den Monaten immer nur vom Laden gesprochen«, meinte sie. »Immer hieß es: *Morgen wird der Boden im Laden neu verlegt* oder *Ich muss nochmal im Laden vorbeischauen.* Oder: *Mama ist noch im Laden* und: *Kannst du mir morgen die Gläser in den Laden bringen?* Ihr könnt sagen was ihr wollt. Der Laden ist der Laden und soll der Laden bleiben. Alles andere klingt falsch.«

Da gab es nichts zu wollen – Friederike hatte recht. So prangte kurz vor der Eröffnung das schlichte und einfache Schild »Der Laden« über der Drehtür und Kerstin stellte sich verstohlen immer wieder auf die gegenüberliegende Straßenseite, um vom Fluss aus fassungslos glücklich auf ihr Werk zu schauen. Als alles, wirklich alles fertig und bereit war, betrat sie immer wieder von außen die Drehtüre, um den Moment des Staunens wieder und wieder zu erleben, wenn sie, geblendet vom atemberaubenden Anblick der prächtigen Vielfalt, die »andere Welt« betrat.

Inzwischen war Kerstin hellwach. Sie beschloss, sich noch eine Tasse Tee zu kochen und für einen kurzen Moment bei Gunnar vorbei zu schauen. Als sie sein Arbeitszimmer betrat und ihn konzentriert über seine Arbeit gebeugt an seinem Schreibtisch sitzen sah, stieg ein dankbares Gefühl in ihr auf, weil alles so war, wie es war. Sie trat nahe an ihn heran und küsste ihn zärtlich auf seinen lieben Kopf. Gunnar blickte erstaunt auf, nahm die Brille ab und drehte sich zu ihr herum.

»Kerstin?« Er konnte ihren Blick nicht deuten. Kerstin sagte nur:

»Lass dich nicht stören. Ich wollte einfach nur Danke sagen.« Gunnar lächelte verwirrt und glücklich und sah ihr nach, wie sie federleicht und beschwingt wieder verschwand.

Als er weit nach Mitternacht leise ins Schlafzimmer kam, schlief Kerstin tief und fest, das aufgeschlagene Buch auf ihrer Brust.

»Sie hat auf mich gewartet«, dachte Gunnar zärtlich. Vorsichtig nahm er ihr die Brille ab, legte das Buch beiseite, schlüpfte zu ihr und löschte das Licht. Als er überaus behutsam die Arme um sie legte, schob sie sich zufrieden nah an ihn heran. Gunnar ließ sich von ihrem Da-Sein und ihrer Wärme in den Schlaf gleiten.

19

Der Sommer ging dahin. Längst hätten Mia und Jakob sich nach einer gemeinsamen Bleibe umschauen können, nachdem das Leben nun wieder gleichförmig dahin floss, friedlich und ohne schwerwiegende Ereignisse. Doch Beide hatten sich eingestanden, dass sie vorerst gar nicht das Bedürfnis hatten, ihre jetzige Wohnsituation zu verändern. So wie es war, fühlte es sich jung und lebendig an. Es gefiel ihnen, dass sie ihr Miteinandersein, je nachdem, in welchem Zuhause sie sich gerade befanden, so unterschiedlich gestalten konnten.

»Irgendwie sind wir kein verheiratetes Ehepaar«, stellte Mia einmal fest. »Wir sind Liebende auf Lebenszeit.«

Das gefiel Jakob außerordentlich gut und manchmal küsste er seine Mia wach mit den Worten:

»Guten Morgen, meine Liebende auf Lebenszeit.«

Mias Echo kam prompt:

»Für immer und ewig und allzeit bereit.«

Der Schatten jedoch, der sich ganz offensichtlich seit Omilis Tod auf Jakobs Seele gelegt hatte, wollte nicht weichen. Mia fiel es schwer, Jakob nicht darauf anzusprechen, doch sie hatte Omilis Worte noch gut im Ohr:

» Jakob ist ein Mensch, der sich in schwierigen Situationen in seinen Bau zurückzieht und seine Wunden leckt.«

Sie musste ihn in Ruhe lassen. Jakob bearbeitete ganz offensichtlich einen riesigen Brocken in seinem Herzen.

Sie saßen auf seiner kleinen Dachterrasse, um die letzten wärmenden Sonnenstrahlen zu genießen, zwei große dampfende Teetassen vor sich und eine Schale Pistazien, die sie in schweigendem Einvernehmen genüsslich knackten, als es aus Jakob heraus brach, wie ein Damm, der dem Druck nicht länger standhalten konnte.

»Ich muss meinen Vater finden.«

Mia schaute überrascht auf.

»Erzähl,« sagte sie nur.

Jakob warf den Kopf zurück, schloss die Augen und ließ mit einem einzigen Atemstoß alle Luft heftig aus sich heraus, als müsse er Platz schaffen für die vielen Worte, die auf seiner Seele lagen und endlich gesagt werden wollten.

»Du weißt ja, dass Omili einige Wochen vor ihrem Tod *die Dinge in Ordnung bringen wollte,* wie sie es immer genannt hat.«
Mia nickte, und ihr war klar, was jetzt kommen würde.
»Wir haben viel, sehr viel gesprochen, über die schönen Jahre als Familie, über meine Merkwürdigkeiten als Kind, über witzige Sprüche und schwierige Zeiten. Ja, einfach über alles. Und auch über ihn.«
Jakob nahm Mias Hand und hielt sich an ihr fest.
»Omili hat mir endlich alles erzählt, was sie von meinem Vater wusste. Sie meinte, dass sie nicht gehen kann, ohne mir gesagt zu haben, was damals passiert ist.«
Jakob schluckte. Tränen stiegen in ihm auf und Mia rückte ganz nah an ihn heran.
»Opapa weiß nicht, dass sie mich eingeweiht hat. Für ihn ist mein Vater schuld am Tod meiner Mutter. Er hat bis heute nie mehr darüber gesprochen.«

Nun gab es kein Halten mehr und Jakob fing an zu erzählen, so anschaulich, so emotional, dass sich vor Mias Augen der Sommer 1992 wie ein reicher Bilderbogen aufblätterte.

KÄTHCHEN

Käthchen, gerade mal 17 Jahre alt geworden, zart und behütet, war von den Widrigkeiten des Lebens noch nicht einmal im Ansatz gestreift worden. Das Leben lag vor ihr wie ein verheißungsvoller und durch nichts zu trübender Lichtstrahl und sie konnte sich sicher sein, dass die Eltern, sollte sie wider Erwarten je ins Stolpern geraten, bedingungslos ihr Netz aus Liebe und Fürsorge unter ihr aufspannen würden.

Seit etlichen Monaten wachte sie jedoch zu ihrer großen Verwunderung jeden Morgen mit klopfendem Herzen auf. Etwas war neu in ihr, eine eingesperrte Kraft, die in ihr lauerte, eine Ahnung von entfesseltem Fühlen, verhängnisvoller Hingabe und ungezähmter Lust.

Käthchen meinte zu wissen, dass es kein Halten geben würde, sollte diese Kraft einmal aus ihr herausbrechen. Sie hütete sie wie einen verbotenen Schatz, sann ihr nach und spürte eine wilde Erregung, wenn sie sich ausmalte, was dies alles bedeuten könnte.

Ihre Eltern durften von diesen aufwühlenden Bildern in ihrem Kopf niemals erfahren. Für sie war Käthchen nach wie vor der Inbegriff des schutzbedürftigen, reinen Kindes, noch ohne Kenntnis von Herzensverwirrungen und wilden Wünschen.

Es war ein gleißend heller Sommertag. Drückende Hitze lastete auf den Gemütern, als Käthchen, luftig gekleidet und mit von der Schwüle wirrem Haar, die Fußgängerzone entlang schlenderte. Sie sehnte sich nach Abkühlung und hielt Ausschau nach einem schattigen Cafe, in dem sie sich niederlassen und beim Schlürfen einer eiskalten Limonade die trägen und überhitzten Passanten beobachten konnte.

Vor ihr hatte sich eine Menschentraube gebildet. Die staunenden Zuschauer applaudierten einem jungen Mann, der seinen schmalen und sehnigen Körper fast schwerelos in undenkbare Positionen zu bringen in der Lage war. Käthchen blieb neugierig stehen und bahnte sich schließlich vorsichtig Stück für Stück einen Weg in die vorderste Reihe, um dieses Schauspiel aus nächster Nähe bewundern zu können.

Der erstaunliche Künstler war in ein glänzend weißes hautenges Gewand gekleidet, sein Gesicht weiß geschminkt, die Augen dunkel umrandet. Sein glattes helles Haar fiel ungezähmt auf seine Schultern und ins Gesicht, sodass er immer wieder mit einem schnellen Ruck versuchte, die Augen frei zu bekommen. Wie ein Affe schob er sich gerade in atemberaubender Geschwindigkeit an einem hohen robusten Fahnenmast hinauf, um sich an dessen Spitze zum gebannten Entsetzen der Zuschauenden rückwärts nach hinten fallen zu lassen, nur mit einem Bein noch um die eherne Stange geschlungen, als hinge er am seidenen Faden. In dieser Position glitt er, als sei dies das Leichteste von der Welt, rasend schnell wieder dem Boden entgegen, um sich im letzten Moment umzudrehen, leichtfüßig wie eine Katze abzuspringen und völlig geräuschlos federnd auf den Füßen aufzukommen.

Käthchen war gebannt. Atemlos schaute sie sich das vielseitige Spektakel an, das er zu bieten hatte. In seinem mitgeführten stabilen Bollerwagen waren zahllose Utensilien verstaut – Keulen, Bälle, Papierblumen, Instrumente aller Art und diverse Hüte und Tücher in den buntesten Farben. Zwischen akrobatischen Darbietungen, die ihm aufgrund seiner atemberaubend biegsamen Statur federleicht vonstatten zu gehen schienen, bot er kleine stumme Szenen dar, bei denen er sich blitzartig in die unterschiedlichsten Charaktere verwandelte, deren Merkmale er mit kleinen pantomimischen Gesten für jedermann verständlich andeutete. Mal begegnete ein uraltes keifendes Weib einem fettleibigen Mann, mal umwarb ein eitler Geck vergeblich ein zartes schönes junges Kind. Die Zuschauer waren begeistert.

Am Ende seiner ersten Vorstellung verbeugte der junge Künstler sich elegant und mit zarten Kußhänden nach allen Seiten, und schon wurde der kleine schwarze Filzhut, den er charmant herumreichte, prall gefüllt. Die Einnahmen schüttete er sorgsam in ein kleines hölzernes Kästchen um und verstaute sie tief unten im Wagen, den er schließlich ein paar Meter weiter schob, um sich im Schatten auf einer ausgebreiteten Decke für eine Pause nieder zu lassen. Die Menge hatte sich zerstreut und war ihrer Wege gegangen, nur Käthchen war wie angewurzelt stehen geblieben und ließ diesen erstaunlichen jungen Mann nicht aus den Augen.

Der saß, an seinen Karren gelehnt, die Beine entspannt von sich gestreckt, im Schatten, wickelte seine mitgebrachten Brote aus und fing genüsslich an, sie zu verspeisen. Sein helles Haar hing ihm wirr ins Gesicht und er versuchte immer wieder, es weg zu pusten, weil er die weiße Schminke auf seinem hageren Gesicht nicht verwischen wollte.

Käthchen trat näher an ihn heran und konnte nicht aufhören, ihn anzustarren. Überrascht schaute er auf.

»Ahoj«, sagte er freundlich, doch Käthchen blieb stumm.

Schließlich reichte er ihr seine Wasserflasche und nickte ermutigend. Käthchen trank. Als sie ihm die Flasche wieder reichte, deutete er auf sich und sagte:

»Vladimir.«

Käthchen antwortete: »Katharina.«

Vladimir nickte und sagte: »Katinku.«

Dann klopfte er auf den Platz neben sich und forderte Käthchen auf, sich zu setzen. Er reichte ihr einen Apfel und schaute ihr amüsiert zu, weil sie so überaus herzhaft und genüsslich hinein biss. So saßen sie nebeneinander, schauten den vorbeilaufenden Passanten zu, tranken aus seiner Wasserflasche und lächelten sich immer wieder an. Die Hitze flirrte.

Vladimir war die Ruhe selbst. Das Leben lag vor ihm wie ein bunter, mit Abenteuern bestickter Teppich. Seine Zuversicht war grenzenlos. Er war jung, er war frei, er hatte Talent, und er liebte die Ungewissheit, was der morgige Tag wohl bringen mochte. Nichts war unmöglich. Und hier saß er nun, zufrieden und satt, mit einem außergewöhnlich schönen Mädchen an seiner Seite.

In Käthchen jedoch war ein Sturm losgebrochen, eine brodelnde Walze überwältigenden Glücks. Nie mehr wollte sie woanders sein als an diesem Ort, Seite an Seite mit diesem aufregenden jungen Mann, der sie mitten in ihre Eingeweide traf, in eine bislang noch unbekannte Stelle in ihrem Innersten.

Den ganzen Nachmittag blieb Käthchen in seiner Nähe, immer in der vordersten Reihe der staunenden Zuschauer, und erlebte seine zweite, dritte und vierte Vorstellung durch einen Nebel wilder und verzehrender Empfindungen. Vladimirs Muskeln spannten sich unter seinem hautengen Gewand, sein fester Körper ließ Käthchen schwindeln. Fast fürchtete sie, sich übergeben zu müssen, so aufwühlend stark und übermächtig war dieses Neue da in ihr drin.

Als er schließlich seine gesamte Habe sorgfältig in seinem Karren verstaut hatte und Käthchen mit einer formvollendeten Verbeugung andeutete, dass er nun gehen würde, stand sie mit schreckgeweiteten Augen da. Wie sollte es weiter gehen? Wie konnte sie ohne ihn sein? Er wandte sich ab und trat den Heimweg an, doch wie von einem Magneten gezogen, lief Käthchen ihm in gebührendem Abstand hinterher. Vladimir drehte sich um und auch Käthchen blieb stehen. Er schüttelte nur leise den Kopf und ging wieder seiner Wege, doch Käthchen folgte ihm wie ein herrenloser kleiner Hund. Wieder drehte Vladimir sich um, doch diesmal hob er den Finger und sagte sanft, aber bestimmt:
»Katinku. Ne.«
Und so ließ sie ihn gehen.

An jedem neuen Tag war er wieder da und Käthchen an seiner Seite. Wenn er sie in der Menschenmenge entdeckte, erhellte sich sein Gesicht und er nickte ihr lächelnd zu. Käthchen errötete, schwindelnd vor Glück.
Immer hatte auch sie nun etwas für die Pausen mitgebracht. Sie waren sich vertraut schon nach wenigen Tagen. Er fütterte sie mit Himbeeren, die er ihr einzeln genüsslich zwischen die geöffneten Lippen schob, und wenn seine Fingerspitzen sie dabei hauchfein berührten, schloss sie die Augen und hielt den Atem an.

Am fünften Tag ließ er sie nicht mehr stehen. Mit ernsten Augen sah er sie an, nahm ihre Hand und sagte nur:
»Katinku. Pojď!«
Und sie kam mit, wie in Trance.

Am Ufer des Flusses, tief verborgen vor unliebsamen Blicken, unter den schützenden Zweigen einer mächtigen Trauerweide, verlor Käthchen ihre Unschuld und ihren Seelenfrieden für alle

Zeit. Hier nahm Jakobs Leben seinen Anfang und Käthchens Unheil seinen Lauf.

***

Käthchen war nicht mehr sie selbst. Sie war Vladimir vollkommen verfallen. In ihr hatte nichts anderes mehr Platz als ihre geheimen Stunden unter der großen stillen Weide. Sie wußte, dass das, was sie so ungezähmt in sich erahnt hatte, nun frei gelassen worden war, und erlebte sich auf eine Weise, die sie bei sich nie für möglich gehalten hätte. Vladimirs Talente führten sie in schwindelerregende Bereiche und sie ließ sich fallen in die Hölle des verzehrenden Verlangens und den Himmel des daraus Erlöstwerdens. Er nannte sie kotě, Kätzchen, und moje malička holčičko, mein kleines Mädchen. Und immer wieder flüsterte er: Katinku, moje Katinku.

Auf dem kleinen Koffer, der in seinem Handkarren stand, war sein vollständiger Name eingraviert: Vladimir Balada. Wenn sie zu Hause in ihrem Bett lag und nicht einschlafen konnte, weil sie sich vor Sehnsucht nach ihm verzehrte, sprach sie ihn vor sich hin. Sie schmeckte ihm nach, als wäre er eine seltene exotische Frucht, deren fremdartiger Geschmack prickelnd auf ihrer Zunge explodierte.

Die wilden und süßen Zusammenkünfte unter der Trauerweide blieben vorerst unentdeckt. Käthchens Eltern waren für vierzehn Tage mit einem bekannten Ehepaar an die Ostsee gefahren. Käthchen hatte zum ersten Mal darum gebettelt, alleine zu Hause bleiben zu dürfen. Für sie war es wenig verlockend gewesen, so ganz ohne Gleichaltrige nur in der langweiligen Gesellschaft von Erwachsenen ihre Zeit herum bringen zu müssen. Lieber wollte sie sich in den Ferien mit ihren Schulfreundinnen treffen, ins Kino gehen oder mit ihnen am Flussufer liegen, um zu tagträumen. Sie konnten Stunden damit verbringen, ihre jeweiligen Vorstellungen von der golden und aufregend vor ihnen liegenden Zukunft in allen Facetten miteinander abzugleichen.

Ihr Vater war anfangs strikt dagegen gewesen, seine noch viel zu junge Tochter für eine so lange Zeit sich selbst zu überlassen.

Käthchen war sein Augenstern, sein einziges und über alles geliebtes Kind. Doch Käthchens Mutter, die sich trotz ihrer zarten Statur auf ihre subtile Weise letztendlich immer kraftvoll durchzusetzen wusste, konnte ihren besorgten Ehemann am Ende doch davon überzeugen, dass Käthchen in diesen zwei Wochen wohl kaum unter die Räder geraten würde.

So war niemand zugegen, wenn Käthchen abends mit zitternden Knien und aufgewühltem Herzen, mit zerzaustem Haar und blanken Augen die elterliche Wohnung betrat. Sie konnte ganz ohne Zeugen die Schuhe von sich schleudern, sich aus dem leichten Sommerkleid herausschälen, splitterfasernackt ein heißes Bad einlaufen lassen, um genüsslich in den duftenden Schaum hinein zu gleiten. Mit geschlossenen Augen tastete sie ihren Körper erneut ab, spürte Vladimirs begabten Händen auf ihrer Haut noch einmal nach und wäre am Liebsten so liegen geblieben bis zum nächsten Tag, bis zum nächsten wonnevollen Zusammensein mit ihm.

Ab nun war alles anders – ihre Eltern waren zurückgekehrt. Käthchen war in Panik. Ihr schien es unmöglich, die Veränderung, die in ihr vorgegangen war, vor ihren prüfenden Blicken zu verbergen. Wie konnten sie ihren in Aufruhr geratenen Körper übersehen, ihre geröteten Wangen und ihre Befindlichkeiten, die zwischen innerem Jubel und atemlosem Schluchzen hin und her sprangen. Sie konnte ihnen nicht mehr in die Augen sehen, sonst hätten sie dieses neue Funkeln, dieses neue heiße Wollen aus ihnen heraus gelesen.

Käthchen rettete sich in wortkarge Gereiztheit, in muffige Antworten und türenknallenden Rückzug in ihr Zimmer. Sie musste so viel wie möglich allein sein, um dieser Kraft, die alles andere in ihr verdrängte, ohne Zeugen Raum geben zu können.

Ihre guten Eltern waren ratlos. Anfangs hofften sie, dass sich das altvertraute Familienleben wieder einpendeln würde, sobald der Alltag bei ihnen allen wieder Fuß gefasst hatte, doch Käthchen blieb unnahbar und verstockt.

»Wir haben sie doch zu lange allein gelassen,« meinte der Vater schließlich und konnte sich dabei einen vorwurfsvollen Unterton an seine Frau gerichtet nicht verkneifen. »Wir müssen uns wieder mehr um sie kümmern.«

Doch je mehr er sich um sein Mädchen bemühte, je mehr er um sie warb und sich für gemeinsame Vater-Tochter-Gespräche zur Verfügung stellte, desto sperriger wurde sein Kind. Seine Versuche, heraus zu finden, was mit ihr los war, endeten immer mit wütenden Tränen.

Käthchen konnte von Vladimir nicht lassen. Tagtäglich verließ sie am späten Vormittag ohne weitere Erklärungen das Haus und kehrte erst am Abend mit verschlossenem Gesicht und niedergeschlagenen Augen zurück, um sich ohne ein Wort der Begrüßung in ihrem Zimmer zu verschanzen. Die enttäuschten Blicke ihrer Eltern brannten ihr im Rücken und sie trug schwer an der Last ihres Verrats an ihrem Vertrauen.

**

Das Unheil nahm seinen Lauf, als Käthchen ein paar Tage später am Morgen aus ihrem Zimmer trat, um sich verstohlen wieder auf den Weg zum Geliebten zu machen. Zu ihrem Entsetzen stand ihr Vater mit angespannt undurchdringlichem Gesicht wie ein Zerberus vor ihrer Tür und fing sie ab. Er hatte auf sie gewartet.

»Du steigst jetzt ins Auto und wir fahren zum Bahnhof. Du wirst zusammen mit deiner Mutter den Rest der Ferien in der Schweiz bei deiner Tante verbringen. Ab jetzt ist Schluss.«

Er wusste alles.

»Papa!« Käthchen war wie gelähmt. In ihr hämmerte nur ein Gedanke: Ich werde Vladimir nie wieder sehen. Alles in ihr bäumte sich auf und zum ersten Mal in ihrem Leben versuchte sie, sich ihrem bis dahin von ihr fast vergötterten Vater zu widersetzen.

»Ich kann Vladimir niemals verlassen, nie nie niemals. Ich liebe ihn.«

Ihr Vater blickte sie mit unbewegter Miene an und sagte mit erschreckend ruhiger Stimme:

»Und wie du das kannst! Du bist noch nicht volljährig, Katharina. Und so wirst du tun müssen, was ich dir sage.«

Käthchen hatte keine Chance. Wie ferngesteuert stieg sie ins Auto und heulte Rotz und Wasser. Es gab keinen Ausweg. Es war vorbei.

Ihr wurde klar, dass ihr ganz bewusst keine Möglichkeit gegeben worden war, sich in irgendeiner Form diesem Tribunal zu entziehen. Sie war mitten aus dem Leben gefischt worden.

Auf der Fahrt zum Bahnhof machte der Vater sich unentwegt Luft: »Ein Straßenkünstler! Ein Taschenspieler! Was hast du dir dabei gedacht. In ein paar Tagen zieht er weiter und weint dir keine Träne nach. In der nächsten Stadt holt er sich ein neues Liebchen.«

Er schüttelte immer wieder den Kopf, fassungslos, tief aufgewühlt und von größter Sorge um seine Tochter erfüllt. Käthchens Mutter saß stumm auf dem Beifahrersitz und legte nur manchmal ihre Hand auf seine Schulter, um ihn wenigstens im Ansatz etwas zu besänftigen. Die Loyalität ihrem Mann gegenüber stand für sie an erster Stelle, doch sie wagte es nicht, ihrem unglücklichen Kind in die Augen zu blicken. Sie hätte es nicht ertragen.

Als sie schließlich neben Käthchen im Zug saß und sie aus dem Bahnhof hinausrollten, den kalkweißen besorgten Vater unsicher winkend auf dem Bahnsteig zurück lassend, wurde ihr angst und bange. Käthchen war total verstummt. Kein einziger Laut kam mehr über ihre Lippen, sie saß teilnahmslos wie eine Gliederpuppe in ihrem Sitz und starrte blicklos aus dem Fenster. Alles Lebendige war aus ihr gewichen und Käthchens Mutter lief eine bange Gänsehaut den Rücken hinauf und hinunter.

***

Vladimir wartete die nächsten Tage vergeblich auf seine Katinku. Er hielt Ausschau nach seinem schönen Mädchen, ahnte jedoch schon am ersten Tag ihres Fernbleibens, dass es zu Ende war.

Nach einer Woche packte er seine Sachen und verließ die Stadt. Er schaute niemals zurück.

***

Erst am Ende ihres Zwangsurlaubs in der Schweiz wurde klar, dass Käthchen ein Kind erwartete. Die Mutter war entsetzt, wusste sie doch, wie Käthchens Vater auf diese Tatsache reagieren würde. Doch für Käthchen war die Gewissheit, Vladimirs Kind in sich zu tragen, wie eine kleine Rückkehr ins Leben.

Erleichtert registrierte die Mutter, dass Käthchen sich hier und da wieder an Gesprächen beteiligte, dass sie anfing, wieder ausreichend zu essen und dass sogar manchmal ein stilles, beseeltes Lächeln über ihr Gesicht huschte. Mutter und Tochter tasteten sich vor und fanden vorsichtig neu zueinander. Endlich begann Käthchen auch zu erzählen und die Mutter erfuhr im Detail, wie tief und unrettbar ihr Kind von der Leidenschaft zu Vladimir hinweg gerissen worden war.

Käthchens Verhältnis zu ihrem Vater jedoch blieb beschädigt.

»Wenn er mir das Kind wegnimmt, werfe ich mich vor den Zug«, sagte sie heftig, und die Mutter ahnte, wie radikal und kompromisslos ihr intensives Kind zu fühlen imstande war.

»Niemand wird dir dein Kind nehmen,« sagte sie klar und deutlich. »Das verspreche ich dir.«

***

Käthchen war eine hingebungsvolle Mutter, doch auch Jakobs Dasein in ihrem Leben konnte die tiefe Melancholie nicht dauerhaft von ihr nehmen. Es gab viele gute Tage, doch in den dunklen Phasen, die von ihr Besitz ergriffen und die sie nicht unter Kontrolle zu bringen in der Lage war, tauchte sie vollkommen ab und kehrte dem Leben gänzlich den Rücken. Die Schwermut war ein Teil von ihr geworden. Manchmal konnte es Wochen dauern, bis sie sich wieder gefangen hatte und zu sich selbst und ihrem geliebten Kind zurück fand.

An einem regenverhangenen Sonntag Nachmittag erhielt die Familie die Nachricht, dass Käthchen, 22 Jahre alt, von einem LKW erfasst worden war. Sie war sofort tot. Der unter Schock stehende Fahrer hatte versichert, dass er keine Chance gehabt hatte, ihr auszuweichen. Sie sei einfach auf die Fahrbahn getreten. Offenbar habe sie ihn im peitschenden Regen nicht gesehen.

20

Mia war sprachlos. Lange sagte sie nichts und auch Jakob hing seinen Gedanken nach.

»Käthchen sei einfach auf die Fahrbahn getreten.« Mia konnte es nicht glauben. Hatte sie dies womöglich mit Absicht getan? Mia schauderte beim Gedanke daran, dass auch sie vor ungefähr drei Jahren voller Verzweiflung am Straßenrand gestanden hatte, um sich vor den nächsten Lastwagen zu werfen, damit dieser Schmerz endlich aufhörte.

Sie hatte Jakob nie davon erzählt, was sie jetzt verwunderte. Er hätte diesen dunklen Aspekt ihres Lebens mit Sicherheit voller Verständnis und Mitgefühl mit ihr geteilt. Vielleicht wollte sie durch ihr Schweigen diesen schwarzen Fleck aus ihrem Lebensverlauf streichen. Diese Mia gefiel ihr nicht und machte ihr Angst. Wenn sie nicht davon sprach, verblasste womöglich die böse Erinnerung und irgendwann wäre es so, als hätte es diesen Vorfall nie gegeben. Nun wurde sie durch die tragische Duplizität der Ereignisse auf seltsame Weise vom damaligen Geschehen wieder eingeholt.

Vorsichtig wandte sie sich an Jakob:
»Meinst du deine Mutter wollte nicht mehr leben und ist absichtlich auf die Straße getreten?«
Jakob fuhr herum und blaffte Mia an:
»Wie kannst du so was sagen. Sie hätte mich niemals verlassen. «
Sein Gesicht verschloss sich und er rückte von Mia ab.
»Er denkt es auch«, dachte Mia. »Er weiß es, tief in sich drin.«
Wieder schwiegen sie lange.

»Entschuldige, Mia«, sagte Jakob schließlich zerknirscht. Er tastete nach ihrer Hand. Mia suchte seinen Blick:
»Ich weiß, das alles ist schwer zu ertragen, aber das hatte nichts mit dir zu tun, Jakob. Die Schwermut hat einfach alles überdeckt in diesem Moment, auch das, was sie geliebt hat.«

»Ich weiß nicht.« Jakob klang resigniert. »Ich weiß gar nichts mehr.« Wie unter Schmerzen schloss er die Augen.

»Dieses tiefe Loch kam bei ihr ja immer wieder«, beschwor ihn Mia. »Und sie wusste irgendwann ja auch, dass es niemals gut werden wird. Vielleicht dachte sie, dass sie dir das auf Dauer nicht zumuten kann. Vielleicht wollte sie dich schützen.«

Jakob nickte immer wieder, die Lippen fest zusammengepresst.

»Irgendwie ist mir nichts geblieben,« dachte er verzagt. Der Gedanke, dass seine Mutter sterben wollte und in Kauf genommen hatte, dass er ohne sie aufwachsen musste, war unerträglich. Für ihn musste ihr Tod ein tragischer Unglücksfall bleiben.

Als Kind hatte er immer wieder darüber nachgedacht, warum dieses Schreckliche ausgerechnet seiner Mutter widerfahren war und andere Kinder das Glück haben durften, ihre Mutter zu behalten. Doch er wäre niemals auf die Idee gekommen, dass es ihre Entscheidung gewesen sein könnte, ihn zurück zu lassen.

Sein Vater hatte ihm nie wirklich gefehlt, denn der Verlust der Mutter hatte die väterliche Lücke in seinem Leben vollkommen überlagert. Jakob hatte es ausgereicht, sich eine fantastische und kindgerechte Vorstellung von dem Mann aufzubauen, der ihn gezeugt hatte, und er hatte sich niemals die Frage gestellt, welche Eigenschaften er wohl von diesem Unbekannten in sich trug. Er war eine Fata Morgana gewesen, zauberhaft einer Märchenwelt entsprungen, weder greifbar, noch real.

Jetzt erst wurde ihm bewusst, dass er den inständigen Wunsch hatte, diesen Mann, den seine Mutter mit solch verhängnisvoller Leidenschaft geliebt hatte, kennen zu lernen. Er wollte ihm gegenüber stehen, ihm in die Augen sehen und herausfinden, ob er sich in ihm wiederfand. Er wollte spüren, dass es da einen Menschen gab, der ein Teil von ihm war.

»Ich muss meinen Vater finden.« Jakob ballte die Fäuste in seinem Schoß. »Wenn Opapa stirbt, ist niemand mehr da, der ganz unmittelbar zu mir gehört. Das darf nicht sein.«

»Du hast doch mich,« empörte sich Mia, bereute ihre spontanen Worte jedoch sofort.

»Das ist etwas anderes.« Jakob war gereizt. »Du gehörst nicht zur Familie.«

Mia sah ihn gekränkt an und er nahm sie pflichtschuldigst sofort in die Arme.

»Du bist mir das Allerliebste auf der Welt. Du bist meine Liebende auf Lebenszeit und das weißt du. Du bist meine tausend Jahre Himmel. Aber du bist anders ein Teil von mir als meine Familie, meine Abstammung, mein Blut.«

Jakob küsste sie geistesabwesend auf die Nase und sein aufmunterndes Lächeln erreichte seine Augen nicht. In seinem Kopf hatte nur noch dieses Eine Platz: »Wer ist Vladimir Balada? Wo lebt er? Wie lebt er? Sehen wir uns ähnlich? Fühlen wir dasselbe? Werde ich ihn ausfindig machen können? Werden wir uns nahe sein?«

Lange sprachen sie nichts, doch dann stieß Jakob heftig hervor:

»Opapa hat Schuld auf sich geladen.« Seine Augen wurden vor Wut ganz schmal. »Wie grausam hat er sie aus allem raus gerissen. Unverantwortlich. Sie hatte gar keine Chance, selbstbestimmt für sich zu sprechen.« Ungläubig schüttelte er immer wieder den Kopf. »Wenn ich mir vorstelle, wie sich das für sie angefühlt haben muss. Das muss wie ein Schock gewesen sein, als hätte er ihr das Herz aus dem Leib geschnitten.«

Jakob schaute Mia zornig an:

»Weißt du, ich krieg dieses Bild nicht mehr aus dem Kopf, das Bild von einem Tropfen Harz, der ein fröhliches lebendiges Insekt mitten in der Aktion erwischt und es zum Erstarren bringt, für alle Zeit. Das ist es, was Opapa mit meiner Mutter gemacht hat.«

Er legte den Kopf zurück und schloss die Augen.

»Und ich weiß nicht, ob ich ihm das jemals verzeihen kann.«

Mia fand keine Worte. Das im Bernstein eingeschlossene Lebewesen machte ihr zu schaffen.

***

Sobald die Sonne um die Häuserecke verschwunden war, wurde es kalt und sie räumten ihre Sachen zusammen und gingen hinein. Keiner sprach ein Wort.

Beim Abendbrot blieb Jakob tief in Gedanken versunken. Sein verschlossenes Gesicht war wie eine Barriere zwischen ihnen.
»Vielleicht sollte ich lieber gehen,« dachte Mia.
»Lass uns darüber reden, was gewesen wäre, wenn ...« sagte Jakob plötzlich, nahm Mia bei der Hand und führte sie hinüber zu seinem kleinen Sofa. Er streckte sich lang aus und legte erschöpft den Kopf in ihren Schoß.
Mia schaute in seine unaussprechlichen Augen. Sie strich ihm die Haare aus der Stirn, so wie Mütter es tun, und ihr Blick ruhte auf diesem großen Kind, das sie erwartungsvoll ansah, als wisse sie, was zu tun sei, als könne sie es richten und seine Welt wieder in Ordnung bringen.

»Was wäre gewesen, wenn ...« Sie durchleuchteten gemeinsam den Sommer 1992 und kehrten alles, was war, von innen nach außen. Was wäre gewesen, wenn Vladimir hätte erfahren können, dass Käthchen ein Kind von ihm erwartete. Was wäre gewesen, wenn Opapa dieser Liebe zugestimmt hätte und Vladimir aufgenommen hätte in sein Haus und sein Herz. Was wäre gewesen, wenn Vladimir Käthchen mitgenommen hätte in sein aufregendes Leben und sie ihr Elternhaus verlassen hätte. Was wäre gewesen, wenn nicht Opapa die wilden Treffen unter der stillen Weide abrupt beendet hätte, sondern Vladimir derer überdrüssig geworden und weiter gezogen wäre, ohne Käthchen darüber in Kenntnis zu setzen.
Wie sie es auch drehten und wendeten, sie kamen immer wieder zu dem Schluss, dass diese Verbindung von Anfang an unter keinem guten Stern gestanden hatte. Keine dieser von ihnen erdachten Möglichkeiten schien dazu geschaffen, zu einem glücklichen Ende zu führen.

Diese Erkenntnis hatte in ihrer Unausweichlichkeit seltsamerweise etwas Tröstliches.

21

Jakobs Versuch einer Aussprache mit Opapa scheiterte. Wie in Stein gemeißelt saß der alte Mann ihm gegenüber, sein Gesicht zeigte keinerlei Regung und seine abweisenden Augen, zu harten Schlitzen verengt, waren starr auf Jakob gerichtet, als könnten sie ihn mit ihrem eisigen Stahlblau zum Schweigen bringen.

Jakob hatte sich tagelang genau zurecht gelegt gehabt, wie er in dieses wichtige Gespräch hinein finden könnte, hatte sich mit zunächst unverfänglichen Fragen vorwärts tasten wollen, in jedem Fall behutsam und verständnisvoll. Doch er hatte nicht damit gerechnet, auf diese undurchdringliche Mauer der Verweigerung zu stoßen. Opapas Schweigen verunsicherte ihn und brachte ihn völlig aus dem Konzept. Er musste erkennen, dass die Hoffnung auf einen konstruktiven Dialog vollkommen aussichtslos war.

Jakob fühlte sich, als würde er gegen eine Wasserwalze ankämpfen, die ihn gnadenlos in die Tiefe zog. Er ruderte, er gestikulierte und bäumte sich auf, um am Ende seinem unerbittlichen Großvater die Argumente nur noch wild entgegen zu speien. Schließlich verlor er vollkommen die Kontrolle und verfing sich in einem Strudel gnadenloser Vorwürfe und Anschuldigungen.

Das darauf folgende Schweigen wog zentnerschwer. Opapa war kreidebleich geworden und Jakob sah zu seinem Entsetzen, dass die Beine des alten Mannes zu zittern begannen. Als gehörten sie nicht zum übrigen Körper, schlackerten sie unkontrolliert hin und her, immer schneller. Jakob wandte sein Gesicht ab, in dem hilflosen Bemühen, so zu tun, als hätte er es nicht bemerkt. Sein disziplinierter Großvater verlor die Fassung – ein Erdrutsch, für den es keine Zeugen geben durfte.

Opapa legte schließlich grimmig beide Hände fest auf seine Oberschenkel und brachte sie damit zur Ruhe. Vorsichtig stand er auf, hielt sich noch für eine Weile an der Tischplatte fest, bis er sicher sein konnte, dass er einen festen Stand hatte, und verließ dann mit hölzernen Schritten hoch aufgerichtet den Raum.

Jakob blieb allein zurück, entkräftet, geschockt und voller Angst um seinen Opapa. Als er die Treppe hinaufschlich, um nach ihm zu sehen, hörte er ihn hinter der verschlossenen Schlafzimmertür unterdrückt und bellend schluchzen. Jakob wagte nicht, hinein zu gehen.

Unschlüssig setzte er sich ins Wohnzimmer und wartete, aber Opapa ließ sich nicht blicken. Eisige Angst ergriff ihn, doch er schaffte es nicht, hinauf zu gehen. Ihm war vollkommen schleierhaft, wie er dies alles wieder in Ordnung bringen könnte. Zu seinem Erstaunen musste er schließlich feststellen, dass er das ohnehin nicht wollte. Auch wenn die Worte ihm entgleist waren und das Gesagte dadurch mit ungebremster Härte auf seinen Großvater eingeprasselt war, fand Jakob es dringend an der Zeit, dem Geschehenen endlich ins Auge zu blicken.

***

Mia und Jakob vertrauten sich Kerstin und Gunnar an. Vielleicht gelang es den Freunden, ihnen einen Weg durch das Dickicht der verdrängten Gefühle auf zu zeigen.

In Jakob war eine gesunde Portion Wut übrig geblieben, die ihm half, die Sorge um seinen Großvater auszuhalten. Er wusste, dass er um jeden Preis versuchen würde, seinen Vater ausfindig zu machen, auch wenn Opapa sich weiterhin weigerte, dessen Existenz auch nur im Ansatz zu benennen.

Vladimir Balada – jedes mal, wenn er diesen melodischen Namen aussprach, wenn er seinem Klang nachspürte und dessen Wirkung auf sein Innerstes, hatte er den Eindruck, sich selbst ein kleines Stück näher zu kommen. Es gab keinen Weg zurück. Er musste ihn finden.

Mia beschäftigte die Sorge um Opapa über die Maßen.

»Er hat viel aushalten müssen in diesem Jahr«, meinte sie. »Wir müssen aufpassen, dass er uns nicht zerbricht.«

Kerstin stimmte ihr zu. Dennoch fand sie es überfällig, all das Ungesagte, das viel zu lange im Verborgenen geschlummert hatte, endlich ans Licht zu holen.

»Nur die Wahrheit ist erträglich«, meinte sie. »Allerdings tue ich mich mit der Schuldfrage nicht so leicht. Ich kann gut nachvollziehen, was deinen Großvater zu dieser radikalen Maßnahme gebracht hat. Was hätte er denn tun sollen?«

Jakob schnappte empört nach Luft, doch Kerstin ließ sich nicht beirren:

»Das war eine äußerst schwierige Situation, Jakob. Käthchen war noch ein halbes Kind und er wollte sie davor schützen, dass Vladimir nach ein paar Wochen weiter zieht und ihr damit das Herz bricht. Er konnte doch nicht ahnen, dass es so ein fatales Ende nimmt.«

Mia nickte heftig.

»Ich stell mir immer vor, wie es sich für ihn angefühlt haben muss, vielleicht für den Tod der eigenen Tochter verantwortlich zu sein. Wie lebt es sich damit? Das ist doch nichts, was du wegdrängen kannst. Das ist doch immer da, beim Aufwachen, beim Einschlafen. Furchtbar.«

Sie schüttelte sich.

»Auch muss ich immer darüber nachdenken, was das für Omili bedeutet hat. Stand das vielleicht bis zu ihrem Tod zwischen ihnen? Ungeklärt? Was hat das mit den Eheleuten gemacht? Wie hat er sich seiner Frau gegenüber gefühlt? Offenbar hat er ja nie darüber gesprochen. Unvorstellbar.«

Jakob hielt es nicht mehr auf seinem Stuhl. Er sprang auf und tigerte unruhig durch den Raum, in höchstem Maße aufgewühlt.

»Wie ist es möglich, das alles einfach mit Schweigen zuzudecken, als wäre es dann nicht passiert. Das muss doch zentnerschwer in ihm gelegen haben in all den Jahren. Da hätte es ihm doch geholfen, mit Omili darüber zu sprechen, es zu verarbeiten und gemeinsam zu bewältigen.« Jakob schüttelte immer wieder den Kopf.

»Und jetzt macht er dasselbe mit mir. Er lässt mich einfach auflaufen und gegen sein Schweigen anrennen wie gegen eine Wand aus Panzerglas.«

Gunnar hatte bis jetzt geschwiegen, hatte den Kopf in den Nacken gelegt und mit schmalen Augen nachdenklich die Deckenlampe fixiert. Die Liebesgeschichte von Käthchen und Vladimir, die Jakob erneut höchst anschaulich bis ins Detail erzählt hatte, ging ihm nahe. Er sah sie bildlich vor sich, den biegsamen Harlekin mit seiner blutjungen Muse, die beiden Liebenden, die aus der Zeit gefallen zu sein schienen. Vor seinem inneren Auge sah Gunnar den Bollerwagen mit den bunt gewürfelten Requisiten, den abgenutzten Koffer, die staunenden Zuschauer und das lauschige Liebesplätzchen am Fluss. Dies war der Stoff, den das Leben schrieb. Der Regisseur in ihm war begeistert.

»Klar werden wir deinen Vater finden«, sagte er schließlich laut mitten in die lebhafte Runde hinein und die Diskussion verstummte augenblicklich. Alle Augen waren auf Gunnar gerichtet, erwartungsvoll, als könne er ihnen schon jetzt, hier und in diesem Augenblick, die genaue Adresse nennen, ein kleines zauberhaftes Haus mit blauen Fensterläden und glänzend schwarzen Schindeln auf dem Dach, als bräuchte Jakob nur noch an der Kordel der goldenen Glocke zu ziehen, und schon stünde er in der Tür, der Vater, der vermisste, mit weißgeschminktem Gesicht und einer schwarzen Träne auf der Wange, die Arme ausgebreitet, um den verlorenen Sohn willkommen zu heißen.

Gunnar war in seinem Element. Er strahlte große Zuversicht aus.

»Wir brauchen eine Institution, die darauf spezialisiert ist, Menschen zu finden. Es gibt Personensucher, Agenturen, die aufgrund der Angaben, die ihnen gemacht werden, weltweit nach Menschen suchen.«

Gunnar forderte Jakob auf, sich wieder zu setzen. Sein hoffnungsvoller Kinderblick rührte ihn.

»Wir haben den kompletten Namen, Jakob, das ist die beste Voraussetzung. Sollte dein Vater bis heute noch im weitesten Sinne als Akrobat, als Clown, Jongleur oder anderweitiger Künstler tätig sein, lässt sich der Personenkreis der in Frage kommenden Baladas bereits entscheidend eingrenzen.«

Jakob hing an Gunnars Lippen und man hätte eine Stecknadel fallen hören können, so gebannt lauschte die versammelte Runde Gunnars mutmachenden Worten.

»Dein Vater scheint damals noch sehr sehr jung gewesen zu sein und deshalb können wir davon ausgehen, dass er jetzt um die 50 Jahre alt sein wird«, fuhr Gunnar fort. »Und er war im

Sommer 1992 in Münchsberg. Das sind alles Fakten, die uns weiterhelfen.«

Den Rest des Abends verbrachten sie mit wilden Spekulationen, was aus Vladimir geworden sein könnte. Ihrer aller Phantasie blühte und Vladimir Balada wurde zum berühmten Clown in einem Wanderzirkus, der um die Welt reiste, wurde zum bettelarmen Straßenkünstler, der selbst bei eisigen Temperaturen seine Taschenspielerkünste zum Besten geben musste, um die Miete für seine trostlose Kammer aufzubringen. Vladimir Balada wurde zum Star eines Pantomimentheaters von Weltrang und wurde zum Leiter einer Schule für junge Jongleure. Alles schien möglich.

Jakob erkannte mit Staunen, dass allein schon die intensive gedankliche Auseinandersetzung mit diesem Unbekannten ein warmes Gefühl in ihm auslöste. Vater. Fünf Buchstaben, die seine Welt beängstigend und beglückend zugleich auf den Kopf stellten.

***

Als Jakob Stunden später neben Mia lag, konnte er keinen Schlaf finden. So war er erleichtert, als Mia plötzlich flüsternd fragte:
»Bist du noch wach?«
»Ja. Ich bin so aufgewühlt.«
Mia setzte sich im Bett auf und machte Licht. Ihr Gesicht war ganz spitz und sorgenvoll. Jakob war alarmiert, setzte sich ebenfalls auf und schaute sie angespannt an. Mia holte tief Luft, um sich Mut zu holen für das, was sie zu sagen hatte:
»Wir haben ja heute Abend darüber geredet, wie unverständlich es ist, dass Opapa all die Jahre kein einziges Mal über das, was passiert ist, gesprochen hat. Und wir fanden alle, dass es schlimm ist, wenn wichtige Dinge totgeschwiegen werden. So war es doch.«
Jakob nickte und ihm wurde ganz bang. Mia legte ihren Kopf auf seine Schulter und grub ihre Stupsnase in die weiche Stelle an seinem Hals. Jakob spürte ihren warmen Atem auf seiner Haut.

»Mir ist dabei klar geworden, dass es auch bei mir etwas gibt, was ich dir verschwiegen habe.« Mias Mund war trocken und sie musste heftig schlucken. »Es war zwar vor deiner Zeit, aber ich möchte es dir jetzt endlich erzählen, damit es absolut nichts gibt, was wir voreinander verheimlichen. Du sollst alles über mich wissen, auch das Dunkle, Schlimme.«

Und so erfuhr Jakob, dass Mia vor drei Jahren genau wie seine Mutter am Straßenrand gestanden hatte, um mit einem beherzten Schritt vor einen Lastwagen zu treten und ihr Leben zu beenden.

Er war sprachlos vor Entsetzen bei der Vorstellung, was wäre, wenn sie es getan hätte. Dann hätte er ein Leben ohne Mia und das war einfach undenkbar. Ihm lief ein Schauer über den Rücken, als ihm klar wurde, dass sich hier ein tragisches Ereignis, das sein Leben maßgeblich beeinflusst hatte, um ein Haar wiederholt hätte.

Er schlang die Arme um seine kleine Frau, küsste sie zärtlich auf beide Augen und sah sie dann lange an.

»Du hast es *nicht* getan. Und jetzt bist du bei mir.«

»Ja«, sagte Mia. »Für immer und ewig.«

Sie liebten sich lang und ausführlich, als würden sie all das, was sie vom anderen schon kannten, ganz neu entdecken.

Beim Einschlafen murmelte Jakob:
»Geheimniskrämerei.«
Mia konterte: »Schlamassel.«
»Humbug.«
»Schnösel.«
Doch das hörte Jakob schon nicht mehr.

GUNNAR

Gunnar war zufrieden mit sich. Er saß in seinem Arbeitszimmer und ließ gedanklich den vergangenen Abend noch
einmal an sich vorüber ziehen. Jakobs Blick hatte sich auf seine
Netzhaut gebrannt, die bange Hoffnung, die darin lag, endlich
seinen Vater zu finden. Niemand hatte an Gunnars Aussage ge-
zweifelt und aller Augen waren vertrauensvoll auf ihn gerichtet
gewesen.

»Gunnar weiß Rat.«

Dieser Satz hatte im Raum gestanden und das tat ihm gut.
Auch Kerstins Blick hatte anerkennend auf ihm geruht.

»Du bist großartig«, hatten ihre Augen ihm gesagt und: »Ich
liebe deine Überzeugungskraft.«

Er würde sie nicht enttäuschen.

Fabians Freund vielleicht entscheidend helfen zu können und
damit auch seinen Sohn stolz und glücklich zu wissen, war ihm
ein Anliegen. Gunnar wusste, dass er etwas gut zu machen hatte.
Er war seinem Sohn kein guter Vater gewesen. Er liebte Fabian
auf eine scheue Weise, die er nicht einordnen konnte, doch bis
zum heutigen Tag war es ihm nicht wirklich gelungen, Zugang
zu seinem ältesten Kind zu finden.

Gunnar war ein Mensch, dem selten die Worte fehlten. Selbst
in Situationen, die ihn verunsicherten, gelang es ihm, dies elo-
quent zu überspielen, bis er sich wieder gefangen und auf siche-
res Terrain gerettet hatte. Bei Fabian jedoch fand er viel zu oft
keine Worte.

Als Fabian noch klein war, hatte es den Anschein gehabt, als
würde er sich vor seinem lauten und impulsiven Vater fürchten.
Diese Erkenntnis verletzte Gunnar, doch je mehr er sich auf un-
beholfene Weise darum bemühte, das Zutrauen seines Kindes
zu gewinnen, desto mehr wich Fabian zurück. Immer suchte er
Zuflucht bei Kerstin und ließ den zurückgewiesenen Vater ratlos stehen.

Gunnar war bewusst, dass es ihm nie gelungen war, seinen
Jungen so anzunehmen, wie er war. Das schien sein Kind zu

spüren. Fabian sah ihm ausgesprochen ähnlich, doch sein Wesenskern entsprach dem seiner in sich gekehrten Mutter, deren immense Lebenskraft im Verborgenen lag. Gunnar musste sich eingestehen, dass er sich einen Sohn gewünscht hätte, der offen und furchtlos auf das Leben zuging, deutlich sichtbar. So hätte er selbst sich in ihm wiederfinden können.

Als Fabian älter wurde, fühlte Gunnar sich manchmal auf irritierende Weise von seinem Sohn durchschaut. Fabian hatte etwas an sich, das ihn, den Unbesiegbaren, den Baum, der nicht zu fällen war, ins Wanken brachte. Seine Augen schienen ins Innere des Vaters vorzudringen, bis dahin, wo das Verletzliche lag. Unter Fabians Blick fühlte Gunnar sich enthäutet, reduziert auf seine Ängste und Unsicherheiten, die er ansonsten gut zu verbergen wusste.

Diesen Vorgang kannte er nur noch von Kerstin, die ihn bis auf den Grund seiner eigentlich zartbesaiteten Seele zu kennen schien. Bis heute wand Gunnar sich unter ihrem wissenden Blick, krümmte sich weg, um das Bild, das er von sich hatte, nicht hergeben zu müssen. Die Erkenntnis, dass auch der heranwachsende Sohn die Schwächen seines Vaters klar erkannte, war für ihn schwer auszuhalten. Gunnar musste sich fassungslos eingestehen, dass er sich manchmal vor seinem stillen und klugen Kind fürchtete.

Nur wenn Vater und Sohn handwerklich tätig waren, wenn sie Möbel instand setzten, Fliesen legten oder Mauern verputzten, verstanden sie sich gut. Mit auffallendem Geschick ging Fabian ihm dann schweigend zur Hand. Kaum waren die Arbeiten abgeschlossen, fielen sie jedoch in ihre alte Befangenheit zurück.

Gunnar hatte beeindruckt, wie unbeirrt Fabian seiner Vision von einer eigenen Werkstatt gefolgt war, dieser schweigsame und weiche junge Mensch, der bis dahin jeder Konfrontation aus dem Weg gegangen war.

Gunnar hatte es verpasst, ihm seine Anerkennung für diesen mutigen und klaren Weg auszusprechen, obwohl er innerlich den Hut zog vor Fabians stiller Kraft. Bis heute konnte er sich nicht verzeihen, dass er für seine Wertschätzung keine Worte gefunden hatte, doch irgendwann war es einfach zu spät gewesen, dieses Versäumnis nach zu holen.

Für Fabian bei der Bank bürgen zu können, um damit das »Projekt Schreinerschuppen« möglich zu machen, hatte Gunnar die Chance geboten, ihn auf diese Weise endlich ausreichend zu würdigen und sich selbst für seine Versäumnisse Absolution zu erteilen. Die vielen Wochen und Monate, die die gesamte Familie damit verbracht hatte, Fabians heruntergekommene Immobilie zu einem Schatzkästchen zu machen, brachten Vater und Sohn näher zusammen. Während der schweißtreibenden Arbeiten an Mauerwerk, Böden, Gebälk und Dach fanden sie zu einer bis dahin noch nie so dauerhaft erlebten schweigsamen Übereinstimmung.

Jetzt bot sich Gunnar erneut die Chance, Versäumtes wieder gut zu machen, indem er Jakob, dem Seelenfreund seines Sohnes, bei der Vatersuche entscheidend behilflich war.

Gunnar hatte Jakob ins Herz geschlossen. Ihm war von Anfang an bewusst gewesen, wie gut es seinem Jungen tat, diesen außergewöhnlichen Freund an seiner Seite haben zu dürfen. Nicht auszudenken, wie trostlos es für Fabian gewesen wäre, wenn es diese Freundschaft nicht gegeben hätte.

Auch Jakob war mit seiner Berufswahl einen eigenwilligen Weg gegangen. Sein Großvater hatte gehofft, sein erfolgreiches Unternehmen eines Tages an seinen Enkel abgeben zu können, doch schon frühzeitig gemerkt, dass Jakob keinerlei Interesse daran hatte, in seine Fußstapfen zu treten. Jakob liebte es zwar ebenso wie sein Opapa, sich mit dem Wachsen und Gedeihen der Natur zu beschäftigen und war schon von klein auf mit großer Freude seinem Omili im Garten zur Hand gegangen, doch ihm fehlte gänzlich das Interesse an unternehmerischen Belangen. Eine Führungsposition einzunehmen und damit die Verantwortung für zahlreiche Mitarbeiter tragen zu müssen, lag ihm fern. Jakob hatte keinen Ehrgeiz. Sein Ziel war es, seine Seele gut zu nähren und auf diesem Wege eins zu sein mit sich und dem, was ihn unmittelbar umgab.

Manches Mal hatten Hans und Gunnar über Jakob gesprochen

und Gunnar war jedes mal beeindruckt gewesen, wie gelassen Hans es seinem geliebten Enkel überließ, seinen eigenen Weg zu finden. Dass Jakob ganz offensichtlich nicht sehr viel mehr wollte, als in Übereinstimmung mit der Schöpfung und seinem inneren Selbst seine Gräber zu gestalten, zu hüten und zu hegen, schien seinen Großvater nicht sonderlich aus der Fassung zu bringen.

»Ich werde mich ganz sicher nie mehr in das Leben eines anderen einmischen«, war seine kryptische Erklärung dazu gewesen. »Das habe ich einmal getan und es bitter bereut.«

Gunnar hatte nicht weiter nachgehakt, was es damit auf sich hatte. Obwohl Hans ihm äußerlich vollkommen gelassen Wein nachgeschenkt hatte, war Gunnar das leichte Zittern seiner Hände und der plötzlich harte Zug um dessen Mund nicht entgangen. Er hatte geahnt, dass dieses zurückliegende Ereignis Hans nach wie vor unaussprechlich aufwühlte und nicht gewagt, weiter daran zu rühren.

Nun, da er die Umstände kannte, die zu Käthchens frühem Tod geführt hatten, jagte es ihm noch nachträglich eine Gänsehaut über den Rücken, wenn er an diese Gespräche zurück dachte.

Kerstin betrat sein Arbeitszimmer.

»Darf ich dich kurz stören?« fragte sie.

Gunnar klopfte auf seinen starken Schenkel und sie setzte sich auf seinen Schoß, federleicht und graziös wie eine Elfe.

»Fabian hat angerufen. Hanni ist wieder bei ihm zu Besuch und sie würden gerne morgen Nachmittag bei uns vorbei kommen.«

Gunnar lachte.

»Vielleicht wollen sie uns mitteilen, dass sie heiraten werden. Das wäre Fabian zuzutrauen. Erst verkriecht er sich jahrelang wie ein Einsiedlerkrebs und jetzt kann es ihm gar nicht schnell genug gehen bei der Partnerwahl.«

»Das scheint ja in der Familie zu liegen«, konterte Kerstin. »Du hast dich damals ja auch nicht davon abbringen lassen, dich gleich für die Erste zu entscheiden.«

»Die Erste war einfach die Beste«, sagte Gunnar.

Plötzlich wurde er ganz ernst und legte sanft seine beiden großen Hände wie zwei Blütenblätter um ihr Gesicht.

»Vielleicht haben wir es ja doch ganz gut gemacht miteinander, meinst du nicht?«

Kerstin sah ihn nachdenklich an.

»Im Großen und Ganzen schon«, sagte sie schließlich.

Sein Blick war bang und hoffnungsvoll und sie fügte hinzu: »Vielleicht hab auch ich den Besten gefunden.«

Gunnars Gesicht wurde hell und er nahm diese wohltuenden Worte tief in sich auf, weil sie ihm alles bedeuteten.

Sie hielten sich noch ein Weilchen aneinander fest, bis jeder sich wieder seinem Tagewerk zuwandte.

22

In den nächsten Tagen wagte Jakob es nicht, seinen Opapa zu besuchen. Kerstins ruhige Worte hatten seine Schuldzuweisungen zwar reichlich ins Wanken gebracht, aber er wusste beim besten Willen nicht, wie er seinem Großvater nach all dem, was zwischen ihnen passiert war, begegnen sollte. Immer wieder musste er an die dünnen zitternden Beine des alten Mannes denken, seinen stolzen hoch aufgerichteten Abgang und das verstörende unterdrückte Schluchzen hinter verschlossener Tür. Er liebte diesen aufrechten Menschen so sehr, der ihm mit allen ihm zur Verfügung stehenden Kräften den Vater ersetzt hatte. All das, was ihn, Jakob, zu dem gemacht hatte, was er heute war, verdankte er seinen Großeltern.

Wunderbare Erinnerungen gingen ihm durch den Kopf – die vielen phantasievollen Geschichten, die Opapa zum Besten gegeben hatte und die Jakob in seinem Herzen trug wie einen kostbaren Schatz, ihre stundenlangen schweigenden Streifzüge durch den Wald, Opapas Liebe zur Natur, zu ihren Pflanzen und Geschöpfen.

Mia schlug ihm schließlich vor, dass sie allein zu Opapa gehen könnte, um mit ihm zu sprechen.

»Vielleicht gelingt es mir ja, ihn aus der Reserve zu locken", sagte sie. »Es würde ihm gut tun, endlich einmal über all das zu reden. Ich komm gut mit ihm zurecht, das weißt du ja. Lass uns sehen, was ich hinkriege."

Mia kündigte ihren Besuch an und machte sich schon am selben Abend auf den Weg zu ihm. Opapa öffnete die Tür und Mia war erschrocken, als sie sein vor Kummer ganz zusammengefallenes Gesicht sah, das ihr unsicher entgegenblickte. Sie rasselte mit den Rummikubsteinchen und schaute ihn gespielt herausfordernd an. Ein leichtes Lächeln huschte über sein Gesicht.

Die ersten Runden verliefen schweigend. Hinter Mias Stirn arbeitete es auf Hochtouren. Wie bloß sollte sie das Gespräch auf eben jenes Thema lenken, das sie alle momentan so fest im

Würgegriff hatte. Sie wusste, dass die ersten Sätze entscheidend sein würden, denn wenn dieser sture alte Mann erst einmal dicht gemacht hatte, hätte sie verloren.

Auch Opapa war auf der Hut. Ihm war klar, dass Mia nicht gekommen war, um einen unbefangenen Spieleabend mit ihm zu verbringen. Seelisch vollkommen erschöpft, ertappte er sich jedoch dabei, dass er sich mit aller Macht nach einer Klärung sehnte. Die Mauer da drin in ihm begann zu bröckeln und ein endgültiges Loslassen schien verlockend nah.

Verbissen legte er Stein um Stein auf die Tischplatte, doch in seiner Anspannung blieb er mit dem Ärmel an seinem Steinchenständer hängen und riss damit das halbe Spiel um. Ein verzweifelter Laut entrang sich ihm und Mia warf alle Formulierungsansätze über Bord. Mit einem Satz war sie bei ihm, nahm ihn fest in die Arme und hörte sich sagen:

»Du kannst dir gar nicht vorstellen, wie sehr wir dich lieben."

Und damit war es um Opapa geschehen. Er weinte herzzerreißend und nicht endenwollend, mit leisen und heiseren Tönen, während er von Mia im Arm gewiegt wurde wie ein Kind. Sein Klagen umfasste sein ganzes Leben. Er weinte um seine verlorenen ungeborenen Kinder, um seine Hilflosigkeit, seiner geliebten Frau in ihrem Schmerz beizustehen, er weinte um seine schöne unglückliche Tochter, um die Verkettung der Umstände, die zu ihrem Tod geführt hatten. Und er weinte um sein Helmchen, seinen Lebensmenschen, der einfach nicht mehr da war.

Erst als Opapa ganz still geworden war und schlaff und kraftlos in ihren Armen hing, ausgehöhlt von dem, was da mit ihm geschehen war, löste Mia sich sanft aus seiner Umklammerung, schaute ihn liebevoll an und sagte nur:

»Ich mach uns einen Tee."

Als sie aus der Küche zurück kam, hatte Opapa das Esszimmer verlassen und saß kerzengerade im Wohnzimmer in seinem großen Sessel, der in den vielen Wochen vor Omilis Tod zu ihrem angestammten Platz geworden war und den er seitdem gemieden hatte.

Mia schob sich einen Stuhl näher heran und schenkte ihnen Tee ein. Sie spürte, dass Opapa bereit war, zu sprechen und wagte fast nicht zu atmen, vor lauter Angst, er könne es sich im letzten Moment doch noch anders überlegen. Doch Opapa wollte endlich all das benennen, was seit fast drei Jahrzehnten wie ein tonnenschwerer Stein auf ihm gelastet hatte.

OPAPA

Käthchen war ein intensives Kind gewesen, das jeden neuen Sinneseindruck und jedes neu entdeckte Gefühl bis zur Neige auskostete. Alles, was sie tat, war immer doppelt so heftig als bei anderen Kindern. Stundenlang lag sie an Helmas Brust, genüsslich und unersättlich, und selbst nachts forderte sie alle anderthalb Stunden die nächste Ration ein, sodass Helma in den ersten Monaten an die Grenzen ihrer Belastbarkeit stieß. Als Käthchen anfing, feste Nahrung zu sich zu nehmen, tastete sie sich mit großer Begeisterung durch alle Geschmacksrichtungen, die ihr angeboten wurden, und man konnte an ihren halb geschlossenen Augen, an ihren gespitzten Lippen und den angespannt gespreizten Fingern und Füßchen genau ablesen, wie viel Gefallen sie jeweils daran fand.

Käthchens Trotzphase dauerte extrem lang und ihre legendären Wutanfälle fegten alle beschwichtigenden Gesprächsversuche gnadenlos hinweg. Nicht minder heftig waren ihre Freudenausbrüche, bei denen ihr gesamter Körper in einem Taumel von Glückseligkeit zu vibrieren schien. Es war bezeichnend für sie, dass sie, sobald sie in der Lage war, zusammenhängende Sätze zu sprechen, den Ausspruch »Viel zu viel ist nicht genug!" für sich erfand.

Hans vergötterte seine Tochter und Käthchen flog ihm jeden Abend entgegen, wenn er von der Arbeit heimkam.

»Mein mein mein mein mein Papa", jubelte sie und fing sofort plappernd an, ihm atemlos alles zu erzählen, was sie an Großartigem an diesem wieder einmal wundervollen Tag erlebt hatte.

Selbst als sie älter wurde, verlor sie ihre Begeisterung für das Sich-lebendig-Fühlen nicht. Manchmal kam sie zum Frühstück heruntergestürmt und rief: »Juhu, jippie, jippie, juhu.« Allein dass ein neuer Tag vor ihr lag, löste Freude in ihr aus.

Käthchen wuchs zu einem ungewöhnlich schönen Mädchen heran, mit unfassbaren Augen und nicht zu bändigendem Haar. Sie war biegsam und voller Anmut, war sich aber ihrer Wirkung auf andere erstaunlicherweise überhaupt nicht bewusst. Ihre Unbefangenheit hatte etwas Kindliches und machte sie auf rätselhafte Weise unangreifbar. Käthchen ruhte in sich.

Keiner, der sie sah, konnte sich die Worte »Na, die wird einmal den Männern ganz schön den Kopf verdrehen" oder »Passt bloß auf euer schönes Kind auf" verkneifen.

Für Hans war es unerträglich, sich seine Tochter in diesem Kontext vorzustellen. Doch wann immer er sie vorsichtig fragte, ob es da jemanden gäbe, in den sie sich verliebt hätte, gab sie ihm lachend einen dicken Kuss auf die Wange und sagte:

»Papa, wie soll das gehen. Ich lieb doch dich."

***

Als Helma und Hans in jenem Sommer von ihrem Ostseeurlaub zurück kamen, fanden sie ihr Kind vollkommen verändert vor. Sie waren irritiert. Ihr freundliches Käthchen, das ihnen eigentlich überschwänglich hätte entgegenspringen müssen mit den glücklichen Worten: »Juhu, wie ist das schön, dass ihr wieder da seid. Ich hab so viel zu erzählen«, war finster und verstockt. Käthchen verschwand nach Ankunft der Eltern wortlos in ihrem Zimmer und knallte die Tür hinter sich zu, sie vermied jeden Augenkontakt und verweigerte jedes Gespräch. Hans und Helma waren ratlos.

»Vielleicht haben wir sie doch zu lange allein gelassen«, warf Hans seiner Frau vor. »Ich hab es ja von Anfang an gesagt, dass wir sie mitnehmen sollten.«

Helma war bestürzt. Sie fühlte sich schuldig, weil sie es gewesen war, die dafür plädiert hatte, Käthchen vierzehn alleinige Tage zuzutrauen. Es belastete sie, dass Hans sie ganz offensichtlich für Käthchens verändertes Verhalten verantwortlich machte.

Weder Vater noch Mutter gelang es, mit Käthchen zu sprechen. Sie blieb vollkommen verstockt und jeder Gesprächsversuch endete mit wütenden Tränen.

Helma und Hans schafften es nicht, auf einen gemeinsamen Nenner zu kommen. Schweigend und unglücklich umkreisten sie sich, verunsichert und voller Groll aufeinander.

Helma richtete ihr ganzes Denken auf die Hoffnung, dass sich die verfahrene Situation von selber auflösen könnte, wenn nur genügend Zeit verstrichen war. Käthchen hatte nur wenige pubertäre Ansätze gezeigt in den letzten Jahren und die Atmosphäre zwischen den Eltern und der heranwachsenden Tochter war nahezu durchgehend harmonisch und von Liebe geprägt gewesen. Bei den kleinen Donnerwettern, die es zwischendurch gegeben hatte, war es fast immer nur um Bagatellen gegangen und sie waren immer zu einer Einigung gekommen, die alle Seiten zufrieden gestellt hatte. Helma klammerte sich an die Möglichkeit, dass Käthchen nun spät aber dafür um so heftiger in die allseits gefürchtete Pubertät gekommen war.

Hans, dessen Denken wesentlich pragmatischer ausgerichtet war, fand indessen keine Ruhe. Es drängte ihn, ganz konkret heraus zu finden, was genau der Grund für Käthchens verändertes Verhalten war. Es musste eine klare Ursache dafür geben.

Die Entscheidung, seinem Kind nachzuspionieren, fiel ihm nicht leicht, doch er wusste letztendlich keinen anderen Rat. Ihm war klar, dass er seine Frau in keinem Fall in sein Vorhaben einweihen durfte, denn wie verwerflich dieser Vorgang war, war ihm auch ohne ihre berechtigten Einwände mehr als bewusst.

Hans hatte Helma für den nächsten Tag vorsorglich um eine längere Erledigung gebeten und so konnte er sich am späten Vormittag unbemerkt auf den Weg machen. Seinem Kind, das hastig und leise das Haus verließ, vorsichtig und in gebührendem Abstand zu folgen, fühlte sich an, als sei er im falschen Film. Hans hatte sich eine dünne, schon seit Jahren ausrangierte Jacke umgelegt, einen eigens dafür angeschafften Hut tief ins Gesicht gezogen und sich trotz der flirrenden Hitze ein leichtes Tuch um den Hals geworfen, hinter dem er sich, falls erforderlich, verbergen konnte. Doch Käthchen war, kaum dass sie die Straße, die sie von Zuhause wegführte, hinter sich gelassen hatte, völlig arglos. Mit federnden Schritten und wie von einem unsichtbaren Magneten gezogen, trieb es sie zu ihrem Ziel, und Hans hielt fassungslos den Atem an, als ihm klar wurde, wohin sie ihn führte.

Während Käthchen sich noch resolut in die vorderste Reihe der Umstehenden kämpfte, war Vladimir bereits in voller Aktion. In rasendem Tempo ließ er gerade zahllose Bälle in die Luft fliegen und fing sie fast musikalisch in einem steten Rhythmus federleicht auf, um sie sofort wieder in den wirbelnden Kreislauf einzureihen. Sein weiß geschminktes Gesicht war hochkonzentriert, doch kaum hatte er dem Bällefeuerwerk ein Ende bereitet und auch den letzten Ball mit Leichtigkeit in seiner kleinen schwarzen Kappe aufgefangen, flog sein Blick zu Käthchen. Ganz offensichtlich war ihm nicht entgangen, dass sie nun da war und seine Augen leuchteten. Hans war sprachlos.

Stunde um Stunde musste er mit ansehen, wie sein Kind jede einzelne Aktion dieses zugegebenermaßen faszinierenden jungen Mannes mit allen Sinnen in sich aufnahm. Ihr Blickkontakt sprach Bände. Diese beiden Menschen waren vollkommen hingerissen voneinander.

Als Vladimir mit einer eleganten Verbeugung andeutete, dass sein Programm vorerst zu Ende war und die begeisterte Menge sich langsam zerstreute, zog Hans sich vorsichtig hinter eine Säule zurück. Seine Angst, entdeckt zu werden, war jedoch völlig unbegründet. Käthchen hatte nur Augen für Vladimir. Hans musste es ertragen, mit anzusehen, wie Beide sich mit einer Decke in den Schatten zurück zogen und es sich bei einer Brotzeit gut gehen ließen. Sie sprachen fast nichts, aber ihr Umgang miteinander war von einer solchen Intimität, als würden sie sich schon seit Jahren kennen. Vladimir fütterte Käthchen mit Erdbeeren und wenn er ihr liebevoll die Trinkflasche reichte, blieben ihre Hände für eine Weile aufeinander liegen, als könne diese kleine Geste ihre Sehnsucht nacheinander vorübergehend stillen. Zu Hans' großer Erleichterung kam es zu keinerlei weiteren Zärtlichkeiten, doch dumpf in sich drin wusste er, dass sie sich schon längst nahegekommen sein mussten. Hier saßen zwei Liebende, die sich ineinander verloren.

Als Vladimir begann, endgültig die gesammelten Requisiten in seinen abgeschabten Koffer zu packen und den Bollerwagen in Bewegung zu setzen, klammerte Hans sich ein letztes Mal an die verzweifelte Hoffnung, Käthchen möge nun den Heimweg antreten. Doch sein Kind war mit zwei glücklichen Sprüngen an Vladimirs Seite, ergriff, wie er, die Stange des Wagens und trat mit ihrem Geliebten den Weg zum Fluss an. Was dort geschah, unter den geschützten Zweigen der stillen Weide, traf Hans bis ins Innerste seines väterlichen Herzens.

Er trat den Heimweg an, tief getroffen, aus den Fugen geraten und in seinen Grundfesten erschüttert. Sein Kopf arbeitete auf Hochtouren.

Bis er zu Hause angekommen war, war ein Plan in ihm gereift, wie er diese Treffen ab sofort unterbinden konnte, ohne dass Käthchen ein Handlungsspielraum blieb. Hans wusste seine heftige Tochter gut einzuschätzen. Es war ihr durchaus zuzutrauen, dass sie mit ihrem Liebsten völlig planlos durchbrennen würde, wenn sie erfuhr, dass sie getrennt werden sollten. Käthchen war noch so jung. Wie sollte sie in der Lage sein, diese Situation vernünftig zu beurteilen. Die Blicke, mit denen die beiden Liebenden ineinander versunken gewesen waren und die übrige Welt um sich herum völlig ausgeschlossen hatten, brannten Hans in der Seele. Hier war Gefahr im Verzug und es war seine Aufgabe als Vater, sein Kind vor weiteren unheilvollen Dummheiten zu bewahren.

Es blieb ihm nichts anderes übrig, als Helma von seinen Nachforschungen zu berichten. Hans war nicht sicher, was für sie schwerer wog: sein unverzeihliches Nachspionieren – dieser Übergriff in Käthchens Privatsphäre – oder die Tatsache, dass ihr Kind sich auf eine so prekäre Situation eingelassen hatte. Zusätzlich trug sie schwer daran, dass Hans ihr durch sein Schweigen nicht die Möglichkeit gegeben hatte, sich zu seinem schwerwiegenden Handeln zu äußern. Helma und Hans standen sich gegenüber wie zwei Fremde, Feinde im eigenen Lager, nur durch die Sorge um die geliebte Tochter vereint.

Als Käthchen endlich heimkam, mit hochgezogenen Schultern und gesenktem Kopf, und sich unverzüglich in ihr Zimmer zurück zog, waren die Eheleute noch keinen Schritt weiter gekommen. Sie diskutierten die halbe Nacht. Helma plädierte inständig dafür, das Gespräch mit Käthchen zu suchen, sie liebevoll mit dem, was sie heraus gefunden hatten, zu konfrontieren und Verständnis für ihr entbranntes Herz zu signalisieren. Sie war sich sicher, dass sich auf diesem Wege eine Lösung finden ließe.

Hans schätzte die Situation völlig anders ein. Sein intensives Kind, das alles, was es je gefühlt und getan hatte, immer mit Haut und Haaren und mit vollem emotionalen Einsatz vollzogen hatte, würde sich durch kein Gespräch der Welt von dieser tiefgreifenden Leidenschaft abhalten lassen. Er hatte die Beiden gesehen, er hatte selbst aus der Entfernung die unheilvolle Macht ihrer Gefühle gespürt und er war sich sicher, dass hier nur ein klarer Schnitt zu einem Ende führen konnte.

Schließlich gab Helma nach. In ihrem Innersten wusste sie, dass Hans recht hatte. Nichts und niemand würde Käthchen zur Umkehr bewegen.

Schweren Herzens trafen sie alle erforderlichen Vorkehrungen, damit Mutter und Tochter am nächsten Tag in die Schweiz abreisen konnten, bis Gras über die Sache gewachsen war. Helma tröstete sich mit dem Gedanken, dass Vladimir ohnehin in absehbarer Zeit weiterziehen und ihr Käthchen unglücklich zurück lassen würde. Vielleicht ersparten sie ihr auf diese Weise den Schmerz des Verlassenwerdens.

Jeden Abend telefonierte Helma mit ihrem Mann und berichtete ihm von der beängstigenden Schwere, die ihr Kind ergriffen hatte, von völliger Teilnahmslosigkeit und dem Verlust jeglichen Lebendigseins. Hans war außer sich vor Sorge und eine eisige Angst, vielleicht doch die falschen Maßnahmen ergriffen zu haben, würgte ihn. Er arbeitete wie ein Verrückter, um sich von seinen Sorgen abzulenken, und betrat abends sein verlassenes Zuhause mit zentnerschwerem Schritt.

Dass Käthchen schwanger war, teilte Helma ihm erst mit, als sie aus der Schweiz zurück gekehrt waren. Hans war fassungslos. Das, was er bis dahin mehr oder minder erfolgreich verdrängt hatte, war nun eingetreten und für ihn gab es keinen Zweifel, dass hier etwas getan werden musste. Käthchen sollte in die Schule zurück kehren, ihr Abitur machen und einen für sie geeigneten Beruf ergreifen. Hans klammerte sich an die Hoffnung auf ein normales Leben, das unweigerlich in absehbarer Zeit wieder stattfinden würde.

Diesmal stieß er jedoch auf härtesten Widerstand bei seiner Frau. Helma teilte ihm mit, dass Käthchen ganz klar die Aussage gemacht hatte:

»Wenn er mir das Kind wegnimmt, werfe ich mich vor den Zug.«

Hans war entsetzt. Er zweifelte nicht im Geringsten daran, dass seine Tochter diese Drohung wahr machen würde, und als Helma ihm obendrein klipp und klar mitteilte:

»Und dann werde ich dich verlassen«, gab er auf.

Die gesamte Schwangerschaft hindurch lebte Käthchen wie in einem Kokon. Sie trat mehr und mehr in eine innige Zwiesprache mit ihrem Kind und auch an ihre Mutter schloss sie sich eng an. Das Verhältnis zu ihrem Vater, dem einst so geliebten und verehrten besten Papa auf dieser schönen Welt, blieb jedoch irreparabel beschädigt.

Hans litt wie ein Hund. Mit allen Mitteln warb er um sein schönes verstummtes Kind, doch er konnte froh sein, wenn Käthchen überhaupt einmal aufsah, mit einem Blick, der ihn in seiner Unnachgiebigkeit mitten ins Herz traf.

Erst als Jakob geboren war, schöpfte Hans wieder Hoffnung. Seine Gefühle für dieses winzige Wesen waren zwar anfangs äußerst ambivalent, weil der Hass auf dessen Vater, der so viel Unglück über die Familie gebracht hatte, Hans im Weg stand. Doch immer wenn Jakob die Augen aufschlug und ihn, den neugeborenen Opa, mit seinem wissenden, uralten Blick aus seinen Käthchenaugen ansah, schmolzen Gram und Groll mehr und mehr dahin.

Käthchen war eine hingebungsvolle Mutter und Hans gelang es allmählich, über das Kind mit seiner Tochter wieder in Kontakt zu treten.

Im Laufe der Zeit schien sich die gesamte familiäre Situation zu stabilisieren. Jakob wurde zum geliebten Zentrum aller und

Käthchen blühte phasenweise wieder richtig auf. Sie fand zwar nie mehr zu ihrem »Juhu« zurück, aber Hans fühlte sich bereits beschenkt, wenn sie mit einem strahlenden Lächeln die Treppe herunter kam, ihr Kind auf dem Arm, um Mutter und Vater stolz Jakobs ersten Zahn zu zeigen, der weiß und prächtig durch das rosarote Zahnfleisch hindurch schimmerte.

In regelmäßigen Abständen tauchte Käthchen jedoch, manchmal sogar für Wochen, in tiefste Verzweiflung ab. Dann blieb sie in ihrem Zimmer und war kaum dazu zu bewegen, wenigstens kurz aufzustehen, um sich ein wenig frisch zu machen. Sie weigerte sich kategorisch, ärztliche Hilfe in Anspruch zu nehmen.

»Mir kann niemand helfen,« sagte sie und drehte sich zur Wand.

In diesen Zeiten versuchte Helma nach Kräften, das vorübergehend mutterlose Kind unter ihre liebevollen Fittiche zu nehmen. Hans unterstützte sie, indem er seinem Enkelkind so viel Zeit widmete, wie es ihm nur möglich war. Die Eheleute rückten eng zusammen und die Gräben, die sich seit jenem verhängnisvollen Sommer zwischen ihnen aufgetan hatten, konnten sich allmählich schließen.

Jakob wuchs zu einem eigenwilligen und klugen Kind heran. Aus Hans und Helma wurden Opapa und Omili und sie trugen diese schönen Namen voller Stolz und Liebe.

Die Nachricht von Käthchens Tod jedoch riss ihnen erneut den Boden unter den Füßen weg. Bei aller Sorge um Käthchens immer wiederkehrende Melancholie, hatten sie mit solchen Konsequenzen niemals gerechnet. Vor ihnen tat sich ein Abgrund auf, ein gähnendes Loch, angefüllt mit fast nicht zu bewältigendem Schmerz, mit Schuldgefühlen sich selbst gegenüber und Schuldzuweisungen an den anderen, mit Versagensängsten und lähmendem inneren Stillstand. Alles um sie herum schien auseinander zu brechen.

Gottlob war da Jakob, das verwaiste und verstörte Kind. Sein Da-Sein hielt Helma am Leben. Hans hingegen, wieder einmal im Schmerz vollkommen verstummt und in seinem Inneren zu einem steinernen Klumpen gefroren, flüchtete sich in seine Arbeit. Verzweifelt nahm er das Angebot für eine Gastprofessur in Harvard an und ließ sein Zuhause und seine reduzierte Familie für viele Monate einfach hinter sich. Helma blieb mit ihrem Schmerz allein.

Letztendlich hielt Jakob die Gemeinschaft zusammen. Wäre er nicht gewesen mit seiner kindlichen Bedürftigkeit, mit seinem Anspruch, in dieser entsetzlichen Situation liebevoll aufgefangen zu werden, hätte Helma ihre Sachen gepackt und wäre verschwunden.

Als Hans zurück gekehrt war, tasteten die Eheleute sich tapfer wieder aneinander heran. Ihre vereinsamten Herzen sehnten sich überlebenswichtig nach dem einstigen Seelenmenschen und auch wenn sie nicht über all das Schwere miteinander sprechen konnten, schien es zu zweit doch leichter zu sein, es zu ertragen.

In den kommenden Jahren trafen sich immer mal wieder ihre Blicke, wenn ihnen bewusst wurde, dass sie gerade herzlich miteinander gelacht hatten.

»Es geht tatsächlich wieder«, dachten sie dann und konnten es nicht fassen.

Jakob brachte mit seiner Neugierde auf das Leben und mit seinem ungebremsten kindlichen Tatendrang unbeirrt die Freude in den Familienalltag zurück. Omili und Opapa gelang es, ihm die fehlenden Eltern zu ersetzen, und sie gingen in dieser Rolle auf. Wider Erwarten wurden es gute Jahre.

23

Wir haben deinen Vater gefunden.«
Gunnars Anruf kam, als Jakob gerade dabei war, mit
Mia das Bücherregal auszumisten. Seine Beine wurden ganz
hohl und er musste sich erst einmal setzen. Mia schaute ihn be-
sorgt an und Jakob flüsterte ihr nur eben zu:
»Mein Vater.«
Wie seltsam klangen diese Worte aus seinem Mund, als hätten
sie in all den Jahren, in denen sie nicht gebraucht worden waren,
Staub und Rost angesetzt.
»Was weißt du?« fragte Jakob und musste sich räuspern, weil
seine Stimmbänder sich plötzlich anfühlten wie dicke verkrustete Drahtseile. Mia setzte sich zu ihm.

An jenem Abend, als Gunnar den verheißungsvollen Vorschlag
gemacht hatte, dass eine Agentur nach der Identität seines Vaters fahnden könnte, hatten sie vereinbart, dass sie diesem, sollten sie ihn ausfindig machen, als Allererstes Folgendes sagen
sollten: Hier ging es um keinerlei finanzielle Ansprüche, keinerlei Regressforderungen und nicht um den Wunsch, sich in
Zukunft in das Leben des Gesuchten einzumischen. Hier ging
es lediglich darum, dass ein Sohn das Bedürfnis hatte, seinem
Vater wenigstens einmal zu begegnen. Jakob hoffte, dass es dem
Betreffenden, der ja von seiner Existenz nichts ahnen konnte,
auf diese Weise leichter fallen würde, sich auf dieses Anliegen
einzulassen. Ihm war klar, dass sein Erzeuger in den vergangenen Jahrzehnten höchstwahrscheinlich eine Familie gegründet
hatte, die durch die Erkenntnis, dass es dort irgendwo in der Welt
ein weiteres Kind gab, nicht aus den Fugen geraten sollte.

Nach Aussagen der Agentur hätte Vladimir Balada sich nach
anfänglicher Irritation bereit erklärt, seinen unbekannten Sohn
zu treffen. Er sei zum fraglichen Zeitpunkt an mehreren Orten
in Deutschland gewesen, sei jedoch nicht in der Lage nachzu-
vollziehen, welche Begegnung zu Jakobs Existenz geführt hatte.
Vladimir Balada sei gebürtiger Tscheche, von Beruf Pantomime,

und lebe in Prag. Er sei beruflich viel herum gekommen und beherrsche die englische Sprache relativ sicher. Auch auf deutsch ließe sich ein einfaches Gespräch führen.

Nach dieser Auskunft fühlte Jakob sich zunächst einmal wie gelähmt. So nah am Ziel war er überraschenderweise nicht mehr sicher, ob er dies alles auch wirklich wollte. Es war nun an ihm, die Initiative zu ergreifen und, auf welchem Wege auch immer, Kontakt zu Herrn Balada, wie er ihn plötzlich innerlich nannte, auf zu nehmen.

Jakob zog sich in sich selbst zurück. Tagelang umkreiste er seinen Laptop, der ihm weitere Informationen zu diesem Fremden liefern könnte. Er fühlte sich zerrissen.
»Was macht das mit mir, ihn kennen zu lernen?« fragte er sich. »Was macht das mit mir, wenn er mir unsympathisch ist?« Und, fast noch bedrohlicher: »Was macht das mit mir, wenn ich ihn mag?«
Jakob war sich nicht mehr sicher, ob er dieses Lebensfass, das seinem Selbstgefühl eine ganz andere Richtung geben könnte, auch wirklich öffnen sollte. Er fürchtete sich vor dem Verlust seiner vertrauten Identität, die ihn bis zum heutigen Tag zufrieden und eins mit sich durchs Leben geführt hatte. Plötzlich wurde ihm bewusst, dass sein Selbst Bestandteile dieses Fremden in sich trug, unbekannte Wesenszüge, Vorlieben und Abneigungen, deren Ursprung für ihn bis jetzt im Dunklen gelegen hatte. Ihm wurde klar, dass seine Sicht auf die Welt nicht nur von dem bislang Erlebten herrühren könnte, sondern zu einem gewissen Prozentsatz auch der Blickwinkel dieses Unbekannten war.
»Ich bin zur Hälfte ein Tscheche.« Diese Erkenntnis haute ihn um.

Erst nach mehreren Tagen setzte er sich an den Laptop, um die Suchwörter *Vladimir Balada, Pantomime, Prag*, einzugeben. Er wusste nun, dass die Frage »Wer bin ich?« sich nur klären ließ, wenn er eine Antwort auf die Frage »Wer ist er?« gefunden hatte.

Jakob verbrachte viele Stunden damit, sich in das Leben seines Erzeugers zu vertiefen. Wie ein reicher Bilderbogen taten sich die Etappen von Vladimir Baladas Werdegang vor ihm auf. Jakob klickte die unzähligen Fotos, die er fand, immer und immer wieder an und sah dabei seiner Gänsehaut zu, die seine gesamte Haut erfasste, um schließlich vom schluckenden Hals bis in die Augen zu stoßen.

Ihm war, als blicke sein Zwilling ihm entgegen. Jakob fand seinen langen schlaksigen Körper in Vladimir wieder, die spitze Nase im hageren Gesicht. Nur die Jakobaugen, die fand er nicht, und fast war er froh, dass wenigstens dies etwas war, was ihm allein gehörte.

Vladimir wirkte auf ihn wie ein in die Jahre gekommener Lausbub, der nie wirklich aufgehört hatte, Kind zu sein. Zahllose Lachfalten umgaben Augen und Mund und auch seine Stirn war zerfurcht, als hätte sich das intensive Mienenspiel der vielen Jahre des sich Ausdrückens ohne Worte tief eingegraben.

»Mit diesem Gesicht kann man eigentlich nur Clown oder Pantomime werden«, dachte Jakob und musste lächeln.

Vladimirs helle glatte Haare fielen ihm ungezähmt ins Gesicht und über den Kragen und Jakob war erstaunt, wie groß seine leicht abstehenden Ohren waren. Der Ausdruck in seinem Gesicht wechselte von verschmitzt zu bestürzt, von tumb zu schlau und von verschlagen zu sanftmütig. Vladimir schien eine ganze Palette von Befindlichkeiten abrufen zu können.

Hinweise auf Herrn Baladas Privatleben fand Jakob nicht.

Wieder vergingen einige Tage, bis Jakob es schaffte, per Mail Kontakt aufzunehmen. Er schrieb seine knappen Worte auf deutsch. Zu seinem Erschrecken ließ die Rückantwort nicht lange auf sich warten. Vladimir war bereit, seinen Sohn zu treffen, jedoch aus beruflichen Gründen vorerst nicht abkömmlich. Ob es Jakob möglich sei, nach Prag zu kommen, um ihn kennen zu lernen?

Eine Lawine kam ins Rollen. Wie ferngesteuert führte Jakob diese außergewöhnliche Korrespondenz mit seinem unbekannten Vater, regelte die Terminfrage präzise und mit dürren Worten, fast als ginge ihn das Ganze nichts an. Ihm war, als geschähe es mit ihm und er wäre nicht dabei.

In seinem Innersten jedoch brodelte es. Jakob konnte die weitreichenden Konsequenzen dieses Treffens erahnen. Vladimir Balada würde von nun an aus seinem Leben nicht mehr weg zu denken sein. Immer wenn er, Jakob, sich auf die Suche begeben würde nach dem Ursprung der Emotionen und Nachdenklichkeiten, die ihm widerfuhren, würde sein Vater gedanklich in seine Überlegungen mit einbezogen werden müssen,

»Er ist ein Teil von mir.« Diese Tatsache musste Jakob ins Auge blicken, ob er wollte oder nicht.

VLADIMIR

Schon als kleines Kind hatte Vladimir es geliebt, seinen Körper bis aufs Äußerste zu fordern. Sein Bewegungsdrang war unerschöpflich und schon in ganz jungen Jahren war er im Boden- und Kunstturnen mit herausragenden Leistungen aufgefallen. Seine biegsame Statur erlaubte es ihm, mit beneidenswerter Leichtigkeit körperliche Positionen einzunehmen, die anderen allein nur beim Zuschauen schon den Schweiß in den Nacken trieben.

Vladimirs Eltern waren Tänzer. Als Vladimir vier Jahre alt war, verließen sie das klassische Ballett, um nach neuen Möglichkeiten des Ausdruckstanzes zu suchen, und schlossen sich der Tanzgruppe des berühmten Choreographen Pavel Šmok an. Šmok war einer der ersten Choreographen, die den modernen Tanzstil prägten und das Prager Kammerballett wurde im Laufe der Jahre zum im Ausland bekanntesten tschechischen Tanzensemble.

Wenn seine Eltern auf Tournee waren, blieb Vladimir in der Obhut seiner geliebten Babička. Sie umsorgte und verwöhnte ihr einziges Enkelkind nach Kräften und war bei seinen kleinen leidenschaftlichen Aufführungen, die er im beengten Wohnzimmer zum Besten gab, meist die einzige, wenn auch vollkommen begeisterte Zuschauerin.

Bei Vladimir musste sie mit allem rechnen. Wenn Babička Kartoffeln schälte, schnappte er sich gerne die ganz kleinen, um mit ihnen mitten in der Küche seine Jonglierübungen zu vervollkommnen. Im fortgeschrittenen Stadium mussten manchmal auch Eier herhalten, um die Spannung zu steigern, und selbstverständlich ging dies nicht immer gut.

Beim Spaziergang im Park konnte Vladimir es nie lang aushalten, einfach normal zu gehen. Er schlug Räder, lief auf den Händen, vollführte aus dem Stand mehrere Saltos hintereinander oder kletterte in atemberaubender Geschwindigkeit Laternenmasten hinauf.

Schon früh war er daran gewöhnt, dass Passanten stehen blieben und ihm anerkennend applaudierten. Es gefiel ihm, sich vor

Publikum zu profilieren und bald beherrschte er die Kunst, mit nur wenigen Mitteln viel zum Ausdruck zu bringen. Ihm genügten ein Hut oder ein Stock, eine kleine Blume oder ein Stein, um ganze Geschichten zu erzählen.

Seinem Körper mit äußerster Disziplin alles abzuverlangen und sich allein mittels Bewegung ganz ohne Sprache auszudrücken, war Vladimir von klein auf vertraut. Seine Eltern lehrten ihn, sich aus allen nur erdenklichen Quellen des Lebens die Inspiration für Bewegung zu holen. Das Wiegen der Bäume im Wind, ein Schwarm kleiner Fische oder die elegante Formation der Zugvögel wurden für ihn zum besten Material und die Vorlage für seine spätere Profession.

Vladimir hatte noch nicht ganz die Schule beendet, als die kommunistischen Herrschaftssysteme in Europa ihre Macht abgaben und sich in atemberaubender Geschwindigkeit auflösten. Auch die Tschechen wagten im Dezember 1989 den Sturz des Sozialismus.

Vladimirs Freiheitsdrang war grenzenlos. Mit nicht mehr als zwei Koffern machte er sich im Frühjahr 1992 auf, die Welt zu erkunden.

Er brauchte zum Überleben nicht viel. Seine Unterkünfte waren bescheiden und seine Ansprüche gering. Vladimir lebte von der Hand in den Mund und von einem Tag zum anderen. Dort, wo es ihm gefiel, blieb er für eine Weile, ansonsten zog er weiter. Es gelang ihm immer, an einem neuen Ort ein geeignetes Vehikel zu erstehen, das ihm für die Dauer seines Aufenthaltes ermöglichte, seine Accessoires, die er für seine Auftritte brauchte, zu transportieren. So zog er mal mit einem alten Fahrrad samt Anhänger auf den ihm zugewiesenen Platz, mal mit einem Handkarren, einem ausrangierten Bollerwagen oder einer altgedienten Sackkarre.

Vladimir war erfolgreich und seine Vorführungen brachten ihm gutes Geld. Er kam zurecht. Das Leben lag vor ihm wie eine Kette voller unbekannter, aufregender und atemberaubender Verheißungen. Er fühlte sich großartig in diesem einzigartigen

Sommer. Vladimir erlag dem Charme der Französinnen, der Glut der spanischen Mädchen und dem Temperament der resoluten Italienerinnen. Mit seinen beweglichen Zuwendungen und begabten Händen beglückte er sie alle. Er kostete die Liebe in vollen Zügen aus.

Erst als die Tage kürzer wurden und die matten Sonnenstrahlen nicht mehr in der Lage waren, ihn in seinem dünnen Clownsgewand ausreichend zu wärmen, trat Vladimir schweren Herzens die Heimreise an, prall angefüllt mit unvergesslichen Erlebnissen.

Sein Berufsziel stand nun zweifelsfrei fest. Vladimir bewarb sich an der Musik- und Tanzfakultät der Akademie der darstellenden Künste in Prag für die Abteilung Pantomime, die als jüngster Ausbildungszweig gerade neu eingeführt worden war.

Während seiner Ausbildung fühlte er sich wie ein Fisch im Wasser. Er war in seinem Element. Das Studienprogramm, das sich umfassend mit den Techniken des nonverbalen Theaters und der Komödie befasste, bot ihm Einblicke in Körpersprache, Pantomime, Jonglage, Slapstick und Clownerie. Vladimir setzte sich sowohl mit der Tradition der tschechischen Pantomime als auch mit dem modernen Ansatz der Pantomime der Gegenwart auseinander.

Sein Beruf beglückte ihn über die Maßen. Dieses Schauspiel ohne Worte ermöglichte ihm, allein mit den Mitteln des Körpers Menschen zu berühren und seelische Zustände spürbar zu machen. Vladimirs gestische, mimische, gelegentlich auch tänzerische und akrobatische Kunstfertigkeit war vortrefflich. Seine prächtige schlaksige Gestalt kam ihm dabei zugute.

Immer wieder machte es ihn staunen, dass es tatsächlich möglich war, mit so wenigen Mitteln so viel zu erzählen. Für ihn blieb es faszinierend, zu welch brutaler Genauigkeit er gezwungen war, um genau das zum Ausdruck zu bringen, was ihm am Herzen lag. Wenn er eine Pause auch nur für zehn Sekunden länger dehnte, entstand sofort ein anderes Stück.

Vladimir machte unter anderem die erstaunliche Erfahrung, dass selbst rein visuelle Eindrücke durchaus laut sein konnten.

Bei einer seiner Vorführungen wurde aus allen Revolvern gefeuert, ohne dass ein einziger Schuss zu hören war. Die Reaktion des Publikums machte ihm jedoch deutlich, dass die Zuschauer sehr wohl das mächtige Wumms dieser Kampfszene wahrgenommen hatten.

Er trat an allen nur erdenklichen Stätten auf, sei es das kleine Bühnenpodest im hinteren Teil eines nachmittags noch verwaisten Ladens, sei es eine schummrige Kellerbühne, seien es der Václavák oder der Karlák, auf denen er mitten im Getümmel seine Künste zum Besten gab.

Im Laufe der Jahre arbeitete er mit den Besten der Besten zusammen und trat in Zusammenarbeit mit den europäischen Pantomime-Zentren Prag und Warschau und der Berliner »Etage« regelmäßig beim berühmten internationalen Festival »My Mime« auf. Dort kamen Pantomimekünstler aus zahlreichen Ländern, aus Frankreich, Tschechien, Polen, Spanien oder Italien zusammen. Neben seinen Beiträgen auf der Bühne bot Vladimir für die nachwachsende Generation junger Artisten auch Workshops an.

Erst spät verspürte er den Wunsch, eine Familie zu gründen und sein bis dahin eher unstetes Leben in etwas geordnetere Bahnen zu lenken. Im gestandenen Alter von 40 Jahren heiratete er die junge Aktionskünstlerin Karolina Kacirkova. Innerhalb von nur acht Jahren wurden seine zwei Töchter Eva und Jarmila und sein Sohn Jiri geboren. Sie waren Vladimirs ganzes Glück.

24

Zur Zeit stand Jakob morgens deutlich länger als sonst auf dem Kopf. Seine Welt war durcheinandergewirbelt worden und nichts stand mehr an seinem Platz. Jakob sehnte sich nach einem Blickwinkel, der das, was da mit ihm geschah, säuberlich sortiert und leicht verstehbar wiedergab. Doch die Aussicht, »bald einen Vater zu haben« wie er es nannte, ließ sich nicht einordnen.

Jakob brauchte das Alleinsein nun mehr denn je. Er verbrachte viel Zeit am Fluss, hielt nach Steinen Ausschau, die zu ihm wollten oder legte diejenigen, die Heimweh gehabt hatten, behutsam wieder am Ufer ab. Er suchte nach Antworten auf die immer wiederkehrenden aufwühlenden Fragen, die ihm die Luft nahmen. Alles, was er sah, brachte er zwangsläufig mit diesem Unbekannten, schmerzlich Vermissten und bang Ersehnten in Verbindung. Jakobs gesamtes Denken mündete nur noch in das eine Wort »Vater.«

Dort drüben gab es die Moldau, die Vladimirs Stadt zerteilte. Und hier war Jakobs Fluss, der ihm so viel bedeutete. Was kam auf ihn zu, wenn er die Welt seines Vaters betrat? Was würde er fühlen, wenn er ihm endlich gegenüber stand? Was wäre, wenn er begreifen würde, dass er ihn mochte?

Am Ende war Jakob restlos erschöpft, ausgehöhlt von der unaufhörlichen Suche nach dem was sein würde und könnte. Dennoch tastete er sich immer wieder an das Bevorstehende heran und spürte den fremden Worten nach, die er in Erfahrung gebracht hatte.

»Otec«, sprach er vorsichtig vor sich hin. »Vater.«

Und »Tati«, »Papa«.

***

Seit etlichen Wochen hing bei Mia und Jakob der Haussegen schief. Mia kam überhaupt nicht mehr an Jakob heran und er wich jedem Gesprächsversuch verärgert aus. Seine Gesten waren fahrig und er wirkte zerstreut. Mia hatte den Eindruck, dass er ihr gar nicht mehr zuhörte und war sich manchmal nicht sicher, ob er überhaupt merkte, dass sie da war. Jakob trieb sich stundenlang am Fluss herum und kam sorgenschwer und beladen nach Hause. Dennoch war er nicht bereit, das, was ihn beschäftigte, mit ihr zu teilen.

Mia versuchte tapfer, sich an das zu halten, was Omili ihr mit auf den Weg gegeben hatte:

»Sei einfach nur da.«

Doch sie spürte zunehmend mehr eine altvertraute Wut in sich aufsteigen. Sie fühlte sich schlecht behandelt, als zählte sie nichts mehr in Jakobs Leben.

Als endlich ein fester Termin für das ersehnte Vater-Sohn-Treffen gefunden war und Jakob beschloss, insgesamt ganze drei Tage in Prag zu bleiben, um sich rechtzeitig »einzuwohnen« in diese nicht einfache Situation und um rund um das bedeutende Treffen genug »Platz zum Atmen« zu haben, war Mia fest davon ausgegangen, dass sie ihn begleiten würde. Doch Jakob bestand darauf, allein zu fahren.

»Das ist *meine* Mission und da will ich ganz alleine durch«, wiegelte er ab und Mia bemerkte bestürzt, dass seine Gesichtszüge hart wurden.

Trotzdem gab sie nicht auf. Mit allen Facetten versuchte sie, Jakob davon zu überzeugen, dass es ihm gut tun würde, seine Ängste und Aufregungen unmittelbar vor Ort mit ihr zu teilen.

»Beim eigentlichen Treffen wäre ich selbstverständlich nicht dabei«, beschwor sie ihn. Sie fühlte sich, als würde sie auf rohen Eiern balancieren, die jederzeit unter dem Gewicht eines falsch gewählten Wortes zerknacken könnten. »Aber hinterher hättest du die Möglichkeit, über das zu sprechen, was du erlebt und gespürt hast.«

»Nein Mia, ich fahre allein.« Jakobs Klarheit hatte etwas Unerbittliches. Für ihn gab es da nichts zu diskutieren.

Im Bett versuchte Mia, sich unentbehrlich zu machen. Danach, in diesem unvergleichlichen Zwischenbereich von wohligem Gesättigtsein und schwerelosem Hinabsinken in den Schlaf, flüsterte sie ihm zu:

»Bitte, nimm mich mit.«

Doch Jakob ließ sich nicht erweichen.

»Ach Mia«, seufzte er nur und schlief ein.

Nach ein paar Tagen hielt Mia es nicht mehr aus.

»Was bist du nur für ein Mensch«, brach es aus ihr heraus. »Du bist wie ein Felsen. Dich kann man nicht verrücken.«

Jakob schaute sie erstaunt an.

»Warum sollte ich mich verrücken lassen?« fragte er und Mia verlor endgültig die Fassung.

»Genau das mein ich. Wie es mir dabei geht, ist dir egal.«

Jakob blieb unbeeindruckt: »Du weißt, dass das nicht stimmt.«

Seine Ruhe brachte sie zur Weißglut: »Wir sind verheiratet, verehrter Herr Jakob Lorenzen. Hast du schon einmal davon gehört, dass es sowas wie ein Wir gibt?« Mias Augen funkelten.

Jakob hielt ihrem Blick stand.

»Ein Wir kann nur atmen, wenn es auch ein Ich und ein Du gibt.« Seine Stimme war fest und klar. »Und jetzt fährt mein Ich nach Prag und dein Du bleibt hier. Wenn das alles vorbei ist, ist das Wir wieder dran.«

Dann stand er auf und sagte: »Ich mach uns was zu essen.«

Da wusste Mia, dass sie verloren hatte.

Am Vorabend der Reise saßen Mia und Jakob in Jakobs Wohnung beim Abendbrot und fanden keine Worte. Auf Mia lastete der bevorstehende Abschied und all das, was sich in den letzten Tagen zwischen sie geschoben hatte. Jakob wiederum konnte die diffusen Ängste, die bezüglich der kommenden Tage auf seiner Seele lasteten, kaum benennen. Er war kein geübter Reisender, denn bis auf die Urlaubsfahrten mit seinen Großeltern vor vielen Jahren war er kaum herum gekommen. Fernweh war Jakob fremd. Er wohnte in sich und war mit diesem Ort mehr als zufrieden.

Als Mia und Jakob schließlich beieinanderlagen, jeder in seine eigenen bangen Gedanken verstrickt, bat Jakob, dass Mia ihn morgen früh doch nicht an den Zug begleiten sollte.

»Ich muss das alleine machen, Mia, von Anfang an. Für mich geht das nicht anders. Versteh das bitte.«

Mia setzte sich abrupt auf, doch Jakob kam ihrem Protest zuvor:

»Der Zug fährt sowieso viel zu früh, da kannst du einfach noch liegen bleiben und dann, wenn ich weg bin, gemütlich zur Arbeit gehen.«

Mia war fassungslos.

»Langsam kannst du mich ja vollständig ausradieren aus deinem komischen Leben. Was soll ich noch hier?« Sie kämpfte mit den Tränen, doch als Jakob stumm blieb, meinte sie leise:

»Keine Angst, ich geh ja schon.«

Sie schlüpfte in ihre Kleider und sagte mit einer plötzlich ganz fremden Stimme:

»Solltest du für immer in Prag bleiben, sag mir wenigstens kurz Bescheid.«

Dann stapfte sie zielgerichtet zu Jakobs Vorratsschrank und drehte alle Verpackungen, Schachteln und Dosen resolut auf den Kopf.

Als die Wohnungstür krachend ins Schloss fiel, musste Jakob bestürzt feststellen, dass er erleichtert war.

25

Als Jakob sehr früh am Morgen am Bahnsteig stand, war ihm die Größe des Augenblicks glasklar bewusst. Um sich von der Angst, die immer wieder nach ihm griff, besser abkapseln zu können, hatte er sich jedoch vorgenommen, das bevorstehende morgige Treffen vorerst rigoros aus seinen Gedanken zu verbannen und sich diszipliniert auf andere Dinge zu konzentrieren.

Mias heftiger Abgang gestern Nacht lag ihm auf der Seele. Jakob war hin- und hergerissen, ob er sich nicht doch kurz bei ihr melden sollte. Ihre letzten Worte hatten sich für ihn bedrohlich angefühlt, vor allem weil Mia sie so ungewohnt ruhig und knapp in den Raum gestellt hatte. Jakob machte sich Sorgen. Er wusste nur zu gut, dass seiner impulsiven Frau Einiges zuzutrauen war, wenn sie erst einmal so richtig in Rage war. Dennoch fand er nicht die passenden Worte, die er an sie hätte richten können. So nahm er sich vor, zu einem späteren Zeitpunkt ausführlicher darüber nachzudenken.

Die ersten Stunden seiner Reise beschäftigte er sich immer wieder mit den gebräuchlichsten tschechischen Wörtern. Mithilfe der Lautschrift ließ er sich jedes dieser köstlich klingenden Worte auf der Zunge zergehen, so wie er auch die tschechischen Zugansagen konzentriert in sich aufnahm. Diese Sprache war wie eine weiche Melodie, die die Zunge flirren und die Lippen zwitschern ließ.

Kaum über der Grenze, straffte sich Jakobs Körper, in dem Vorsatz, jedes Fleckchen dieser fremden Welt – der Welt seines Vaters – hellwach in sich aufzunehmen.

Die spärlichen meist gelben und oft abbruchreifen Häuser inmitten der schmutzig grauen Felder schienen schwer zu atmen. Noch standen sie einzeln herum, ratlos, als hätte man sie vergessen. Die Landschaft wirkte gleichgültig, als wolle sie sich nicht die Mühe machen, sich zu verändern. Selbst die Berge fielen müde und immer gleich in flache Eintönigkeit zurück. Die Minuten zogen sich dahin.

Jakob sehnte sich danach, endlich anzukommen und hatte

den Eindruck, dass das Warten darauf sich bleischwer auf seine Seele legte. Unversehens stand das Morgen wieder vor ihm und er schloss die Augen, in der Hoffnung, ein wenig schlafen zu können.

***

Prag. Praha Hlavni Nadrazi. Jakob war am Ziel. Klopfenden Herzens machte er sich auf den Weg, einen Geldautomaten zu finden und am Schalter eine Dreitageskarte für die Metro zu kaufen. Er war freudig überrascht von der freundlichen Hilfsbereitschaft der Menschen, die er mit seinem holprigen Englisch um Auskunft bat und war erleichtert, dass sie ihn verstanden.

Endlich hatte er die richtige Straßenbahn gefunden und fand innerhalb kürzester Zeit auch die Straße, die ihn unweigerlich bis zu seiner kleinen Pension führte.

Jakobs Zimmer Nr. 15 war beengt und durch das große Doppelbett, auf dessen steifen Kissen zwei kleine Willkommensbonbons lagen, fast schon komplett ausgefüllt.

Eine heiße Sehnsucht nach seinem Zuhause schoss durch Jakob hindurch. Vorsichtig und etwas ratlos setzte er sich auf die äußerste Bettkante.

»Was jetzt?«, dachte er bang. Seine vertraute Welt war viel zu weit weg.

Schließlich fiel sein Blick auf das große Bild an der Wand, auf dem die Moldau, über die sich mehrere imposante Brücken spannten, in nächtlichem Glanz abgebildet war.

»Da muss ich hin«, dachte Jakob und machte sich mutig auf den Weg.

Er war fasziniert von der Schönheit dieser lebendigen Stadt und ließ sich treiben. Seine Augen kletterten die alten Häuserfassaden hinauf, blieben an den Zifferblättern einer alten Uhr hängen, schwangen sich auf Kirchtürme und Häuserdächer. Und da war sie, die Moldau. Glitzernd und zeitlos durchtrennte sie die Stadt, silberglänzend in der Nachmittagsdämmerung. Jakob war beeindruckt von den Statuen der Karlsbrücke, schwarz und geheimnisumwittert, mit dem Wissen um gewesene Zeiten. Die

Glocken der Loretokirche begannen zu läuten, kaum dass er den Hradschinplatz betreten hatte. Prag hatte auf ihn gewartet, das war, was die Glocken ihm sagten, und plötzlich fühlte er sich mit dem allen seltsam verwandt. Er reckte den Kopf in den Himmel, der ihm fremd und geheimnisvoll erschien und ja doch auch *seiner* war.

Unversehens taten sich neue Wunder auf, kleine schmale Gässchen mit niedrigen schiefen Häusern, die nur darauf gewartet hatten, von ihm entdeckt zu werden. Ein Blick über ganz Prag, beleuchtet, frühwinterlich hell, pulsierend in historischer Kraft. Niemals hätte Jakob für möglich gehalten, dass ihm je eine andere Stadt als die seine so sehr gefallen würde. Unermüdlich kämpfte er sich durch die tschechischen Namen, als gälte es, diese Prüfung mit Auszeichnung zu bestehen. Und immer wieder kehrten seine Augen zur Moldau zurück, deren schweres Wasser ihm von Freundschaft sprach.

Auf der Karlsbrücke blieb er lange bei der kleinen Statue des heiligen Nepomuk stehen. Ein Kreuz zwischen dem sechsten und siebten Brückenpfeiler markierte die Stelle seines Märtyrertodes und Jakob war fasziniert von der magischen Anziehungskraft, die dieser Brückenheilige auf die Umherflanierenden ausübte. Das Handauflegen am Relief im Brückenpfeiler sollte Glück bringen und die blank geriebene Stelle machte klar, wie sehr die Menschen daran glaubten. So fühlte sich auch Jakob magisch angezogen von diesem Schutzpatron, ließ wie eine Opfergabe ein paar Münzen in die Moldau fallen und legte seine Hände auf den Sternenkranz.

»Heiliger Nepomuk. Segne die Begegnung mit meinem Vater«, dachte er mit geschlossenen Augen.

Danach war seine Kehle ganz eng und er musste sich für eine Weile an das Brückengeländer lehnen, um sein aufgewühltes Herz zu beruhigen.

Immer wieder blieb Jakob stehen, um die tschechischen Puppenspieler, die Karikaturisten und Musiker zu studieren, die die Aufmerksamkeit der Passanten auf sich zogen. In kurzen Abständen saßen die Bettler, deren unterwürfige Haltung Jakob verstörte. Sie knieten auf dem kalten Stein, den Oberkörper vollständig nach vorne gelegt bis auf den Boden, schweigend eine kleine Kappe in den schwieligen Händen. Jakob gab ihnen alles, was er an Kleingeld in seinem Beutel finden konnte und schämte sich seiner Leichtigkeit.

In gebührendem Abstand schaute er den Touristen zu, die ihre Handys zückten, um ihr Mädchen abzulichten, werbewirksam auf dem Brückengeländer drapiert und die eindrucksvolle Kulisse von Prag im Hintergrund. In allen erdenklichen Posen räkelten sich die jungen aufgetakelten Frauen und Jakob musste kichern beim Gedanke an seine Mia. Sie würde am Brückengeländer stehen, frisch wie ein polierter Apfel, mit durchgedrückten Knien und erwartungsvoll aufgerichtetem Körper. Mia würde einfach nur durch und durch glücklich aussehen.

Eine heiße Welle der Sehnsucht erfasste ihn. Ich will nach Hause, dachte Jakob, und war gleichzeitig überrascht, festzustellen, dass er den Wunsch hatte, mit Mia nach Prag zu reisen, um ihr all das zu zeigen, bald, so bald wie möglich.

»Ich werde ihr ein Geschenk mitbringen«, dachte er und machte sich auf den Weg.

Sein Blick blieb an einem kleinen Laden hängen, dessen bunte Waren ihm sofort ins Auge sprangen. Mia liebte bunt und Jakob ließ sich Zeit, all das Prächtige, das sich ihm bot, ausführlich zu studieren. Die Qual der Wahl war groß.

»In diesen Laden werde ich sie führen«, nahm er sich vor und musste lächeln beim Gedanke an ihr beglücktes Gesicht.

Am Ende entschied er sich für eine fröhliche Espressotasse, die rundum mit knallroten Mohnblumen bedruckt war. Die würde problemlos in sein kleines Gepäck passen, sorgsam eingewickelt in seine Wäschestücke. Er hörte schon jetzt Mias entzückten Aufschrei und sein Herz wurde weit und eng zugleich.

Jakob schlenderte weiter. Immer wieder standen lange Schlangen vor kleinen Läden, in denen wie am Fließband seltsame Teiggebilde zu prähistorisch anmutenden Schneckenhäusern geformt wurden, in die verschiedenste Köstlichkeiten gefüllt werden konnten. Trdelnik. Jakob ließ seine Zunge flirren, um sich dieses seltsame Wort auf der Zunge zergehen zu lassen. Schließlich entschied er sich für einen Trdelnik mit Erdbeeren und Schlagsahne, weil Mia ihn gewählt hätte. Er sah es vor sich, wie sie mit einem vorfreudigen »Schmatz« ihre kleine freche Zunge in diesen Berg von Sahne gestoßen hätte, um sich den ersten Bissen mit geschlossenen Augen seufzend einzuverleiben.

Zu später Stunde kehrte Jakob mit rot gefrorener Nase und schweren Füßen in sein Zimmer zurück. In den frisch gestärkten, nach Fremde riechenden Laken, sehnte er sich heftig nach seinem eigenen Bett, das ihm durch seinen vertrauten Geruch auf sinnliche Weise hätte deutlich machen können, dass es ihn, Jakob, gab. Eine flackernde Lust befiel ihn, seinem unverschämt prallen Kissen die Luft abzulassen. Stattdessen klopfte er sich seufzend eine annehmbare Kuhle in das widerspenstige Kissen.
»Opulent, subtil, abstrus«, dachte er noch. Dann gab er sich ab an den Schlaf.

Jakob träumte von hohen Kuppeln, von Intarsien an den Wänden und von wunderbaren Jugendstillampen. Um seinen hochgereckten Kopf kreisten warme, bunte Farben, Lichtreflexe suchten sich den freien Raum, stießen aneinander und zerplatzten zu kleinen gleißenden Kugeln, die sternförmig tanzend miteinander verschmolzen. Inmitten dieses Lichtspektakels stand ein einsamer Harlekin, der ihn in Zeitlupe zu sich heran winkte. Jakob versuchte, zu ihm zu kommen, doch es gelang ihm nicht.

26

Beim Erwachen zerriss die Aufregung vor dem Bevorstehenden gnadenlos sämtliche Schleier des In-den-Tag-Gleitens und nistete sich ein in Jakobs Herz. Im Spiegel sah ihm sein spitzes Gesicht entgegen.

Unweigerlich zog es ihn zur Moldau. Obwohl sämtliche Sonnenstrahlen dieser Erde auf ihr zu tanzen schienen, fühlte Jakob sich all diesem Fremden plötzlich schutzlos ausgeliefert. Der Fluss versagte ihm jeglichen Trost, floss braun und gleichmütig dahin, ohne auch nur *ein* beruhigendes Wort an ihn zu richten.

Um die Zeit bis zum Treffen zu überbrücken, fuhr Jakob kreuz und quer mit der Tram herum, die ihm seltsamerweise viel eiliger und schneller erschien, als seine Straßenbahn zu Hause. Sein Gesicht klebte am Fenster, doch er war nicht in der Lage, die vorbeiziehenden Häuserfassaden, die vielen unterschiedlichen Menschen, die diversen Geschäfte und Lokale wirklich wahrzunehmen. Der Gedanke an Vladimir war allgegenwärtig. Am Liebsten hätte Jakob sich im letzten Moment doch noch still und leise aus dem Staub gemacht.

Viel zu früh war er bereits am verabredeten Treffpunkt angelangt, einem gemütlichen Restaurant in einer kleinen Straße abseits vom Touristenstrom. Jakob war überrascht, so viele Einheimische vorzufinden.

Es war vereinbart worden, dass er nach dem reservierten Tisch von Vladimir Balada fragen sollte. Die Reaktion des Kellners auf diesen Namen machte ihm deutlich, dass Vladimir in dieser familiären Atmosphäre offenbar ein häufiger und gern gesehener Gast war. Jakob war erleichtert, als ihm überaus freundlich und unverkennbar neugierig ein kleiner runder Ecktisch zugewiesen wurde, von dem aus er die Eingangstür gut im Auge behalten konnte.

Mit klopfendem Herzen betrachtete er die schweren Ölbilder an den Wänden, die runden Tische, die violetten Lederbezüge der einzelnen Nischen und die heimeligen Lampen, die dem gesamten Ambiente eine ruhige Wohnzimmeratmosphäre verliehen.

Dumpfe Panikschleier stiegen in ihm auf. Trotzdem fühlte er sich lebendiger denn je.

Und dann kam er. Noch in der Tür blieb Vladimir stehen und schaute fassungslos auf Jakob, der aufgesprungen war und ihm angespannt entgegenblickte. Vladimir schien tief bewegt. Dies war sein Sohn, daran gab es keinen Zweifel.

Als er sich wieder gefangen hatte, lief er auf Jakob zu, streckte seine Hand aus und sagte mit belegter Stimme:

»Vladimir Balada.«

Jakobs Augen waren riesig und er schaffte es nur mit großer Kraftanstrengung, Vladimirs Hand zu schütteln und rau zu erwidern:

»Jakob Lorenzen.«

So saßen sie sich erst einmal gegenüber, schauten sich ungläubig an und fanden keine Worte.

Nach einer gefühlten Ewigkeit sagte Vladimir:

»Jakub, Kuba.«

Es klang wie eine Umarmung und Jakob musste heftig schlucken. Er scharrte leicht mit den Füßen, presste die Lippen aufeinander und knetete seine Hände so fest, dass die Fingerknöchel weiß wurden.

Der Kellner, der bis jetzt diskret im Hintergrund geblieben war, trat schließlich wie ein rettender Engel an ihren Tisch und löste die Anspannung mit seiner Frage, was die Herrschaften essen wollten.

Zum ersten Mal hörte Jakob seinen Vater auf tschechisch sprechen. Vladimir hatte eine weiche und helle Stimme. Lebhaft unterhielt er sich mit dem Kellner und seine feingliedrigen Hände schienen das Gesagte wie mit leichten Federstrichen zu untermalen. Es war ganz offensichtlich, dass er den Kellner davon in Kenntnis setzte, was hier gerade geschah. Dann wandte er sich an Jakob und fragte ihn auf Englisch:

»Was möchtest du essen?«

Jakob war völlig überfordert. Wie sollte er in dieser Situation überhaupt einen Bissen herunter kriegen? Seine Gedanken wirbelten und er hätte sich gewünscht, seinen Vater weiterhin mit dem Kellner sprechen zu hören, in seiner Sprache, mit flirrendem rrr, melodisch und zwitschernd. Dann hätte Jakob die Gelegenheit gehabt, ihn weiter ausführlich zu betrachten, seine schönen Hände, sein ausdrucksstarkes Gesicht und seine Art, sich in kurzen Abständen die widerspenstigen glatten Haare aus den Augen zu streichen.

»Ich weiß es nicht«, stammelte Jakob. Vladimir schob ihm lächelnd die Speisekarte zu und deutete auf den absoluten Klassiker der tschechischen Küche: Gulasch mit böhmischen Knödeln.

»Gut?« fragte er.

Jakob nickte.

Er war erstaunt, dass es ihm trotz seiner Anspannung gelang, mit großem Appetit zu essen. Es schmeckte unvergleichlich gut.

Allmählich wurde Jakob lockerer und konnte die Fragen, die Vladimir an ihn richtete, recht gut beantworten. Er erzählte ihm in kurzen einfachen Sätzen von seinem Beruf als Friedhofsgärtner, von seiner kleinen Wohnung und, als Vladimir erwartungsvoll auf den Ring an seinem Finger deutete, auch von Mia. Vladimir grinste breit und zufrieden und fragte schließlich:

»Habt ihr Kinder?«

»Nein, noch nicht«, sagte Jakob und fügte zu seinem eigenen Erstaunen verwegen hinzu: »Du bist noch nicht Opa.«

Vladimir lachte.

Dann fragte er nach Jakobs Mutter.

Alles Blut wich aus Jakobs Gesicht und mit einem Schlag war alle Leichtigkeit dahin.

»Meine Mutter ist tot. Sie hat sich mit 22 Jahren vor einen LKW geworfen.« Jakobs Worte klangen hart und unverkennbar anklagend.

Vladimir schwieg, fassungslos und geschockt. Jakob griff in seinen Rucksack und nestelte aus seinem Geldbeutel ein Bild von Käthchen, das er sich im letzten Moment noch eingesteckt hatte, um es vielleicht seinem Vater zeigen zu können.

»Das ist sie. Katinku«, sagte er. Sein Blick war hoffnungsvoll.

Vladimir starrte auf das Foto dieses atemberaubend schönen Mädchens, doch nicht die kleinste Regung in seinem Gesicht ließ erkennen, dass er sich erinnerte.

»Katinku«, wiederholte er mechanisch und wagte nicht, Jakob in die Augen zu sehen.

Die Erkenntnis, dass Käthchen für Vladimir nur *ein* schönes Mädchen unter vielen gewesen war, *eine* wonnevolle kleine Strecke Wegs auf seiner aufregenden Reise durch Europa, legte sich gallebitter auf Jakobs Herz. Allein für Käthchen hatte diese Begegnung die Welt bedeutet. Ihre Leidenschaft und Liebe zu diesem faszinierenden Mann waren ihr sogar zum Verhängnis geworden, hatten ihr Dasein so verdunkelt, dass es ihr unmöglich geworden war, ohne ihn weiter am Leben zu bleiben. Jakob war sich plötzlich nicht sicher, ob er Vladimir das je würde verzeihen können.

»Je mi to lito«, murmelte sein Vater. »Es tut mir so leid.«

Mit zitternden Händen steckte Jakob das Foto wieder in seinen Rucksack und ein beklemmendes Schweigen machte sich zwischen ihnen breit.

»Das war's jetzt«, dachte Jakob und wünschte sich weit weg. Am Liebsten wäre er aufgesprungen und hätte fluchtartig das Lokal verlassen.

Vladimir spürte, wie Jakob zumute war. Schließlich legte er besänftigend seine Hände auf Jakobs und sagte unglaublich zärtlich:

»Jakub. Podivej se.« Und dann nochmal auf Deutsch: »Schau mal.«

Er griff in seine Tasche und holte zwei kleine Requisiten hervor. Über jede Hand streifte er sich einen schwarzen Handschuh, der lediglich den Daumen, den Zeige- und den Mittelfinger frei ließ. An seinen Handgelenken befestigte er mit einem schwarzen Klettband jeweils zwei kleine Porzellanköpfe, die ihm zum Verwechseln ähnlich sahen. Mit dem Zeige- und Mittelfinger ließ er seine Püppchen laufen, während der Daumen zum Arm wurde. So erwachten beide Hände wundersam zum Leben.

Zuerst kam die eine Figur herbei geschlendert, setzte sich elegant an die Tischkante und ließ die beiden Finger, die zu zwei

Beinen geworden waren, über den Tischrand baumeln. Nun näherte sich die zweite Figur, scheu und vorsichtig, und blieb in gebührendem Abstand zögerlich stehen. Die erste entdeckte den neu Hinzugekommenen, sprang graziös auf und lief auf ihn zu. Sie legte den Daumenarm um den anderen und sanft berührten sich beide Köpfe. In einem anrührenden Vater-Sohn-Tanz wiegten sich beide Püppchen hin und her, drehten sich im Kreis, liebkosten sich, umschlangen sich, legten die Köpfe aneinander oder schauten sich immer wieder staunend an. Am Ende ließen sie sich beide an der Tischkante nieder, in inniger Umarmung vereint, untrennbar miteinander verbunden.

Jakob war sprachlos und sein Herz wurde leicht.

»Palačinka prosim!« rief Vladimir dem Kellner zu. Das Eis war gebrochen.

Einträchtig verspeisten sie den duftenden Palatschinken, der auf einer großen Platte in die Mitte ihres Tischchens gestellt wurde. Dabei sprachen sie nicht viel, aber immer wieder trafen sich ihre Blicke. Vladimirs Augen blitzten und Jakob fühlte sich weich und gut.

Als Vladimir von seiner Familie zu erzählen begann, wurde Jakob von widersprüchlichsten Gefühlen überrollt. Er hatte Geschwister. Diese an sich erfreuliche Tatsache schnürte ihm dennoch die Kehle zu. Traurigkeit senkte sich in ihn hinein. Diese Kinder durften einen Vater haben, einen Vater, der eigentlich auch ihm gehört hätte, der ihm aber unmittelbar nach seiner Zeugung abhanden gekommen war. Jakob fühlte sich um seinen Anteil an Liebe betrogen.

Vladimir war nicht zu bremsen. Sein Gesicht leuchtete, als er Jakob auf seinem Handy Fotos von seinen Kindern zeigte.

»Eva«, sagte er stolz und Jakob starrte auf ein dünnes kleines Mädchen von etwa sieben Jahren, das mit einem breiten Grinsen und etlichen Zahnlücken an einen Baum gelehnt stand.

»Jarmila.« Ein auffallend hübsches Mädchen mit einer klugen Skepsis in den blauen Augen schaute ihm ernst und nachdenklich entgegen.

Und da war er, »Jiri«, der Sohn, sein Bruder, der Vladimir Papa nennen durfte, von Anfang an. Er lag auf einer Decke unter einem Apfelbaum und schlief.

Plötzlich nistete sich kaltes Alleinsein in Jakobs Herz. Er sehnte sich nach einem vertrauten Zuhörer, dem er all seine unerlösten Worte und widerstreitenden Gefühle zu Füßen legen konnte. Diese Kinder waren ihm fremd und er hatte nichts mit ihnen gemein, außer einem Vater, den er sich heute für ein paar Stündchen hatte ausleihen dürfen, um ihn danach wieder an seine rechtmäßigen Besitzer abzugeben. Jakob wollte zurück in seine Welt, wollte Frieden schließen mit sich und dem, was das Leben ihm aufgebürdet, zugemutet, vorenthalten und vor allem aber auch geschenkt hatte.

»Ich muss jetzt gehen«, hörte er sich unvermittelt sagen. Vladimir war bestürzt. Jakob schaute ihn klar und offen an und sein Vater erkannte, dass es genug war.

Draußen vor dem Lokal standen sie sich schweigend und ratlos gegenüber. Abschied lag in der Luft. Endlich nahm Vladimir Jakob fest in den Arm, der hinterher nicht wusste, wo er hergekommen war, der Ton, der heisere, der plötzlich aus seiner Kehle aufstieg. Ein einziger klagender Laut brach sich Bahn und Vladimir ließ Jakob sofort erschrocken los und schaute ihn besorgt an. Dann füllten sich die Augen des Vaters mit Tränen und er sagte bewegt:

»Muj synu.« »Mein Sohn.«

Wieder umarmten sie sich und weinten beide um das, was ihnen verloren gegangen war.

27

In der Nacht kam Jakob nur wenig zur Ruhe. Nach der Begegnung mit seinem Vater hatte er sich ziellos durch die Stadt treiben lassen. Er hatte laufen müssen, ganz viel laufen, um seinen aufgewühlten Gedanken Raum zu geben. Ohne ein wirkliches Ziel war er kreuz und quer durch die Stadt geirrt.

In einem kleinen Cafe hatte er sich einen Tisch ausgesucht, der ihn freundlich ansah, sich einen Kaffee bestellt und das Treiben um sich herum beobachtet. »Studien machen« – wie schön war das immer gewesen. Doch jetzt war Mia nicht da. Jakob hatte keinen, den er leicht mit dem Ellbogen anstupsen konnte, wenn ihm etwas Besonderes ins Auge fiel. Niemand war da, der daraufhin begeistert kicherte und den Fuß auf seinen stellte, um ihm damit zu sagen:

»Ich spüre dich.«

Mia. Jakobs Sehnsucht wurde grenzenlos. Er wollte mit ihr im »U-Boot« sitzen, in ihr liebes, erwartungsvolles Gesicht schauen und ihr alles, was er erlebt und gefühlt hatte, ausführlich mitteilen.

Jakob holte sein Handy hervor und wollte Mia schreiben, endlich. Doch was sollte er ihr sagen? Wie sollte er sein Empfinden für sie in schnöde eingetippte elektronische Worte fassen, das überwältigende Gefühl, dass sie sein Zuhause, sein Hauptmensch, sein Leben war?

»Morgen«, dachte er. »Morgen darf ich ihr in die Augen sehen. Morgen darf ich ihre heiße Haut spüren und ihre glücklichen Schnaufer an meinem Ohr. Morgen wird sie ihre kalten Füße unter meine Beine schieben, mit der energischen Forderung: `Wärmen! Sofort!` Morgen werde ich wieder da sein, wo mein Platz ist.«

Beim Aufwachen fühlte Jakob sich wie gerädert.

»Seelischer Muskelkater«, stellte er fest. »Vermaledeit. Verwurgelt.«

Der Abschied von seinem Hotelzimmer fiel ihm nicht schwer. Nur dem großen Bild mit der glitzernden Moldau darauf strich er einmal kurz und liebevoll über den schweren Rahmen, bevor er die Tür mit der Nummer 15 sachte ins Schloss fallen ließ.

Jakobs Zug fuhr erst am Nachmittag und so hatte er sich vorgenommen, mit der Metro nach Vysehrad zu fahren, einem alten abgelegenen Friedhof, zu dem er sich hingezogen fühlte.

Der weitläufige Park ließ trotz seines kahlen Baumbestands erahnen, wie schön er im Frühjahr sein würde. Der Blick auf Prag, von oben herab, verwunderte Jakob. Durch den neuen Blickwinkel konnte er das Prag, das er kennen gelernt hatte, fast nicht wiedererkennen. Die Moldau fehlte ihm und ihm war, als schaute er der tschechischen Hauptstadt vom Dienstboteneingang aus mitten auf den blanken Küchentisch.

Endlich stand er vor einem bescheidenen schmiedeeisernen Tor, das Einlass gab zu den Grabstätten großer, unvergessener Menschen. Die wild überwucherten Gräber erzählten von vergangenen Zeiten und die verwitterten Grabsteine gaben Raum für Lebensgeschichten, von denen nichts als ein Name übrig geblieben war. Diese kühle, klare Ruhe, die wie eine tröstliche Glocke eine Insel des Friedens umschloss, dieses Flüstern gelebter Leben zwischen den schlichten Daten, diese unausgesprochene Ahnung erlittener Schmerzen, war Jakob von seiner Arbeit her vertraut. Dieses Gefühl hatte er gesucht an diesem Abschiedsmorgen, eine Ahnung von Trost und Einssein mit sich. Er fühlte sich seltsam zu Hause und spürte eine große friedliche Stille in sich drin, während er langsam zahlreiche Inschriften zu entziffern versuchte. Zwischen den zwei Daten auf den Grabsteinen stand das Geheimnis vieler gelebter Tage, die wiederum untrennbar verknüpft waren mit dem gelebten Leben anderer Menschen. Auch von seiner eigenen Existenz würden am Ende lediglich drei Zeilen Zeugnis ablegen.

Vor einem Grab blieb Jakob wie angewurzelt stehen. Hier stand genau der Engel, der auch das Grab seiner Mutter behütete. Wie gebannt schaute er an ihm empor, der sanft auf den Verstorbenen hinunter blickte und ihn in den Schlaf zu wiegen schien. Jakobs Beine zitterten und er blieb lange andächtig vor der blumengeschmückten Grabplatte stehen. Ihm war, als wäre seine

Mutter ganz nah, als hätte sie die Begegnung mit seinem Vater, ihrer unvergesslichen Sommerliebe, segnend begleitet.

Alle Gedanken in ihm schwiegen, als Jakob schließlich den weiten Rückweg antrat.

Wieder im Zentrum der Stadt angekommen, zog es ihn ein letztes Mal auf die Karlsbrücke und er prägte sich das unvergleichliche Panorama, das sich ihm von dort aus bot, tief ein, um es für alle Zeit vor seinem inneren Auge abrufen zu können. *Meine* Moldau, dachte er und ein Hauch von Abschied schlich sich in sein Herz.

Sobald Jakob in seinem Zugabteil saß, durchflutete ihn eine heiße Welle der Vorfreude auf sein Zuhause. Als der Zug langsam aus dem Bahnhof heraus fuhr, schien es ihm, als winke Prag ihm noch einmal zu. Doch Jakob fieberte bereits wie ein untreuer Geliebter dem Kommenden entgegen. Erschöpft vom vielen Fühlen erschien ihm sein Heimathafen wie eine verlockende, Stille verheißende Burg, in der er in Sicherheit war.

Sein Zug hatte Verspätung und blieb lange auf freier Strecke stehen. Jakob wurde von einer massiven Unruhe gepackt. Ankommen, war sein einziger Wunsch, und das enervierende Warten, dass es endlich weiter ging, zerrte an seinen Nerven. Immer wieder fiel er in einen erschöpften unruhigen Schlaf, doch wenn er erwachte, war kaum eine Viertelstunde vorüber gegangen.

Er wusste, dass er jetzt wohl erst gegen Mitternacht zu Hause sein würde, aber sein Entschluss stand fest: Er würde in jedem Fall zu Mia gehen. Jakob stellte sich vor, wie er leise zu ihr ins Bett schlüpfen würde, wie er sich fest an ihren kleinen Körper schmiegen und ihr zuflüstern würde:

»Schlaf weiter. Wir reden morgen.«

Er sah es vor sich, wie sie sich seufzend in seinen Armen zusammenrollen und glücklich murmeln würde:

»Du bist wieder da.«

Morgen hatte er noch frei und er würde ihr ein großartiges Frühstück ans Bett bringen und sie qualvoll auf die Folter spannen mit der Ankündigung, erst am Abend, wenn sie von der

Arbeit heim gekommen war, alles ausführlich zu erzählen. Er hörte es jetzt schon, wie sie rufen würde:

»Du bist so gemein. Wie soll ich das denn aushalten.«

Und dann würde er sie küssen, wieder und wieder, und alles wäre so, wie es sein musste, für alle Zeit.

Münchsberg. Jakob war wieder zu Hause. Fast war ihm etwas feierlich zumute, als er endlich in den Bahnhof einrollte und diesen geliebten Namen las.

»Hier gehöre ich hin.« Nie war ihm dies mehr bewusst gewesen als jetzt.

Zu Fuß machte er sich auf den Weg zu Mia und nahm alles, an dem er mit großen Schritten vorüber eilte, tief in sich auf. Ihm war, als sei er viele Wochen weg gewesen.

Schon als er leise Mias Wohnung betrat, spürte er, dass etwas anders war. Noch konnte er sich nicht erklären, woher dieses Gefühl kam. Säuberlich hängte er seine Jacke an die Garderobe und strich sie glatt, »damit sie es gut hatte.« Doch wo war Mias Mantel? Wo waren ihre kleinen fellbesetzten Stiefeletten, die sie so liebte?

Mit wenigen großen Sprüngen war Jakob im Schlafzimmer. Mias Bett war leer. Die Kissen und die bunte Überdecke waren sorgsam glatt gestrichen, der Bücherstapel auf ihrem Nachtkästchen verschwunden und das Foto von Mia und Jakob, das Kerstin in ihrem ersten gemeinsamen Sommer von ihnen gemacht hatte, strahlend vor Glück, den blau blühenden Hibiskus im Hintergrund, hing nicht mehr an seinem Platz.

Erst jetzt wusste Jakob, was ihm gleich so anders vorgekommen war: Die Stellen, an denen Mias Zimmerpflanzen gestanden hatten, waren kahl. Und wo war Alfons? Wenn Mia für ein paar Tage zu Amma oder Hanni gefahren war, war Alfons immer zu Hause geblieben. Mia hatte ihm ausreichend Futter bereit gestellt und Alfons konnte durch seine Katzenklappe ungehindert ein- und ausgehen. Jetzt fand Jakob die Fressnäpfchen sorgfältig verräumt im Küchenschrank und die Katzenklappe war verschlossen. Der blaue Pfeil auf Mias langem Monatskalender war seit dem Tag von Jakobs Abreise nicht mehr weiter gerückt worden.

Seine Kehle war wie zugeschnürt und er wurde von eisiger Angst gepackt. Wo war Mia? Wann würde sie zurückkehren und würde sie ihn dann verlassen? Fassungslos ließ er sich auf das Sofa sinken und starrte ins Leere.

28

Als Kerstin am nächsten Morgen in aller Frühe »den Laden« aufschließen wollte, stand Jakob frierend und vollkommen übernächtigt vor der Tür.

»Komm rein«, sagte Kerstin nur und schloss, nachdem sie eingetreten waren, die Tür wieder ab. Sie führte Jakob ins Hinterzimmer und blickte forschend in sein spitzes Gesicht:

»Was ist los bei euch? Was ist passiert?«

»Mia ist weg.«

»Ich weiß.«

Jakobs Lippen bebten.

»Wo ist sie? Warum ist sie weg gegangen?«

»Das musst du selber herausfinden, Jakob.« Kerstin wirkte angespannt. »Ich hab jetzt nicht viel Zeit. Gerade kurz vor Advent ist viel zu tun und ich weiß hinten und vorne nicht, wo mir der Kopf steht ohne Mias Unterstützung. Eine Freundin hilft mir jetzt vorübergehend aus, denn alleine kann ich das alles unmöglich stemmen.«

Jakob schaute sie mit seinen unaussprechlichen Augen an.

»Wo ist Mia. Was hat sie gesagt. Bitte!«

Kerstin seufzte.

»Jakob, ihr müsst eure Dinge selber in Ordnung bringen. Ich weiß nicht viel.« Sie strich ihm sanft eine Haarsträhne aus dem Gesicht.

»Vor vier Tagen stand Mia in der Früh vollkommen aufgelöst im Laden und hat mir mitgeteilt, dass sie ab sofort für unbestimmte Zeit freigestellt werden möchte. Sie müsste weg, weit weg. Sie war völlig außer sich und ich hatte auch gar nicht die Möglichkeit, näher nachzufragen. Ich hab einfach nur gespürt, dass sie innerlich extrem in Not ist und hab ihr natürlich frei gegeben, auch wenn der Zeitpunkt nicht ungünstiger hätte sein können. Bevor sie wieder aus dem Laden gestürzt ist, hab ich sie noch gefragt, ob ich irgendwas tun kann. Aber sie hat nur gerufen: *Nein, ich hab alles geregelt. Und Alfons kommt in die Katzenpension.* Dann war sie weg. Mehr weiß ich nicht.«

Jakob sackte in sich zusammen.

Kerstin schaute ihn mitfühlend an. »Ihr kriegt das hin, Jakob, das weiß ich. Aber du solltest für dich heraus finden, was Mia so aus der Fassung gebracht hat. Das musst du klären.«

Dann erhob sie sich.

»Ich muss jetzt an die Arbeit. Du kannst gerne heute Abend zu uns kommen, wenn du reden willst. Du weißt, wir sind für dich da.«

Mit hängenden Schultern ging Jakob seiner Wege.

***

Sein Fluss. Wann immer auch Jakob in Seelennöten gewesen war, hatte ihn sein Weg ans Wasser geführt. Hier konnte er Ruhe und Frieden finden und den notwendigen Raum, über sich und das, was ihn beschäftigte, nachzudenken. Jakob erkannte verwundert, dass der Gedanke an die Moldau weit weg war, als hätte er vor vielen Monaten an ihrem Ufer gestanden und nicht erst gestern.

Das in den letzten drei Tagen Erlebte kam ihm heute wie ein ferner Traum vor, eine vage Erinnerung im Angesicht dessen, was jetzt mit ihm geschah. Die Angst um Mia, die entsetzliche Möglichkeit, sie zu verlieren, überlagerte alles. Wie konnte da Vladimir Balada, der ausgeliehene Für-einen-Tag-Vater, eine Rolle spielen in Jakobs Herzen? Er gehörte nicht hierher, in Jakobs Hier und Jetzt. Nichts war mehr wichtig, außer der klaren und schmerzlichen Gewissheit, dass Jakob nicht sein konnte ohne Mia, seine Liebende auf Lebenszeit.

Als Jakob das »Bänkchen an sich« erreicht hatte, ließ er sich kraftlos darauf nieder. Seine Gedanken rasten.

Plötzlich stand ihm Opapas Bild direkt vor Augen. Er sah seinen gütigen Blick, der liebend auf ihm ruhte, seinen gepflegten weißen Bart, seine aufrechte Haltung. Und er fand seine eigenen Augen im Gesicht dieses alten Mannes wieder.

»Vater«, dachte Jakob unvermittelt und hielt erstaunt inne. Ihm wurde im selben Moment klar, dass er soeben auf eine Wahrheit gestoßen war, die erst jetzt, in diesem Augenblick, aus seinem Unbewussten an die Oberfläche gelangt war.

»Opapavater«, dachte er erneut und seine Kehle wurde eng.
Jakob war, als würde der Himmel aufreißen. Er wusste jetzt,
dass er gar nicht vaterlos gewesen war in all den Jahren. Opapa
war da gewesen und auf ihn konnte er sich bis heute verlassen. Er
hatte ihn geformt, geführt, geleitet und geprägt und ihm all das
auf den Weg mitgegeben, was ihn zu dem hatte werden lassen,
der er heute war.

Opapa hatte ihm vorgelesen, war mit ihm durch den Wald
gestreift, hatte ihm das Fahrradfahren und das Schwimmen
beigebracht, seinen ersten Wackelzahn und seine kindlichen
Mutproben bewundert. Opapa hatte ihn ins Krankenhaus gefahren, grau vor Sorge, als Jakob ein kleiner Holzsplitter ins
Auge geraten war, und Opapa hatte jeden Monat am Türrahmen
akribisch Jakobs Wachstumsfortschritte mit einem akkuraten
Bleistiftstrich markiert. Opapa war in seiner Kindergartenvor-
führung gesessen, als Jakob ein Rabe war und mit vor Aufregung
knallroten Wangen den Satz: »Krrrah, krrrrah, es sind Menschen
da!« zum Besten geben musste. Und Opapa hatte jeden Grund-
schulauftritt von Jakob miterlebt, sei es als Hirte, als Stern, als
Schaf oder einmal sogar als Joseph, mit einer kleinen hübschen
Maria an seiner Seite, die ihn, den Neunjährigen, bis in seine
Träume verfolgt hatte.

»Ich hatte einen Vater in all den Jahren«, dachte es in ihm und:
»Ich gehöre zu dem, der immer für mich da war.« Jakobs Herz
wurde leicht.

Und dann wusste er, was zu tun war. »Opapa weiß Rat. Ich
muss zu ihm.«

Mit neuer Zuversicht im Herzen machte Jakob sich auf den
Weg.

***

Als Opapa ihm die Tür öffnete, war Jakob zunächst irritiert, wie
verunsichert sein Großvater ihm in die Augen blickte, als suche
er in ihnen die Antwort auf eine lebensentscheidende Frage.
Dann wurde ihm klar, dass Opapa ja noch gar nichts von Mias
Verschwinden wusste und einzig und allein darauf brannte, von
Prag und von Vladimir Balada zu erfahren. Jakob beschloss, ihm

zuerst einmal alles ausführlich zu erzählen, bevor er ihn über Mias Fortgehen in Kenntnis setzte.

Opapa wirkte ungewohnt fahrig, als er Wasser für einen Tee aufstellte und dabei zusammenhanglose Banalitäten von sich gab, um seine Anspannung hinter diesem scheinbar zwanglosen Geplauder zu verbergen.

Schlagartig wurde Jakob bewusst, wie sehr den Großvater die Begegnung seines Enkels mit dem leiblichen Vater bedroht haben musste. Erst jetzt wurde ihm klar, dass sein Opapa befürchtet hatte, ihn an Vladimir Balada zu verlieren.

Sie ließen sich am Esstisch nieder. Als Opapa beim Einschenken die Hälfte des Tees verschüttete, weil seine Hand so zitterte, lief Jakobs Herz über. Sanft nahm er ihm die Teekanne aus der Hand, zog ihn zu sich heran und nahm ihn in die Arme.

»Du warst immer für mich da«, quoll es aus ihm heraus. »Du warst mir der beste Vater, den ich hätte haben können.«

Und dann erzählte er ihm alles.

Lange saßen sie beieinander – Großvater und Enkel – Vater und Sohn. Sie waren sich so nahe wie seit Monaten nicht mehr.

Endlich berichtete Jakob, dass Mia weggegangen war, geflohen, vor ihm.

Opapa sagte lange nichts und schaute ihn nur nachdenklich an. Dann fragte er:

»Inwieweit hast du Mia denn einbezogen in deine Gedanken und Ängste bezüglich Prag? Da ist doch wahnsinnig viel in dir vorgegangen. Hast du sie teilhaben lassen an diesem Prozess?«

Jakob dachte angestrengt nach. Irgendwie war Mia in den letzten Wochen in ihm gar nicht wirklich vorgekommen. Und so antwortete er leise:

»Nein, ich glaube nicht. Ich hab das alles mit mir selbst ausgemacht.«

Opapa nickte bestürzt.

»Genau wie ich.« Er schaute seinen Enkel eindringlich an.

»Auch ich hab die Dinge, die schwierig waren, nie mit Omili geteilt. Ich hab überhaupt nicht gemerkt, wie schwer das für sie war, in solchen Phasen nicht an mich heran zu kommen. Erst im

Nachhinein ist mir klar geworden, dass sie in diesen Zeiten den Eindruck gehabt haben musste, sie wäre für mich nicht wichtig. Dabei hat sie mir alles bedeutet.«

Opapa schloss schmerzlich die Augen.

»Es war so selbstverständlich, dass sie da war. Helma und Hans. Das war eine Einheit, eine Bastion. Doch wenn mich etwas beschäftigt hat, etwas wirklich Schweres, Belastendes, war ich davon so absorbiert, dass ich das, was Omili empfunden hat, gar nicht wahrgenommen hab.«

Jakob war in Panik. »Was soll ich bloß tun? Glaubst du Mia wird mich verlassen?«

Opapa legte beruhigend beide Hände auf seine Schultern.

»Du wirst das in Ordnung bringen müssen, Jakob. Wenn sie wieder da ist, werdet ihr reden und du wirst ihr klar machen, dass du verstanden hast, was schief gelaufen ist. Mia wird dir verzeihen. Sie liebt dich. Aber du wirst in Zukunft darauf achten müssen, dass dir das nicht wieder passiert. Irgendwann ist das Maß voll.«

Opapa nahm Jakobs Hände in seine und sagte:

»Ich hatte Glück, dass Helma bei mir geblieben ist, trotz allem. Wir hatten dich und das hat uns zusammen gehalten. Dir sollte jeden Tag klar sein, wie gut es ist, dass du Mia hast. Verlier sie niemals aus den Augen, egal was dich bewegt.«

***

Zuhause ließ Jakob sich in seinem Nachdenksessel nieder, das abgewetzte ehemals goldgelbe Samtkissen im müden Rücken und den vom Grübeln schweren Kopf an die Ohrenbacken gelehnt. Er musste verarbeiten, was sein Großvater ihm auf den Weg mit gegeben hatte. Vor allem aber musste er an Mia schreiben – nur was? Wie sollte er in Worte fassen, dass der Gedanke, sie zu verlieren, ihn durch und durch mit Grauen erfüllte.

»Sag es, wie es ist«, dachte er schließlich und so schrieb er die längste Nachricht seines Lebens:

»Jakob ohne Mia. Mia ohne Jakob. Weltuntergangsnichtmehrweiterwissenszenario.«

Er behielt sein Handy in der Hand, in der kindlichen Hoffnung, sofort eine Antwort zu bekommen, eine liebevolle, einen Miasatz, der ihm die Gewissheit gab, dass alles wieder gut war. Doch das Handy schwieg. Erschöpft, ausgelaugt und verzagt schlief er noch im Sessel ein und erwachte erst, als es am frühen Nachmittag bereits dunkel wurde.

29

Am Liebsten saß Mia auf der kleinen windschiefen Bank unterhalb des Leuchtturms, der ihr in ihrer Not zu einem Verbündeten geworden war.

»Moin, dicker Ringelmann«, rief sie ihm zu, wenn sie ihn erreicht hatte und legte ihre beiden Arme um seinen Bauch. Umgeben von dichtem hohen Gras, das sich im Wind wiegte, blickte sie auf das Meer und den Strand.

Manchmal, wenn Mia sich gänzlich fallen ließ, konnte sie für einen kurzen Moment ihren Kummer ausblenden. Wenn sie bei stürmischem Wind, peitschendem Meer und klammer Kälte über den menschenleeren Strand gewandert war und danach bei einem wärmenden Kaminfeuer in ihrer kleinen Pension einen heißen Tee trank, fühlte sich ihr Aufenthalt »am Ende der Welt« fast wie ein aufregendes Abenteuer an und nicht mehr wie eine verzweifelte Flucht.

Mia mochte diesen abgeschiedenen Zufluchtsort. Der stetige Wechsel der Gezeiten bestimmte den Rhythmus ihres Tagesablaufs. Bei Ebbe wanderte sie durch das Watt, sammelte Muscheln und beobachtete die kleinen Krebse, die sich in den salzigen Pfützen tummelten. Ihre Wanderungen durch die Küstenheide oder die Marschlandschaft waren bei jedem Wetter ein Erlebnis.

Mia war in ihrer Pension, in der nur noch ein englisches Ehepaar und ein stiller dürrer älterer Herr zu Gast waren, überaus freundlich aufgenommen worden. Außer den Wirtsleuten Meika und Fiete gehörten noch ein Friesischer Wasserhund namens Enrik zum Inventar, mit schwarz-weiß gelocktem Fell und einem kräftigen Sturschädel, sowie der noch sehr junge Kater Carlo, den Mia sofort entzückt ins Herz geschlossen hatte.

»Alfons«, dachte sie allerdings wehmütig, wenn Carlo im Aufenthaltsraum wie selbstverständlich auf ihren Schoß sprang, sich lang und immer länger streckte und zufrieden ihre beiden Arme blockierte. Dann sah sie sich unwillkürlich mit Jakob in stiller Eintracht auf dem korallenroten Sofa sitzen, Kater Alfons quer auf ihrer beider Beine liegend, schwer und warm.

Doch die letzten Wochen, in denen sie von Jakob so gut wie gar nicht wahrgenommen worden war, lagen wie ein Stein in ihrer Brust. Mia war wütend.

Diese Wut, die brauchte sie, um das alles hier richtig zu finden, und die holte sie hervor, sobald ihr das Herz zu schwer wurde und sie ins Wanken geriet.

»Nicht aufgeben«, dachte sie verbissen. »Das zieh ich durch.«

Jakob war so absorbiert gewesen von dem bevorstehenden Treffen mit seinem Vater, dass sie in seinen Gedanken keinen Platz mehr gehabt hatte. Mia hatte sich gänzlich vereinsamt gefühlt an seiner Seite, und am Vorabend seiner Reise, als Jakob sie nicht einmal beim Abschied dabei haben wollte, sah sie plötzlich ihre Zukunft pechschwarz vor sich: im Stich gelassen, verloren gegangen, in Vergessenheit geraten und für immer allein.

Für sie hatte es keine andere Möglichkeit gegeben, als ganz weit weg zu gehen, um einen großen Abstand zu schaffen zwischen sich und ihrem Liebsten.

»Ich krieg das auch ohne ihn hin«, das wollte sie sich beweisen, und sie wollte ihm weh tun, weil er ihr weh tat.

Seit etlichen Tagen bekam Mia jeden Morgen und jeden Abend kostbare Wörter geschickt: Herzensbetrübnis, Alleinsamkeit, leidzerknirscht oder kummerkrank. Manchmal waren es auch Worte, die sie zu liebkosen schienen, wie: herzallerliebstes Angesicht, Wonnebraut, Herzensminne oder Innigliche.

Gleich nach dem Aufwachen griff sie jedes mal gierig nach ihrem Handy, um nachzuschauen, was Jakob ihr heute zu sagen hatte. Immer machte ihr Herz dabei einen Sprung. Beim Lesen war ihr, als hielte Jakob sie in den Armen und flüstere ihr kurz vor dem Einschlafen noch ein Wortgeschenk ins Ohr.

Danach kam allerdings die große Leere. Der ersehnte Moment war vorbei und sie musste bis zum Abend warten, voller Anspannung, welches Wort sie dann wohl vorfinden würde – frohlockend oder grabesstill.

Mia antwortete nie.

Mittlerweile war sie im Dorf schon bekannt und wurde jedes mal freudig begrüßt, wenn sie abends die rustikale Dorfkneipe betrat. Piet, der Wirt, nickte ihr mit breitem Grinsen zu und es fand sich immer ein Platz für sie an einem der Tische, sodass sie nie allein war. Mia genoss diese Runde offener, einfacher und direkter Menschen. Sie empfand es als angenehm, dass niemand sie fragte, woher sie kam und warum sie hier war. Sie war Mia und wohnte in der Pension Meika. Das allein reichte, um freundlich aufgenommen zu werden.

Mia war noch nie wirklich trinkfest gewesen und wurde an diesen Abenden auf eine harte Probe gestellt. Zuerst hatte sie immer erfolgreich abgelehnt, doch irgendwann ließ sie alle Vorsicht fahren.

»Jo, Schluss mit Schnacken, Kopp in' Nacken« hieß es, und blitzschnell und mit einem kurzen routinierten Kopfrucken wurde der Korn die Kehle hinunter gekippt.

Mia gab sich alle Mühe, einigermaßen mitzuhalten. Wenn sie dann zu später Stunde in ihre Pension zurückkehrte, fühlte sie sich wunderbar leicht und schwer zugleich und fand fast augenblicklich in den Schlaf, ohne darüber nachgrübeln zu müssen, wie es von nun an weitergehen sollte.

Gleich am ersten Abend, als sie sich dazu gezwungen hatte, die Gesellschaft dieser unkomplizierten Menschen zu suchen, um in ihrem eigenen Trübsinn nicht zu ertrinken, hatte sich ihr ein braungebrannter, kräftiger junger Mann mit derben Händen und einem runden freundlichen Gesicht genähert.

»Wat kiekste denn so traurig?«, hatte er sie unverblümt gefragt. Es bekümmerte ihn jedoch nicht weiter, dass Mia ihm eine Antwort schuldig blieb.

»Fynn«, sagte er nach einer Weile und Mia sagte nur:
»Mia.«

Es fühlte sich gut an, gemeinsam zu schweigen und keine weiteren Worte zu brauchen.

Von nun an war Fynn abends an ihrer Seite, wie ein treuer verlässlicher Hund. Nach einer Weile ertappte Mia sich dabei, dass sie ungeduldig nach ihm Ausschau hielt, wenn sie schon vor ihm in der Kneipe angekommen war. Zu ihrem Erstaunen spürte sie sogar irgendwann ein kleines, aufgeregtes Ziehen in ihrem Bauch, als er endlich zur Tür herein trat und als Erstes ihren Blick suchte. Ihr fiel auf, dass die Anderen sofort den Platz an ihrer Seite für Fynn frei machten, der sich mit einem freundlichen »N'Abend« neben ihr nieder ließ. Immer öfter berührten sich ihre Arme und Mia zog ihre Hand nicht weg, wenn Fynn ihr nahe kam. Seine offenkundige Begeisterung für sie tat ihr gut und das Kribbeln in ihrem Bauch ließ ihre erstarrten Lebensgeister wieder erwachen. Mia sehnte sich danach, jemandem wichtig zu sein, sehnte sich nach warmer Haut und zärtlichen Händen.

Fynn war nicht entgangen, dass sie auf seine vorsichtigen Annäherungen alles andere als abweisend reagierte. Eines Abends deutete er deshalb auf den Ring an ihrem Finger und fragte ohne Umschweife:

»Wo haste denn deinen Mann gelassen? Du bist doch verheiratet, oder?«

Mia betastete nachdenklich ihren Ring. Schließlich sagte sie:

»Ich bin mir nicht sicher«, und fügte leise hinzu:

»Zumindest fühlt es sich im Moment nicht wirklich danach an. Wir wohnen ja nicht mal zusammen.«

Sie strich mit den Fingerspitzen ganz zart über Fynns kräftigen braun gebrannten Unterarm. Seine Gänsehaut, die augenblicklich über die feinen blonden Härchen auf seinem Arm lief, löste in ihr eine prickelnde Erregung aus, die schließlich alles Denken zum Schweigen brachte.

Mia ließ es zu, dass Fynn den Arm um sie legte und spürte wie durch einen Schleier sein warmes Bein eng an ihrem. Als er sie mit belegter Stimme und sichtlich drängend darum bat, aufzubrechen, dachte sie noch:

»Jakob.«

Doch Fynn roch nach Meeresluft, Draußensein, Wind im Haar und Sand auf der Haut.

Mia verließ gemeinsam mit ihm die Dorfkneipe.

Als sie schließlich im Freien standen, wussten sie erst einmal nicht so recht wohin mit sich. Sie gingen ziellos in die Nacht hinein, dann blieben sie ratlos stehen. Die kalte Luft nahm ihnen den Atem. Fynn öffnete seine grobe Wetterjacke und zog Mia zu sich heran. Sie spürte sein Herz klopfen und sein Duft war verwirrend – betörend männlich und beängstigend zugleich. Sein Kuss war zunächst zart und vorsichtig und Mia schloss die Augen, um alles um sich herum auszublenden. Doch Jakob war da und ließ sich nicht vertreiben.

»Selbst schuld«, dachte Mia verzweifelt und presste sich seufzend noch näher an Fynn heran. Ermutigt durch Mias Reaktion wagte Fynn sich weiter und öffnete den Reißverschluss ihrer Jacke. Heftig machte er sich an Mia zu schaffen, seine Küsse wurden drängender und sein Keuchen erschreckte sie.

»Fremd, fremd, fremd«, dachte Mia entsetzt und wurde plötzlich von einem solchen Elend gepackt, dass sie laut aufschluchzte und Fynn von sich stieß.

»Entschuldige«, stammelte sie. »Es tut mir leid.«

Dann stürzte sie davon.

In der Pension angekommen, warf sie sich mit hämmerndem Herzen auf ihr Bett.

»Ich bin noch einmal davon gekommen«, dachte sie und schlang die Arme um sich, als könne sie sich selbst dadurch Trost spenden in ihrer Verlassenheit.

Ihr Handy summte und sie fand Jakobs Abendnachricht vor: Holde Maid.

Mia konnte gar nicht aufhören zu weinen.

Noch in der Nacht packte sie ihre Sachen. An Jakob schrieb sie: »Schmerzdurchzitterte Sehnsuchtsschauer. Ich komme nach Hause.«

30

Bei Mias Rückkehr lag als erster Willkommensgruß ein kleines Herz aus Rosenblättern auf ihrer Fußmatte. Mia trat ein in ihr verwaistes Zuhause, das nach Verlassenwordensein und Kummer roch. Ihr war, als wäre sie viele Monate weg gewesen. Am frühen Nachmittag stand sie endlich an der Friedhofsmauer und wartete mit bangen Gefühlen auf Jakob. Als er kam, ernst und schmal, blieb er erst einmal in einiger Entfernung stehen. Sie sahen sich lange an, als würden sie mit diesem Blick schon vorab in Erfahrung bringen können, ob sie sich fremd geworden waren. Schließlich fuhren sie, ohne ein einziges Wort zu wechseln und ohne sich zu berühren, direkt zu Mia.

Kaum dort angekommen, stürzten sie ineinander, erkundeten sich, loteten sich aus, schmeckten einander ab und fanden Trost. Noch war hier für eine Aussprache kein Raum, nur tastendes Ankommen beim anderen und damit bei sich selbst.

Am Abend holten sie Alfons zurück nach Hause, der sie erwartungsgemäß erst einmal mit Missachtung strafte, bevor er sich, wie ein Rasenmäher schnurrend, hingebungsvoll von allen Seiten bekraulen ließ. Sie brachten alle Zimmerpflanzen, die vorübergehend in Frau Schoedders Obhut gewesen waren, zurück in die Wohnung, es wurde gekocht und gegessen. Doch wie heimlich abgesprochen, erzählte noch keiner von Beiden, was ihm in den letzten Wochen widerfahren war. Zuerst mussten sie sicher gehen, dass sie noch immer zueinander gehörten, dass sie sich nach wie vor ergänzten wie zwei Puzzleteile, deren Formen, Ecken und Kanten zweifelsfrei ineinandergriffen. Stück für Stück holten sie sich ihr zweisames Selbstverständnis zurück.

Erst spät in der Nacht, als Jakob kurz vor dem Einschlafen zufrieden festgestellt hatte, dass Mia, als sei sie für ihn zugeschnitten worden, immer noch perfekt in seine Arme passte, sagte sie mitten in die Stille hinein:
»Ich hab den Fynn geküsst.«

Jakob war verwundert: »Welchen Delfin?«

Mia kicherte betreten und rückte dann aber ein Stück von Jakob ab.

»Keinen Delfin.« Ihre Stimme war rau. »Einen Mann. Fynn.«

Jakob versteifte sich.

»Habt ihr …«

»Nein.« Dann fügte sie kleinlaut hinzu: »Dazu ist es nicht gekommen. Wir haben uns aber geküsst.«

Schweigen.

Jakob fragte:

»Und? War's schön?«

»Überhaupt nicht.«

Mia grub ihre Nase in seine weiche Halsbeuge und sog seinen Jakobduft tief ein.

»Es hat sich fürchterlich falsch angefühlt. Und es war so fremd.«

Nach einer Weile zog Jakob sie ganz nah zu sich heran.

»Dann ist es ja gut«, meinte er. Und noch einmal: »Dann ist es gut.«

Am nächsten Morgen wurde Mia wach, weil Jakob sie intensiv betrachtete. Als sie die Augen aufschlug, sagte er nachdenklich:

»Delfinküsserin.«

Mia schaute ihn unsicher an. »Jakob?«

Zu ihrer Erleichterung lächelte er und sagte schließlich:

»Kuddelmuddel.«

Endlich konnten sie reden.

Jakob war bestürzt, als ihm das Ausmaß von Mias Verzweiflung bewusst wurde, die zu ihrer Flucht geführt hatte. Im Nachhinein konnte er es nicht fassen, dass er so mit sich selbst beschäftigt gewesen war.

»Warum hast du denn nicht das Zauberwort gesagt?« fragte er sie.

Mias Antwort war verblüffend:

»*Tausend Jahre Himmel*? Ich wusste doch nicht, was das auf tschechisch heißt und zu dem Zeitpunkt hättest du keine andere Sprache verstanden.«

Beim Frühstück erzählte Jakob endlich von Prag, so anschaulich, dass Mia das Wechselbad der Gefühle, das er durchlebt hatte, hautnah nachvollziehen konnte. Um Mia den anrührenden Vater-Sohn-Tanz vorführen zu können, schob er das Frühstücksgeschirr auf die Seite und erweckte seine beiden Hände zum Leben, ganz so wie Vladimir es für ihn getan hatte. Es gelang ihm gut und er freute sich, als Mia beeindruckt sagte:

»Der Apfel fällt nicht weit vom Stamm.«

Jakub Balada. Ein bisschen nah, doch ganz viel fremd. Und nur ein kleines Stückchen Wahrheit.

Viel mehr noch war er Jakob Lorenzen, von Anbeginn umsorgt und geliebt von Helma und Hans Lorenzen, von Omili und Opapa, die ihm wie Eltern waren. Jakob fühlte keinen Mangel.

Mia hörte ihm gebannt zu, als er ihr von seiner ersten Begegnung mit Opapa erzählte, nachdem er erkannt hatte, dass er in all den Jahren gar nicht vaterlos gewesen war. Sie konnte sich nur allzu gut vorstellen, wie erleichtert Opapa gewesen sein musste, seinen Enkel nicht an diesen fremden Vater verloren zu haben.

Plötzlich sprang Jakob auf:

»Ich hab dir ja was mitgebracht.«

Aus seinem Rucksack holte er das kleine Geschenk, das immer noch in ein zerknäultes Wäschestück von ihm eingeschlagen war, und legte es behutsam in Mias offene Hände. Mia juchzte, als sie die feuerrote Mohnblumenespressotasse auswickelte und schlang die Arme um Jakobs Hals.

»Du hast mir so gefehlt.«

Sie küsste Jakob mit einer solchen Intensität, dass es ihm den Atem nahm. So wurde Kater Alfons, der es sich zwischenzeitlich auf ihrem Bett gemütlich gemacht hatte, kurzerhand zur Seite geschoben und Mia und Jakob tauchten ineinander ein, schwindelerregend vertraut, nah und gut.

Danach lagen sie noch lange beieinander und hingen ihren Gedanken nach.

»Am Liebsten hätte ich einen Stein von der Moldau mit nach Hause genommen«, sagte Jakob unvermittelt, »aber da, wo ich war, konnte ich nicht direkt ans Wasser. Das war alles befestigte

Promenade. Wir holen das nach. Dann fahren wir weiter raus bis zu einer Stelle, an der wir ans Ufer kommen.«

»Wir?«, fragte Mia zögerlich.

»Ja. Wir.«

Jakob richtete sich auf und schaute sie an.

»Mia, ich will mit dir sein, immer, auch wenn sich das manchmal nicht so anfühlt. Ich hatte dich bei mir, bei allem, was ich erlebt hab. Du bist da drin.« Jakob schlug sich auf die Brust. »Manchmal schiebt sich was anderes dazwischen, aber trotzdem bist du da. Immer.«

Mia musste weinen, weil sie so glücklich war.

***

Etwas später waren Mia und Jakob auf dem Weg zum »Bänkchen an sich«. Fest eingehakt vollführten sie in schweigend rhythmischem Einvernehmen einen seltsamen Tanz.

Mia hatte Jakob einmal erzählt, dass sie und Hanni als Heranwachsende beim Schlendern gerne das »Und eins, und zwei, und drei und vier, und vorwärts, rückwärts, seitwärts, stehn« laut aufgesagt hätten, um parallel dazu, die Arme eingehakt, genau die erforderlichen Schritte zu machen. Damals hatten sie sich vor Lachen kaum halten können, wenn sie anderen Passanten beim Rückwärts – und Seitwärtsgehen oder beim Stehenbleiben massiv in die Quere gekommen waren. Manchmal waren sie sogar kopfschüttelnd beschimpft worden, was sie nur dazu gebracht hatte, noch lauter zu zählen und noch raumübergreifender auszuschreiten.

Mia und Jakob hatten dieses Kinderspiel auf ihre Weise veredelt. Nur wenn sie ganz allein und für sich waren, gaben sie sich ein winziges Kommando und arbeiteten dann vollkommen schweigend die gesamte Schrittkombination in mehreren Runden ab.

Sie hatten ihr altes Leben wieder.

Während Mia synchron und in perfekter Harmonie mit Jakob ihren stummen Tanz vollzog, spürte sie dieser tiefen Zufriedenheit nach, die sich in jedem Winkel ihres Herzens eingenistet hatte.

Sie waren beim »Bänkchen an sich« angekommen und Mia schaute Jakob erwartungsvoll an. Er hatte ihr vorab schon verraten, dass er ihr etwas Besonderes zu sagen hatte. Noch oberhalb des kleinen bereits leicht vereisten Abhangs, der zu ihrem Lieblingsplatz führte, blieb er stehen und schaute auf die mächtige Weide herunter, deren von Raureif überzogene herabhängende Zweige, durch die Lichtreflexe der Sonne belebt, vorhanggleich keinerlei Durchblick auf das Ufer und den Fluss gewährten. Ihr faltiger Stamm, an einer Seite gänzlich mit Moos bewachsen, gab Auskunft über ihr hohes Alter. In ihrer imposanten Schönheit bot sie einen majestätischen Anblick.

Jakob nahm Mia bei der Hand und sagte feierlich:

»Hier wurde ich gezeugt.«

Vorsichtig stiegen sie den Abhang hinunter und ließen sich auf ihrem Bänkchen nieder. Jakob erzählte:

»Als du weg warst, bin ich fast täglich hier gewesen, weil es für mich so viel zum Nachdenken gegeben hat und weil ich dir wenigstens hier nahe sein konnte.«

Er blinzelte in die Wintersonne und Mia stupste ihn schließlich leicht in die Seite, bis er endlich weiter sprach:

»Ganz ohne mein Zutun haben sich immer mehr Bilder aus meiner frühen Kindheit in meine Gedanken geschoben und plötzlich wusste ich es wieder: Hier bin ich mit meiner Mutter ganz oft gewesen. Plötzlich konnte ich mich wieder daran erinnern. Diese Stelle hier muss für sie ein magischer Ort gewesen sein. Das hatte ich als Kind genau gespürt.«

Jakob ließ seinen Blick über die ausladenden Äste schweifen.

»Irgendwie hat mir das Ganze keine Ruhe gelassen. Ich hab Opapa dann gebeten, mir die Stelle zu zeigen, zu der Vladimir Käthchen damals geführt hat, als er ihnen gefolgt war. Es war hier. Genau hier hat mein Leben seinen Anfang genommen.«

Mia war sprachlos. Jakob erzählte weiter:

»Plötzlich hab ich mich wieder daran erinnert, wie meine Mutter und ich unter dieser Weide auf einer Decke lagen und in das prächtige Blätterdach geschaut haben. Sie hat mir Geschichten erzählt und wir haben lange Wörter gesammelt und fremde Sprachen gesprochen, die wir uns ausgedacht haben. Arrabarrabbarra pifetto mentschik parrrkusi tschock.«

Jakob lachte versonnen in sich hinein.

»Ich hatte das vollkommen vergessen.«

Mia betrachtete die biegsamen Zweige, die bis ins Wasser hinein ragten, und stellte sich die Frage, was dieser ehrwürdige magische Baum wohl schon alles gesehen hatte. Wie viele Kinder hatten sich wohl aus seinem Holz kleine Flöten geschnitzt und wie viele Vögel hatten in seinem Blätterdach genistet und gebrütet. Sie dachte an Käthchen und Vladimir, die unter seinen dichten Zweigen wonnevolle Stunden miteinander verbracht hatten. Hier, direkt neben dem »Bänkchen an sich«, hatten sie sich, vor unliebsamen Blicken geschützt, ihrer Leidenschaft ungestört hingegeben.

Mia fand das schön.

Ergriffen sagte sie:

»Das ist seltsam. Neulich hab ich zufällig gelesen, dass das Wort Weide soviel heißt wie *weich* und *Weib*. Und in China ist die Weide ein Symbol für sexuelles Verlangen und wird auch mit Schwangerschaft und Mutterschaft in Verbindung gebracht.«

Sie spürte einen wohligen Schauer auf der Haut.

»Das ist alles so schicksalhaft«, sagte sie. »Und du warst dabei.«

»Stimmt«, meinte Jakob. »Ich war dabei, und zwar mittendrin.«

Irgendwie fühlte sich das gut an.

Lange saßen sie beisammen und ließen schweigend den Zauber dieses besonderen Ortes auf sich wirken. Dann sagte Jakob:

»Mia, ich wünsche mir, dass wir uns eine gemeinsame Wohnung nehmen. Wir werden für immer die Liebenden auf Lebenszeit bleiben. Aber jetzt ist es an der Zeit, aus der Ich- und der Du-Wohnung eine Wir-Wohnung zu machen.«

Zu Mias Entzücken ging er vor ihr auf die Knie, als wolle er ein zweites Mal um ihre Hand anhalten:

»Liebste Mia und stolze Besitzerin einer Mohnblumenespressotasse. Willst du meine Wir-Wohnung-Frau sein?«

»Ja, ich will«, sagte Mia. Sie war erstaunt darüber, dass es möglich war, sich zugleich federleicht und dennoch feierlich zu fühlen.

Erst als sie mit steif gefrorenen Gliedern und roten Nasen den Heimweg antraten, sagte Mia:
»Wie gut, dass alles so war, wie es war. Und wie gut, dass es dich gibt, genau so und nicht anders.«
Sie nahmen sich bei der Hand und liefen los, schnell und immer schneller, damit ihnen endlich warm wurde.

***

Am Abend ließ sich Jakob auf dem Sofa nieder und Mia legte ihren Kopf in seinen Schoß und ließ die Beine gemütlich über die Seitenlehne baumeln. Alfons lag lang ausgestreckt, warm und schwer auf ihrer Brust, den kleinen Kopf in Mias Halsbeuge geschmiegt, sodass seine Schnurrhaare sie kitzelten.
Es gab so viel zu planen und zu besprechen. Die Aussicht auf ihre erste gemeinsame Wohnung hielt sie in Atem. Im Kopf richteten sie bereits die einzelnen Zimmer ein. Mia ließ den Blick über ihre Sachen schweifen, den »Umzugsblick«, wie Jakob ihn in den nächsten Wochen nennen würde, weil alles im Hinblick auf die Frage: »Was kommt mit?« taxiert und abgeschätzt wurde. Da waren der »Abschiedsblick« und der »Nicht ohne das – Blick«, der »Vielleicht – Blick« und der »Ich finde schon, aber was meinst du – Blick.« Vollkommen klar war, dass auch Jakobs schmales »Lotterbett« mitkommen würde und dass seine Steine rechtzeitig auf den Umzug vorbereitet werden mussten, damit sie Zeit hatten, sich an diesen Gedanken zu gewöhnen. Und Jakob bestand darauf, dass eine Wand im neuen Zuhause frei bleiben müsste für ein großes gerahmtes Foto, das irgendwann dort hängen sollte: Mia durch und durch glücklich am Brückengeländer auf der Karlsbrücke stehend, frisch wie ein polierter Apfel, mit durchgedrückten Knien und erwartungsvoll aufgerichtetem Körper.
Mia kraulte Alfons ausgiebig hinter den Ohren und lauschte zufrieden auf sein knatterndes Schnurren.

Kurz vor dem Einschlafen, als sie diesen besonderen Tag gedanklich noch einmal an sich vorüberziehen ließ und Jakob und sich wieder auf dem Bänkchen sitzen sah, fragte Mia:

»Meinst du wir könnten, wenn es wieder Sommer ist, auch mal unter der magischen Weide liegen, uns Geschichten erzählen, lange Wörter sammeln, fremde Sprachen sprechen und schöne Dinge tun?«

Jakob lachte.

»Vor allem schöne Dinge tun«, sagte er.

»Formidabel«, meinte Mia.

Und Jakob: »Exorbitant.«

»Erlesen.« »Phänomenal.«